El Golem

Gustav Meyrink

Título original: *Der Golem*
Traducción y notas: Alberto Laurent
Maquetación y diseño de portada: Vanesa Diestre
Imágenes de portada: Shutterstock

Impreso en España / *Printed in Spain*
ISBN: 978-84-15215-60-8
Depósito legal: B 22202-2019

El Golem

Gustav Meyrink

EDICIONES **ABRAXAS**

NOTA PRELIMINAR

El *Golem* es, según la opinión general de los críticos, la obra maestra de Meyrink. En ella tenemos un *castillo* que no es el castillo de Kafka, un *proceso*, que no es el proceso de Kafka, y una Praga que no es la Praga de Kafka. Kafka y Meyrink fueron contemporáneos en Praga en los años anteriores a la primera guerra mundial y Max Brod los conocía y admiraba. Por la época en que Brod entabló amistad con él, Meyrink ya era un escritor conocido, con una misteriosa vida llena de escándalos a sus espaldas y una actividad destacada entre los jugadores de ajedrez y los charlatanes sobre política de la sociedad que se reunía en los cafés de la ciudad.[1] La novela de Meyrink evoca poderosamente la presencia física de la Praga de hace casi un siglo: el castillo de Hradschin, la calle de los Alquimistas, el puente Charles, el Barrio Judío. Como reconoció el propio Kafka, Meyrink reprodujo inteligentemente el ambiente del lugar.

---

1 Dos de los compañeros de copas de Meyrink, Teschner, el titiritero, y Vrieslander, el pintor, aparecen en *El Golem*: Teschner como Zwakh, Vrieslander con su propio nombre.

Pero si esto fuese todo, la novela solo ofrecería un interés limitado para la gente de hoy día. Más importante es que *El Golem*, igual que las primeras y más cortas piezas satíricas de Meyrink, fue escrita como un ataque contra los dudosos y convencionales valores de la burguesía del imperio austrohúngaro en sus últimos días. De modo expresionista y melodramático, la obra se anticipa a las ansiedades de *Die Letzen Tage der Menscheit* (1919), de Karl Kraus, y de *Der Mann ohne Eigenschaften* (1930-43), de Robert Musil. Hay que admitir, no obstante, que la posición intelectual de Meyrink era mucho más excéntrica que las de Kraus o Musil, y su modo de expresión voluntariamente distorsionado y raro, ya que *El Golem* es, ante todo, una obra maestra de lo fantástico. Esta y las novelas posteriores, junto con las narraciones cortas de Meyrink, servirían de fuente de inspiración al movimiento expresionista del cine alemán; más especialmente, claro está, a las dos versiones fílmicas de *El Golem*, de Paul Wegener. Igualmente, la obsesiva visualización del Gueto de Praga —un barrio falto de sol, donde la arquitectura y la acción se hallan distendidas, fragmentadas y exageradas para que logren un efecto expresivo— iba a inspirar a artistas como Hugo Steiner-Prag y Alfred Kubin.

Las fuentes de la fantasía de Meyrink no residen en extravagancias absurdas, más bien se apoyan en las experiencias de su propia vida, la cual fue mucho más extraña que cualquier vida de ficción, aunque sus ficciones fueran en conjunto sumamente raras. Se sirvió, de forma especial, de su propio y activo compromiso con los movimientos intelectuales y ocultistas —cabalísticos, masones y teosóficos— que secretamente fermentaban en Europa central a comienzos del siglo XX. La primera guerra mundial iba a arrojarlo todo dentro de un gran torbellino; los artistas y los ocultistas se dispersaron y luego se rehubicaron en nuevos centros y, al cabo de unas décadas, el mundo que había dado nacimiento a *El Golem* sería aniquilado por el Tercer Reich. Este libro, pues, nos hace retroceder a un mundo perdido, que ha pasado de forma tan total y absoluta que ni siquiera tenemos conciencia de que haya pasado.

¿Qué es el Golem? ¿Qué es un Golem? En el Antiguo Testamento hebreo la palabra parece significar el embrión aún no formado. En la filosofía judía medieval, este término designaba el *hyle* o materia que todavía no ha adquirido una forma definida. De manera más curiosa, se sabe que los místicos jasídicos de los siglos XII al XIII, en Alemania, practicaban un oscuro ritual que tendía a utilizar el poder cabalístico del alfabeto hebreo y manipular la forma material del universo para crear un «Golem». De estos usos filosóficos y místicos surgió el grupo de leyendas respecto al Golem evolucionado hasta el punto de convertirse en uno de los temas favoritos del folclore judío y de la literatura yiddish. En esas leyendas un rabino o un estudiante de la Cábala crea un monstruo de arcilla, semejante al hombre, al que le da vida grabando *Emeth* (Verdad) en su frente. La criatura puede ser desactivada quitando la primera letra y dejándola inmovilizada bajo el poder de *Meth* (Muerte). En algunas historias, el atractivo de esta primitiva versión judía sobre una especie de robot es que puede trabajar en la sinagoga los sábados, aunque en la historia del Golem unida al Judá León,[2] rabino de Praga del siglo XVI, este tiene buen cuidado de eliminar la primera letra todos los sábados por la noche. En la mayoría de estos relatos, llega un momento en que el rabino u ocultista se olvida de quitar la letra de poder y la criatura crece en potencia y se rebela. En algunos relatos solo queda incapacitada a costa de la vida de su creador, cuando el monstruo de arcilla se derrumba sobre su amo. Existen claras afinidades en la leyenda del Golem con los relatos sobre el homúnculo de Paracelso, así como con el *Frankenstein* de Mary Shelley, y asimismo en las historias de los *tulpas* tibetanos que escapan al control de su amo.

Pero en otras leyendas el Golem actúa como defensor del Gueto contra los libelos y los *progroms* antisemitas. Los relatos sobre el Golem y los libelos antisemitas gozaron de un gran auge a finales del siglo XIX: el monje ruso Nilus publicó su versión de *Los protocolos de los sabios de Sión* en 1905. Más localmente, el antisemitismo y las acusaciones de rituales de muerte circularon por Bohemia a partir de 1890. Es posible que Meyrink, cuya madre era judía, sufrie-

---

2 O Judá Loew (Löw) ben Bezaleel (1520-1609).

ra hasta cierto punto por la resurrección de este prejuicio. Ciertamente, su Golem ha sido considerado por algunos como la encarnación del espíritu del Gueto.

Tal vez. Pero el Golem de Meyrink posee unos rasgos distintivos. Se manifiesta en Praga, en una vivienda sin puertas, una vez cada treinta y tres años. El novelista ha retrocedido a los más antiguos orígenes del judaísmo para transformarlos y crear una figura espiritual que busca la materialización. Resulta, pues, que los rasgos del Golem son los del artesano Athanasius Pernath, que es el protagonista de la novela. El Golem es el *doppelganger* de Pernath y se manifiesta en un habitáculo sin puertas, o sea, en un área de la mente inaccesible a la conciencia ordinaria. *El Golem* es, ante todo, una exploración del problema de identidad, «buscando sin pausa esa piedra que me atormenta, quizás oculta en alguna parte entre los escombros de mis recuerdos y que parece un trozo de grasa».

El Golem es asimismo la brillante acumulación de esa charlatanería que se despliega en todos los melodramas. Aparte del monstruo artificial o *doppelganger*, tenemos el crimen misterioso, la mujer que es todas las mujeres —la Mujer Eterna—, los títeres, el hermafrodita, las cartas del Tarot, la venganza por amor, el secreto de los criminales, y mucho más. El argumento es violento y absurdo. Algunos personajes visten andrajos, otros lucen brillantes sombreros de opereta y guantes blancos, pero todos —Pernath, el héroe amnésico; Jaromir, el artista sordomudo; Wassertrum, el chatarrero; Zwakh, el titiritero; Rosina, la prostituta; Hillel, el cabalista; Charousek, el estudiante pobre; Habal Garmin, el «Hálito de los Huesos»—, todos ellos son conducidos a través de las calles oscuras y estrechas de Praga como naipes arrastrados por el viento.

De todos modos, hay que insistir en que, por muy extraños o sobrenaturales que puedan parecer los sucesos de esta novela, su autor se sirvió sencillamente de sus experiencias, transformándolas en ficción. A principios de 1891 sabemos que Meyrink era director de un banco en Praga y que sus intereses radicaban en la navegación, los flirteos y el ascenso social. Antes de finalizar el año padeció un colapso nervioso, intentó suicidarse y se salvó de sufrir nuevos intentos por la aparición providencial de un folleto ocultista que habían dejado en el umbral de su puerta. Sus coqueteos con el suicidio aparecen en esta novela. En ese mismo año de 1891, Meyrink funda la Orden Teosófica de la Estrella Azul. Habían empezado los años de investigación esotérica. Fue discípulo de Bo Yin Ra (un charlatán alemán que enseñaba una falsa sabiduría oriental), mantuvo correspondencia con Annie Besant y tuvo un estremecedor encuentro con Rudolf Steiner; denunció a médiums fraudulentos y realizó investigaciones alquímicas, textual y prácticamente. Más tarde, bajo la influencia de las ideas de Paracelso, se convenció de que la clave de la Piedra Filosofal debía hallarse en los excrementos que fluían en los alcantarillados de Praga.

Como es natural, Meyrink estudió la Cábala, así como las filosofías hindú y budista, y el fruto de esos estudios aflora en *El Golem*. Experimentó con hachís, hizo yoga, se privó de dormir, ayunó y ejecutó rituales respiratorios; y bebió goma arábiga dos veces al día con la esperanza de tener visiones, y las tuvo: todas sus novelas y relatos cortos se basaron en sus visiones. Fue probablemente en 1901 cuando tuvo su primera gran experiencia visionaria. Una noche de invierno en Moldava, se hallaba sentado de espaldas al campanario con reloj de una iglesia cuando vio el mismo campanario: el reloj con todo detalle, incluso ampliado, y la esfera como suspendida ante él en el cielo. Fue entonces, según él, cuando dejó de pensar en palabras para hacerlo en imágenes y se hizo escritor. Un poco más tarde, en un sanatorio para tuberculosos de Dresde, escribió su primer relato, «El soldado ardiente», publicado en la famosa revista satírica *Simplicissimus*.

Al año siguiente estuvo envuelto en una misteriosa serie de escándalos. Mientras seguía casado con su primera esposa, su amor por Filomena Bernt, que finalmente fue su segunda mujer en 1905, le obligó a sostener a una serie de duelos con oficiales de uno de los regimientos de Praga. Luego, se produjo el escándalo del banco. Se rumoreó que Meyrink se había fiado de los consejos del mundo espiritual para dirigir los asuntos bancarios. También se murmuró que había habido cierto desfalco de dinero. Meyrink fue a parar a la cárcel y, quizás a causa del mal trato allí recibido, sufrió una parálisis temporal, experiencia que también se refleja en *El Golem*.

Unos meses después fue absuelto de todos los cargos y reanudó su vida literaria y sus investigaciones esotéricas. Estaba acosado por las horribles apariciones de una cara verde... y esas visiones flotan en una novela posterior: *Das grüne Gesicht* (*El rostro verde*).

Se dice que viajaba a la esfera astral y, al parecer, él o más bien su doble astral, se manifestó una noche a su esposa. Por tanto, el Golem es en muchos sentidos el doble del escritor. El título original del libro, sin embargo, era *El judío eterno*, y al parecer su redacción empezó en 1907. Ese año, él y Richard Teschner colaboraron en un proyecto fracasado para establecer un teatro de marionetas. También aparece en la novela esa fascinación por los títeres, ese arte de mover figuras de forma humana pero sin vida.

Escribir llegó a ser para él una necesidad financiera. Aunque había quedado absuelto, el escándalo de 1902 le había arruinado. Marchó de Praga y casi todo *El Golem* debió escribirlo en Baviera. Al mismo tiempo, se ocupó de una traducción de las obras completas de Dickens al alemán. El gusto de Dickens por la vida urbana, los tipos grotescos y los sentimientos enaltecidos influye en Meyrink, y ello queda patente en *El Golem*. La versión final de la historia la dictó el propio Meyrink ante un dictáfono y fue transcrita por una secretaria. Se publicó primero serializada en *Die Weissen Blatter* y luego fue vendida al editor Kurt Wolff, de Leipzig, por una respetable cantidad. Cuando apareció la novela, en 1915, fue recibida con un aplauso inmediato y rápidamente se vendieron de la misma 200 000 ejemplares.

La Cábala es el ocultismo literario por excelencia. El cabalista y el novelista se unen para realizar la creación mágica de un mundo mediante la acertada manipulación de las palabras. Algunas novelas —y las novelas de David Lindsay y Charles Williams son buenos ejemplos— logran un efecto no simplemente literario, pues quedan grabadas en la mente del lector largo tiempo después de haber concluido la lectura.

El Golem es una de esas novelas.

A. L.

El Golem

I

SUEÑO

La luz de la luna llena cae a los pies de mi lecho, pesada, brillante, como una gran piedra plana.

Cuando el disco comienza a encogerse y una de sus mitades se consume —como un rostro que al envejecer muestra las arrugas y adelgaza primero de un lado—, es entonces, a esa hora de la noche, que una oscura y dolorosa congoja se apodera de mí. Ni despierto ni dormido, me deslizo en una suerte de ensueño en el que se mezcla lo vivido con lo leído y oído, así como se mezclan los ríos de colores o brillos diferentes.

Antes de acostarme había leído algo sobre la vida del Buda Gautama, y esas frases pasaban sin cesar una y otra vez por mi cabeza, una y otra vez:

«Una corneja voló hasta una piedra que parecía un trozo de grasa y pensó: "Puede que allí encuentre algo bueno que comer". Mas como no encontró nada apetitoso, se fue volando. Semejantes a la corneja que se acerca a la piedra, nosotros —nosotros, los tentadores— abandonamos al asceta Gautama, porque hemos perdido el placer que hallábamos en él.»

Y la imagen de la piedra parecida a un trozo de grasa adquiere en mi mente enormes dimensiones:

Camino por el lecho seco de un río recogiendo piedras pulidas, de un gris azulado, cubiertas de un polvo brillante y ligero que no alcanzo a explicarme, a pesar de que me estrujo la cabeza con gran esfuerzo. Luego las encuentro negras con manchas azufradas, como petrificados bocetos de burdas y moteadas salamandras hechos por un niño.

Quiero arrojar lejos de mí estas piedras, pero no se desprenden de mis manos y no las puedo apartar de mi vista.

Todas las piedras que alguna vez jugaron un papel en mi vida se levantan alrededor de mí. Muchas se esfuerzan penosamente por separarse de la arena y llegar a la luz, como enormes cangrejos de color pizarra cuando sube la marea, como si hicieran todo lo posible por atraer mi atención sobre ellas y decirme cosas de infinita importancia. Otras, agotadas, vuelven a caer pesadamente en sus agujeros y abandonan toda esperanza de transmitir su mensaje.

En ocasiones salgo de la penumbra de mis ensoñaciones y veo de nuevo, por espacio de un instante, la luz de la luna llena sobre el borde plegado de mi manta, pesada, brillante, como una gran piedra plana, para volver a partir ciegamente en la búsqueda vacilante de mi conciencia que se desvanece, buscando sin pausa esa piedra que me atormenta, quizás oculta en alguna parte entre los escombros de mis recuerdos y que parece un trozo de grasa.

Imagino que en otro tiempo un desagüe pluvial —doblado en ángulo obtuso, los bordes carcomidos por la herrumbre— debía desembocar en el suelo junto a ella, y me esfuerzo en hacer brotar por la fuerza su imagen en mi mente, para engañar mis pensamientos sobresaltados y hallar la tranquilidad del sueño.

No lo consigo.

Una y otra vez, una y otra vez, con persistencia idiota, infatigable como un postigo que el viento golpea a intervalos regulares contra el muro, una voz extraña insiste que «No es esa, no tiene nada que ver con la piedra que parece un trozo de grasa».

Me es imposible escapar de la voz.

Cuando objeto por centésima vez que en realidad eso es muy secundario, ella se detiene durante un breve instante, despierta de nuevo sin que yo me percate y recomienza, empecinada: «Sí, sí, te he escuchado, pero no es la piedra que parecía un trozo de grasa».

Lentamente, me invade una intolerable sensación de impotencia.

Ignoro lo que ocurre después. ¿He abandonado voluntariamente toda resistencia, o acaso mis pensamientos me han subyugado y dominado?

Solo sé que mi cuerpo yace dormido en el lecho y que mis sentidos ya no están atados a él.

De pronto, quiero preguntar quién es este «yo», pero advierto que ya no tengo un órgano que me permita formular preguntas; y además, temo despertar otra vez a esa estúpida voz y volver a escuchar su sonsonete interminable sobre la piedra y el trozo de grasa.

Y entonces me alejo.

II

DÍA

De pronto me encuentro en un patio sombrío, observando a través del marco rojizo de una entrada, al otro lado de la calle estrecha y sucia, a un chatarrero judío apoyado en un mostrador lleno de viejas piezas de hierro, herramientas rotas, estribos y patines herrumbrados, y toda clase de cosas muertas colgadas alrededor del arco de la puerta abierta.

Esta imagen traía consigo la penosa monotonía propia de todas las impresiones que tan a menudo, como buhoneros que entran y salen, franquean el umbral de nuestras percepciones con cierta regularidad, conocimiento este que no despertaba en mí curiosidad ni sorpresa.

Me di cuenta de que ese cuadro me resultaba familiar desde hacía tiempo.

Pero esta constatación, a pesar del contraste que la oponía a la otra que había percibido poco tiempo antes y de la manera en que había yo llegado hasta ella, no me producía tampoco una impresión profunda.

Mientras trepaba la gastada escalera hasta mi habitación y notaba distraídamente el aspecto pringoso de los escalones de piedra, tuve la súbita idea de que en otra oportunidad, en una conversación o en un libro, he debido de encontrar la extraña comparación entre una piedra y un trozo de grasa.

Oí entonces unos pasos que subían delante de mí en el tramo superior de la escalera y al llegar a mi puerta vi que se trataba de Rosina, la pelirroja hija de catorce años del chatarrero Aarón Wassertrum. Debí rozarla al pasar y ella se echó hacia atrás contra la baranda de la escalera, arqueando voluptuosamente la espalda. Con sus manos sucias se había sujetado de la barra de hierro para sostenerse y pude ver en la penumbra el pálido brillo de sus brazos desnudos.

Evité su mirada.

Me disgustaba esa sonrisa provocativa en su rostro de cera, como el de un caballo de balancín. Pensé que debía de tener una carne blanca y esponjosa, como la del ajolote que había visto en el tanque de las salamandras en la tienda del vendedor de mascotas. Advertí que sus pestañas de pelirroja me eran tan repulsivas como las de los conejos.

Abrí mi puerta y la cerré rápidamente detrás de mí.

Desde mi ventana pude ver al chatarrero, Aarón Wassertrum, de pie ante su tienda. Apoyado en la pared del arco de la entrada, se recortaba las uñas con unos alicates.

La pelirroja Rosina ¿era su hija o su nieta? No había entre ambos un solo rasgo parecido.

Entre los rostros judíos que veo aparecer día tras día en la calle Hahnpass, distingo muy claramente diversos orígenes, cuyos caracteres no se estiman por el cercano parentesco de los individuos en particular, así como no se mezclan el agua y el aceite. Es imposible decir: «Estos dos son hermanos, o padre e hijo». Este pertenece a una determinada estirpe, aquel a otra; es todo cuanto podemos leer en los rostros.

Así pues, ¿qué es lo que se probaría, aun cuando Rosina se pareciera al chatarrero?

Esas estirpes mantienen entre sí un secreto asco y una repulsión que franquean incluso la estrecha consanguinidad, pero se esfuerzan por disimularlo ante el mundo exterior, así como se guarda un secreto peligroso. Nada aflorara, y esa unanimidad sin grietas hace pensar en ciegos llenos de odio cogidos a una sucia cuerda: uno con ambas manos, el otro de mala gana con un solo dedo, pero todos ellos obsesionados por el terror de abandonar su seguridad comunal si se sueltan y separan de los otros.

Rosina pertenece a una descendencia cuyo tipo de cabellos rojos es aún más repulsiva que el de los demás; los hombres tienen pecho de pollo y un largo cuello con una nuez de Adán prominente. Dan la impresión de tener pecas por todas partes y sufren toda su vida ardientes tormentos, librando en secreto una lucha incesante y vana contra sus deseos, obsesionados por temores repugnantes para su salud.

Por otra parte, yo no veía muy claramente cómo podía establecer lazos de parentesco entre Rosina y el chatarrero, Aarón Wassertrum. Nunca la había visto cerca del viejo ni notado que se hubiesen dirigido la palabra.

Pero ella estaba casi siempre en nuestro patio, o se metía en los sombríos rincones y corredores de la casa.

Seguramente todos los habitantes del edificio la tienen por una parienta cercana o algún tipo de pupila del viejo chatarrero, pero estoy convencido que ninguno podría aportar la menor prueba.

Quise apartar mis pensamientos de Rosina y me puse a observar la calle Hahnpass a través de la ventana abierta de mi habitación. Como si hubiera sentido mi mirada, Aarón Wassertrum levantó repentinamente hacia mí su rostro, rígido y horroroso, con sus redondos ojos de pescado y el labio superior leporino y entreabierto. Me hizo pensar en una araña humana que siente el más ligero roce en su tela, por más que pareciera totalmente desinteresada.

¿De qué vivirá? ¿En qué piensa, cuáles son sus planes? No tengo la menor idea. Día tras día, año tras año, las mismas cosas muertas y sin valor cuelgan del arco de la entrada de su tienda. Podría dibujarlas con los ojos cerrados: aquí, la trompeta de hojalata abollada y sin pistones; allí, el cuadro pintado sobre papel amarillento de unos soldados extrañamente dispuestos; y adelante, en el suelo, apilados tan bien unos sobre otros que nadie hubiera podido pasar por encima de ellos para entrar en el local, una fila de redondos e inútiles hornillos de cocina.

Todos esos objetos permanecían allí, sin que su número aumentara ni disminuyera jamás, y cuando, a veces, un transeúnte se detenía y preguntaba el precio de alguno de ellos, el chatarrero caía presa de una agitación frenética. Era horrible ver como encogía su labio leporino, mascullaba en voz baja un torrente de palabras y farfulleos incomprensibles, que hacía que el potencial comprador perdiera todas las ganas de continuar y, retrocediendo, prosiguiera con apuro su camino.

Rápida como el rayo, la mirada de Aarón Wassertrum resbaló huyendo de la mía y se detuvo con gran interés en las desnudas paredes de la casa vecina a la cual da mi ventana. ¿Qué podía ver en ellas? ¡La casa está de espaldas a la calle Hahnpass y sus ventanas miran al patio! Solo una da a la calle.

En ese momento, alguien debió de entrar en las habitaciones situadas en el mismo piso que las mías —creo que pertenecen a un estudio de forma irregular—, porque de repente oí a través de las paredes las voces de un hombre y una mujer que dialogaban.

Pero ¡era imposible que el chatarrero los hubiera oído desde abajo!

Alguien se movió al otro lado de mi puerta y adiviné que debía ser Rosina, aún allí afuera, aguardando quizá con avidez que yo la llamara.

Y debajo, un tramo más abajo, Loisa, el adolescente picado de viruelas, acecha en la escalera conteniendo la respiración para saber si voy a abrir la puerta y siento el aire lleno del hálito de su odio, de sus celos. Tiene miedo de aproximarse más y ser visto por Rosina. Sabe que depende de ella como un lobo hambriento de su guardián, y sin embargo, ¡qué deseo loco tiene de saltar, de abandonarse a su furor!

Me siento a la mesa de trabajo, saco las tenacillas y el buril, pero no logro concretar nada creativo, mi mano no está lo bastante firme como para restaurar las delicadas líneas del grabado japonés.

La vida tenebrosa y sombría que pesa sobre esta casa hace correr en mí un silencio denso, y las viejas imágenes brotan sin cesar.

Loisa y su hermano gemelo Jaromir solo tienen un año más que Rosina. Recuerdo apenas a su padre, que cocinaba panes ácimos, y creo que es una vieja la que ahora se ocupa de ellos. Ni siquiera sé cuál entre todas las que viven en la casa, escondidas como sapos en sus cuevas. Se ocupa de los dos jóvenes, lo cual significa que les da alojamiento a cambio de lo que han robado o mendigado. ¿Acaso les da de comer también? Lo dudo mucho, porque la vieja regresa bien entrada la noche.

Dicen que es limpiadora de cadáveres.

A menudo he visto a Loisa, Jaromir y Rosina, cuando aún eran niños, jugando inocentemente en el patio de la casa.

Esos tiempos están hoy muy lejanos.

Ahora Loisa se pasa todo el día detrás de la pequeña judía pelirroja. A veces la busca interminablemente en vano, y cuando no puede encontrarla en ninguna parte, se arrastra ante mi puerta y aguarda escondido, haciendo muecas, a que ella llegue. Entonces, cuando estoy sentado ante mi trabajo, lo veo con el pensamiento, al acecho en el corredor tortuoso, la cabeza inclinada hacia adelante.

A veces una barahúnda salvaje quiebra el silencio: Jaromir, el sordomudo, cuya cabeza está permanentemente llena de un loco deseo de Rosina, merodea como una bestia por la casa, y los inarticulados aullidos que lanza, enloquecido por los celos y la rabia, son tan horrorosos que hace helar la sangre en las venas.

Los busca a los dos. Siempre sospecha que están juntos, escondidos en alguno de los cientos de sucios recovecos, presa de un frenesí demencial, atenazado por la idea de que debe mantenerse pegado a los talones de su hermano, para que nada le ocurra a Rosina sin que él lo sepa.

Y pienso que es precisamente ese tormento incesante del enfermo el que impulsa a Rosina a unirse siempre con el hermano. Si el ardor o la solicitud de la muchacha se debilitan, Loisa imagina infaltablemente nuevos horrores para reanimar el deseo de Rosina. Por ejemplo, se dejan sorprender por el sordomudo en el acto, fingido o real, y atraen maliciosamente al furibundo en pos de ellos por los corredores oscuros en los que han dispuesto malévolas trampas —aros herrumbrados que saltan cuando se los pisa y rastrillos con los dientes hacia arriba— contra las que Jaromir tropieza y cae ensangrentado.

De cuando en cuando, Rosina tiene por su cuenta una idea diabólica para dar el máximo de intensidad al suplicio. Bruscamente, cambia de actitud hacia Jaromir y hace como si le resultara agradable. Con su cara siempre sonriente, cuenta rápidamente cosas al enfermo que le producen un estado de excitación casi demencial; ha inventado para esto un lenguaje de signos aparentemente misteriosos, apenas comprensible, que hace caer al desgraciado en una red inextricable de incertidumbres y esperanzas ardientes.

Lo vi un día frente a ella en el patio, y Rosina le hablaba con movimientos de labios y gesticulaciones tan violentas que creí que él se derrumbaría al instante presa de una crisis nerviosa. El sudor le corría por el rostro, tantos eran los esfuerzos sobrehumanos que hacía por comprender el sentido de un mensaje deliberadamente tan oscuro como precipitado.

Durante todo el día siguiente, afiebrado de impaciencia, vagó por la oscura escalera de una casa semiderruida junto a la estrecha y mugrienta callejuela Hahnpass, hasta que fue demasiado tarde para reunir unos pocos kreuzers mendigando por las esquinas. Y cuando quiso regresar tarde a su habitación esa noche, medio muerto de hambre y de agotamiento, la vieja ya hacía mucho que había cerrado la puerta con llave.

Una risa de mujer feliz atraviesa la pared del estudio vecino y llega hasta mí. Una risa... ¿En esa casa, una risa feliz? En todo el Gueto no hay nadie que pueda reír alegremente.

Recuerdo entonces que unos días atrás Zwakh, el viejo titiritero, me confió que un hombre joven y distinguido le había alquilado la habitación por un buen precio, seguramente con la intención de encontrarse con la elegida de su corazón al reparo de miradas indiscretas. Ahora, cada noche había que subir los muebles lujosos al nuevo locatario, uno por uno, a fin de que en la casa nadie advirtiera nada. El buen anciano se había frotado las manos con júbilo contándome eso, feliz como un niño por haber maniobrado tan hábilmente que ninguno de los vecinos podía sospechar la existencia de la romántica pareja. Además, se podía llegar al estudio pasando por tres casas diferentes. ¡Había incluso un acceso a través de una trampilla! Si se abría la puertezuela de hierro del suelo, cosa que era muy fácil desde el otro lado, se podía acceder a la escalera de nuestra casa, pasando delante de mi puerta, y utilizar esta salida...

De nuevo resuena la risa alegre, despertando en mí el vago recuerdo de un interior lujoso y de una familia noble que me llamaba a menudo para hacer restauraciones menores de preciosos objetos antiguos.

De pronto, escucho muy cerca un grito estridente. Escucho, espantado. La portezuela de hierro rechina violentamente y, al cabo de un instante, una mujer aparece en mi habitación, el cabello en desorden, blanca como una sábana y con un brocato dorado arrojado sobre los hombros desnudos.

—¡Herr Pernath, escóndame, por amor de Dios! ¡No me pregunte nada, pero escóndame aquí!

Antes que pueda responder, mi puerta se abre de nuevo, cerrándose de inmediato. Durante un segundo el rostro del chatarrero Aarón Wassertrum, con una mueca que parece una horrible máscara, es visible.

Una mancha redonda y brillante surge ante mis ojos y a la luz de la luna reconozco de nuevo el pie de mi lecho.

El sueño pesa aun sobre mí como una pesada manta de lana y el nombre de Pernath está escrito en letras de oro sobre la fachada de mis recuerdos. ¿Dónde he visto ese nombre? ¿Athanasius Pernath?

Creo, sí, creo que hace mucho, mucho tiempo, me confundí de sombrero en alguna parte, y me sorprendí de que me quedara tan bien, ya que tengo una forma de cabeza muy particular. Observé el interior del sombrero desconocido y —sí, sí— allí estaba escrito, en letras doradas sobre el forro de seda blanca:

ATHANASIUS PERNATH

Tuve mucho miedo de ese sombrero en aquel entonces, sin saber el porqué.

Entonces llega hasta mí, como una flecha, la voz que había olvidado y que continuamente quería saber donde estaba la piedra parecida a un trozo de grasa.

Rápidamente, evoco el perfil aguzado de Rosina con su sonrisa dulzona, y logro así desviar el proyectil, que se pierde de inmediato en la oscuridad.

¡Sí, el rostro de Rosina! Su imagen es más fuerte que la voz estúpida que no puede detenerse. Y mientras permanezca oculto en mi habitación de la calle Hahnpass, estaré tranquilo.

III

I

Si no me he equivocado, alguien subía detrás de mí por la escalera a cierta distancia, siempre la misma, con la intención de venir a verme; ese alguien debe encontrarse entre los dos últimos pisos.

Ahora gira en la esquina donde Hillel, el archivista del Ayuntamiento Judío, tiene su vivienda, y abandona los escalones de piedra gastada para pasar al rellano del piso superior, cubierto de ladrillos rojos.

Sigue a lo largo de la pared al tanteo y ahora, exactamente ahora, ha de estar descifrando con esfuerzo mi nombre sobre la placa de la puerta, en la oscuridad.

Me coloqué bien erguido en el centro de la habitación, mirando hacia la entrada.

Entonces la puerta se abrió y él entró.

No dio más que algunos pasos hacia mí y no se sacó el sombrero ni pronunció la menor fórmula de cortesía.

Tuve la impresión de que se comportaba como en su casa, y encontré muy natural que procediera así y no de otro modo.

Hundiendo la mano en el bolsillo, sacó un libro.

Luego lo hojeó durante largo tiempo.

La cubierta era de metal adornado con rosetones y sellos ahuecados y luego rellenados de esmalte y piedrecillas.

Encontró por fin la parte que buscaba y me la señaló.

Pude descifrar el título del capítulo: *Ibbur*: «La Impregnación de las Almas».

Automáticamente recorrí con la vista la página. La gran inicial I en oro y rojo ocupaba casi la mitad de la hoja, que tenía un borde algo dañado.

Yo tenía que repararla.

La inicial no estaba pegada sobre el pergamino como en los libros antiguos que había visto hasta entonces; sino que parecía más bien hecha de dos delgadas láminas de oro soldadas en el medio y con sus extremos doblados sobre los bordes de la hoja.

Así pues, ¿el pergamino había tenido que ser recortado en el lugar de la letra?

Si era así, la I debía encontrarse, invertida, en el reverso de la página.

La di vuelta y constaté que mi suposición era exacta. Involuntariamente, leí esa página y la opuesta.

Y leí y leí.

El libro me hablaba, como en sueños, solo que mucho más claro, mucho más preciso. Y afectaba mi corazón como una pregunta.

Las palabras fluían en torrente de una boca invisible, cobraban vida y se me acercaban. Revoloteaban y giraban sobre sí mismas como esclavas con vestidos de muchos colores, para luego hundirse en el suelo o desaparecer en el aire en medio de iridiscentes vapores, dando cabida a las siguientes. Durante un instante cada una esperaba que yo la eligiera y renunciara a examinar las otras.

Muchas pasaban pavoneándose en suntuosos atavíos, con pasos lentos y mesurados.

Algunas eran como reinas, pero envejecidas y decrépitas, los párpados pintados, con bocas cubiertas de horrible carmín, una mueca lasciva en los labios.

Yo observaba las que pasaban, las que llegaban, y mi mirada resbalaba sobre largas filas de rostros y figuras tan ordinarios, tan desprovistos de expresión, que parecía imposible grabarlos en la memoria.

Luego arrastraron hacia mí una mujer totalmente desnuda y gigantesca como un coloso de bronce.

Durante un segundo, ella se detuvo y luego se inclinó hacia mí.

Sus pestañas eran tan largas como todo mi cuerpo y me señaló, sin una sola palabra, el pulso de su muñeca izquierda. Batía como un terremoto y yo sentí que ella contenía en sí la vida de todo un mundo.

Una procesión de coribantes de aspecto salvaje llegó de lejos. Un hombre y una mujer se abrazaron; los vi venir desde lejos, a medida que el tumulto del cortejo se acercaba cada vez más.

Ahora escuchaba los cantos de las bailarinas extáticas muy cerca de mí, y mis ojos buscaron a la pareja enlazada. Pero esta se había metamorfoseado en una figura única, un hermafrodita, mitad hombre, mitad mujer sobre un trono de nácar.

Y la corona del hermafrodita acababa en una tablilla cuadrada de madera roja, en la que el gusano de la destrucción había roído runas misteriosas.

En medio de una nube de polvo, una tropa de pequeños carneros ciegos llegó al trote, animales que el gigantesco hermafrodita llevaba consigo para alimentar a sus hordas de coribantes.

A veces, entre las figuras que brotaban de la invisible boca, algunas provenían de las tumbas, con un lienzo sobre el rostro. Y se detenían frente a mí, dejando caer de pronto sus velos, y sus ojos rapaces se clavaban en mi corazón con miradas tan hambrientas que un terror helado me invadía el cerebro y mi sangre refluía como un torrente en el que hubieran caído de pronto enormes bloques de roca del cielo, obstruyendo su curso.

Una mujer pasó flotando ante mí. No pude ver su rostro, ella se volvió y su capa estaba hecha de lágrimas fluyentes.

Pasaban máscaras, danzando y riendo, sin ocuparse de mí. Solo un Pierrot se vuelve con aire pensativo y retrocede sobre sus pasos, se planta frente a mí y me mira a la cara como si yo fuese un espejo. Hace muecas tan extrañas, alza los brazos y gesticula, ora vacilando, ora rápido como el rayo, que me entran unas irresistible ganas de imitarlo, de guiñar los ojos como él, de encoger los hombros y torcer las comisuras de la boca. Luego otras figuras impacientes lo empujan a un lado, ya que todas quieren pasar ante mi vista.

Pero ninguna tiene consistencia.

Son perlas que se deslizan enhebradas en un cordón de seda, notas aisladas de una melodía que brota de la boca invisible.

Ya no era un libro lo que me hablaba, era una voz. Una voz que quería de mí algo que yo no captaba, por grandes que fuesen mis esfuerzos. Que me atormentaba con preguntas candentes e incomprensibles.

Pero la voz que pronunciaba esas palabras visibles estaba muerta y no tenía resonancia. Cada nota que suena en el mundo presente tiene muchos ecos, así como todo objeto tiene una gran sombra y muchas otras pequeñas. Pero esta voz no tenía ecos, hace tiempo, mucho tiempo, que se han desvanecido y disipado.

Había leído el libro hasta el fin, lo tenía aún en mis manos, y se hubiera dicho que había hojeado mi cerebro y no sus páginas.

Todo lo que la voz me había dicho, yo lo llevaba en mí toda mi vida, pero enterrado, olvidado y escondido en mis pensamientos hasta ese día.

Alcé la vista.

¿Dónde estaba el hombre que me había traído el libro?

¿¡Se habría ido!?

¿Vendrá a buscarlo cuando lo haya terminado? ¿O tendré que llevárselo?

Pero me resultaba imposible recordar si me había dicho dónde vivía.

Quise reconstruir su apariencia de memoria, pero no lo conseguí.

¿Cómo iba vestido? ¿Era viejo o joven? ¿De qué color eran sus cabellos y su barba?

Nada, no podía recordar nada. Todas las imágenes de él que evocaba se fundían y desvanecían antes aun de que las hubiese fijado en mi mente. Cerré los ojos y apreté la mano sobre los párpados para atrapar aunque solo fuera una minúscula partícula de su aspecto.

Nada, nada.

Me volví a colocar en el medio de la habitación, observando la puerta tal como lo había hecho antes, cuando él vino, y reconstruí la escena: ahora gira la esquina, ahora cruza los ladrillos rojos, ahora lee en la placa de la puerta «Athanasius Pernath», y ahora entra... Todo en vano. Ni la menor huella de un recuerdo quiere despertar en mí.

Al ver el libro sobre la mesa, traté de evocar la mano que lo había sacado del bolsillo para entregármelo. No podía recordar si llevaba guantes o no, si era joven o ajada, adornada con anillos o desnuda.

En ese momento tuve una idea extraña. Como una inspiración que no nos atrevemos a rechazar.

Me enfundé en mi capa, me puse el sombrero, salí al corredor y bajé la escalera, luego volví a subir lentamente hacia mi habitación. Lentamente, muy lentamente, como él, cuando había venido. Y al abrir la puerta me percaté de que toda la habitación estaba en penumbras. ¿No había acaso mucha luz cuando salí hace unos segundos?

¡¿Cuanto tiempo había estado yo allí abajo, perdido en mis pensamientos, como para no haberme dado cuenta de lo tarde que era?!

Me esforcé por imitar los pasos y la actitud del desconocido, pero nada pude recordar de ello. Por lo demás, ¡cómo imitarlo si no disponía de ningún punto de referencia que pudiera indicarme su aspecto!

Pero las cosas ocurrieron de otro modo, de un modo muy diferente al que yo había imaginado. Mi piel, mis músculos, mi cuerpo recordaron de pronto, sin que mi cerebro lo advirtiera. Comenzaron a hacer movimientos que yo no deseaba ni preveía.

¡Como si mis miembros ya no me pertenecieran!

Después de dar unos pasos por la habitación, me di cuenta de que en un instante mis pasos se habían vuelto pesados y vacilantes, extraños. Es la apariencia de un hombre que continuamente está por caerse hacia adelante, me dije.

Sí, sí, sí, ¡así caminaba *él*!

Lo supe de pronto muy claramente: así es él.

Yo tenía un rostro extraño, sin barba, de pómulos prominentes; observaba mi habitación con ojos oblicuos. Podía sentirlo, aunque no pudiera verme.

Horrorizado, quise gritar que no era el mío, palparlo, pero mi mano no obedecía a mi voluntad; se hundía en mi bolsillo para sacar un libro, exactamente como lo había hecho él antes.

Y de pronto me encuentro otra vez sentado a la mesa, sin sombrero, sin capa, ante mi mesa, y soy yo... yo, Athanasius Pernath.

El terror y la locura me sacudieron, mi corazón latía a punto de estallar y sentí que los dedos espectrales que un momento antes palpaban mi cerebro me habían abandonado. Solo las huellas frías de su roce aún eran perceptibles en mi nuca.

Ya sabía como era el extraño y hubiera podido sentirlo de nuevo en mí... de haberlo querido; pero su imagen, la que yo había visto frente a mí, seguía sin poder representármela, ni lo conseguiría jamás.

Es como un negativo, un molde invisible, cuyas líneas no puedo distinguir, en el que debo deslizarme si mi propio yo quiere tomar conciencia de su forma y expresión.

Había en el cajón de mi mesa una caja de hierro. Decidí encerrar el libro en ella y no sacarlo hasta que se hubiera disipado mi estado de desequilibrio mental. Solo entonces podría reparar la I rota.

De modo que cogí el libro de la mesa: tuve la impresión de no tener nada en la mano.

Cogí la caja... igual ausencia de sensación. Todo ocurría como si el tacto debiera recorrer un largo camino lleno de tinieblas antes de desembocar de nuevo en mi conciencia, como si los objetos estuvieran separados de mí por un transcurso de muchos años y pertenecieran a un pasado dejado atrás hacía mucho tiempo.

La voz que gira a mi alrededor, escudriñadora, para atormentarme con la piedra o el trozo de grasa, ha pasado junto a mí sin verme. Y sé que viene del dominio del sueño. Pero la experiencia por la que he pasado era la vida real, y es por eso que la voz no ha podido verme y por qué me busca en vano.

IV

PRAGA

De pie junto a mí estaba Charousek, con el cuello de su liviano y raído abrigo muy abierto; podía oír sus dientes castañeteando de frío. Me dije que el pobre estudiante corría el riesgo de morir de frío bajo la helada y correntosa arcada, y lo invité a que cruzara hasta mi casa. Pero él rehusó.

—Se lo agradezco, herr Pernath —murmuró temblando—, lamentablemente no tengo tiempo; debo ir urgentemente a la ciudad. Además, nos empaparíamos hasta los huesos si quisiéramos cruzar la calle ahora. Unos pasos bastarían. Este aguacero no quiere amainar.

La lluvia barría los techos y caía sobre la fachada de las casas como ríos de lágrimas.

Adelantando un poco la cabeza veía mi ventana, en el cuarto piso, tan mojada por la lluvia que los vidrios parecían haberse fundido, opacos y grumosos como cola de pescado. Un torrente de fango amarillento bajaba por la calle y la arcada se llenó de transeúntes, que querían aguardar el fin de la tormenta.

—Mire, ahí va un ramillete de novia —dijo repentinamente Charousek, señalando un ramo de mirtos mustios que pasaba arrastrado por el agua sucia.

Detrás de nosotros alguien se echó a reír. Al volverme, vi que se trataba de un elegante caballero de cabellos blancos, con el rostro hinchado como el de un sapo. Charousek echó como yo una mirada hacia atrás y refunfuñó algo para sí.

El viejo producía una impresión desagradable y desvié mi atención de él, pasando revista a las casas descoloridas que se recostaban unas contra otras bajo la lluvia, como filas de bestias ceñudas. ¡Qué aspecto lamentable y decaído tenían todas! Edificadas al azar, hacían pensar en las malas hierbas que surgen del suelo. Estaban apoyadas en una baja muralla de piedra amarilla —único vestigio de una antigua y alargada construcción— de hace dos o tres siglos, hecha a la buena de Dios, sin tener en cuenta las demás. Allá, una casa retirada, la fachada torcida, y otra al lado, sobresaliendo como un gran colmillo. Bajo el cielo sombrío tenían un aire adormecido y no se descubría nada de esa vida malévola, hostil, que emana a veces de ellas cuando la niebla de las noches de otoño se asienta en la calle, ayudando a disimular sus juegos de fisonomía apenas perceptibles.

Hace una generación que vivo aquí, y se ha arraigado en mí la impresión indestructible de que hay horas de la noche y del alba que apenas clarea, en que ellas mantienen un misterioso conciliábulo mudo. Y a menudo, un débil temblor que no sabríamos explicarnos atraviesa sus muros, corren murmullos por sus techos, caen en los desagües, y nosotros los percibimos distraídamente, con los sentidos enmohecidos, sin investigar su origen.

A menudo soñaba que había espiado sus movimientos espectrales, comprendiendo así con estupor angustiado que en secreto esas casas eran las verdaderas dueñas de la calle, capaces de manifestar su vida y sus sentimientos, y de ocultarlos de nuevo en ellas, disimulándolos durante el día ante los que allí vivían, para hacerlos resurgir al caer la noche con un interés de usurero.

Y hago desfilar por mi mente los extraños seres que en ellas se alojan, como espectros, como personas que no han nacido de madre y quienes, en sus pensamientos y en sus actos parecen haber sido reunidos al azar; y luego me inclino más que nunca a creer que esos sueños encierran verdades sombrías que permanecen latentes en mi alma en estado de vigilia, como las impresiones de cuentos de hadas brillantemente coloreados.

Es entonces que espectralmente despierta a la vida en los ocultos rincones de mi mente la leyenda del Golem, ese ser artificial que un rabino versado en los conocimientos cabalistas creara en otros tiempos a partir de materia elemental, invistiéndolo a una existencia maquinal, sin pensamiento, merced a una palabra mágica que le colocó tras los dientes. Al igual que el Golem se congelaba en una figura de arcilla en el instante mismo en que el misterioso verbo de vida le era retirado de la boca, me parece que todos esos hombres caerían al suelo privados de su alma si se hiciera brotar en sus cerebros cualquier concepto minúsculo: en algunos, el destello de una idea, una ambición trivial o, en otros, simplemente la sorda aspiración de algo vago e indefinido.

¡Qué espantosa es la furtiva mirada de sus ojos! Jamás se les ve trabajar y, sin embargo, se levantan con las primeras luces del día para acechar, reteniendo el aliento, como se acecha una presa que nunca llega. Y si a veces ocurre verdaderamente que un ser indefenso, que podría hacer su fortuna, penetra en sus dominios, un terror paralizante se adueña de ellos, los arroja temblando en sus rincones y les impide aprovechar las menores ventajas. Nadie parece lo bastante débil como para que tengan el valor de dominarlo.

—Bestias de presa degeneradas y sin dientes, a las que les han quitado la fuerza y las garras —dice Charousek, mirándome con aire vacilante.

¿Cómo puede saber lo que yo estaba pensando? En ocasiones se atizan con tanta fuerza los pensamientos, que estos pueden brotar y caer sobre el cerebro de una persona cercana, como chispas.

—¿De qué vivirán? —dije al cabo de un rato.

—¿Vivir? ¿De qué? ¡Pero si algunos de ellos son millonarios!

Observé a Charousek. ¿Qué quería decir con eso? Pero el estudiante callaba, los ojos fijos en las nubes. Durante un instante el murmullo de las voces se había detenido bajo la arcada y solo se oía el tamborileo de la lluvia.

¿Qué había querido decir con eso de «algunos de ellos son millonarios»?

Una vez más, fue como si Charousek hubiera adivinado mis pensamientos. Señaló con el dedo la tienda de chatarrería contigua, frente a la cual la lluvia que resbalaba sobre la herrumbre formaba charcos amarronados.

—¡Aarón Wassertrum, por ejemplo! Es millonario, posee casi un tercio del Barrio Judío. ¿No lo sabía usted, herr Pernath?

Literalmente se me cortó la respiración.

—¿¡Aarón Wassertrum?! ¿¡El chatarrero Aarón Wassertrum es millonario!?

—Oh, le conozco muy bien —prosiguió Charousek, determinado a contarme la historia, como si hubiera estado esperado mi pregunta—. Conozco también a su hijo, el doctor Wassory. ¿No ha oído hablar de él? ¿El doctor Wassory, el célebre oculista? No hace un año toda la ciudad le ponía por las nubes, a él y su saber. Nadie sabía entonces que se había cambiado el nombre y que antes se llamaba Wassertrum. Interpretaba de buena gana el papel del hombre de ciencia que rehuye el mundo, y si la conversación recaía sobre el tema de su origen, daba a entender con medias palabras, conmovido y modesto, que su padre provenía del Gueto; que él había tenido que elevarse a costa de trabajo, en medio de preocupaciones de toda clase y de penas indecibles, desde los comienzos más humildes hasta la luz de la notoriedad. ¡Sí, en medio de penas y problemas! ¡Pero nunca dijo *qué* problemas y las penas de *quién*, ni con *qué* medios! ¡Eso no lo dijo jamás! Pero yo sé cómo ocurrieron las cosas en el Gueto.

Charousek me aferró el brazo y lo sacudió violentamente.

—Herr Pernath, yo soy tan pobre que casi me cuesta comprenderlo. Me veo obligado a andar casi desnudo, como un vagabundo —míreme—, y sin embargo soy estudiante de medicina, soy una persona cultivada.

Abrió su abrigo con un gesto brutal y vi con horror que debajo no tenía camisa ni chaqueta; debajo solo había piel desnuda.

—Sin embargo, por pobre que sea, soy yo quien ha causado la perdición de ese monstruo, el eminente y todopoderoso doctor Wassory, e incluso hoy nadie lo sospecha. En la ciudad se cree que fue un tal doctor Savioli quien expuso sus prácticas a la luz del día y lo empujó al suicidio. Pero se lo digo yo, el doctor Savioli fue solo mi instrumento, nada más. Yo solo concebí el plan, reuní los elementos, suministré las pruebas; yo solo socavé sin ruido, piedra tras piedra, imperceptiblemente, el edificio que había construido el doctor Wassory, hasta el día en que ni todo el oro del mundo, ni toda la astucia del Gueto hubiesen podido evitar el derrumbe, el derrumbe que solo precisaba un imperceptible empujón.

»Sabe usted, como... como en el ajedrez. Sí, exactamente como en el juego del ajedrez.

»¡Y nadie supo que fui yo!

»Claro está que una horrible sospecha impide a menudo dormir a Aarón Wassertrum; sospecha que alguien —que él no conoce, que siempre está en su vecindad y sobre quien no puede poner la mano—, alguien que no es el doctor Savioli ha debido inmiscuirse en el asunto. De nada le sirve tener ojos capaces de ver a través de las murallas. Aún no ha comprendido que ciertas mentes son capaces de calcular cómo se pueden perforar los muros mismos con agujas envenenadas invisibles, que no detienen ni los parapetos, ni el oro, ni las piedras preciosas, a fin de acertar en la arteria vital oculta.»

Y Charousek se golpeó la frente, estallando en una carcajada salvaje.

—Aarón Wassertrum lo sabrá muy pronto, precisamente el día que se decida a coger por el cuello al doctor Savioli. ¡Precisamente ese día! La partida de ajedrez también la he calculado hasta la última jugada. Esta vez será un gambito de rey. A partir de ese momento no hay un solo movimiento, ni uno solo hasta el amargo final, contra el que yo no tenga una respuesta fatal. ¡Aquel que acepte un gambito de rey conmigo, se lo aseguro, estará sujeto como una marioneta a los hilos que yo tiro, óigame bien, que yo tiro, acabando con su libre albedrío!

El estudiante hablaba como si tuviese fiebre. Yo le observaba, espantado.

—¿Qué le han hecho a usted Wassertrum y su hijo para que esté tan lleno de odio?

Charousek escabulló mi pregunta.

—¡Olvide eso! Pregúnteme más bien qué es lo que perdió al doctor Wassory. ¿O quizá prefiere que hablemos de esto alguna otra vez? La lluvia se ha detenido y tal vez quiera usted volver a su casa.

Había bajado la voz, como alguien que recobrara de pronto la calma. Yo sacudí la cabeza.

—¿Ha oído hablar alguna vez cómo se cura hoy el glaucoma? ¿No? Entonces debo explicárselo para que pueda usted comprender todo claramente, herr Pernath. El glaucoma es una afección maligna del globo ocular que lleva a la ceguera y solo hay una manera de detener el avance del mal: practicar la iridectomía, es decir, extirpar un minúsculo fragmento circular del iris. Los efectos secundarios son unos terribles deslumbramientos que persisten toda la vida. Pero al menos se evita casi siempre la ceguera total.

»Solo que el diagnóstico del glaucoma presenta ciertas particularidades: hay períodos, sobre todo al comienzo de la enfermedad, en que los síntomas, que habían sido previamente muy evidentes, parecen desaparecer por completo. En tales casos es imposible para un médico, incluso sin descubrir el menor rastro de anomalía, afirmar con certeza que el colega que había examinado al paciente y diagnosticado el glaucoma no estuviera necesariamente equivocado.

»Pero una vez practicada la iridectomía, que evidentemente puede hacerse tanto en un ojo sano como en uno enfermo, es imposible demostrar si existía o no glaucoma antes de la intervención.

»Sobre la base de estos y otros datos, el doctor Wassory construyó un plan abominable. En innumerables casos —sobre todo de mujeres— diagnosticaba un glaucoma allí donde no existían sino molestias visuales relativamente benignas, solo para llevar a la practica una intervención que no le costaba ningún esfuerzo y le reportaba mucho dinero.

»Como usted puede ver, herr Pernath, por ese procedimiento tenía en sus manos a personas totalmente indefensas, y sus extorsiones no precisaban el menor vestigio de valor. Esa fiera degenerada se encontraba situada en condiciones tales que podía devorar a su víctima sin tener que recurrir a la fuerza ni a las garras. ¡Sin arriesgar nada! ¿Comprende usted? ¡Sin correr el menor peligro!

»Merced a un sinnúmero de dudosos artículos en revistas especializadas, el doctor Wassory había alcanzado gran fama como eminente especialista y engañaba a sus propios colegas, demasiado ingenuos y honorables como para desenmascarar su infamia. La consecuencia natural fue un cúmulo de enfermos que venían a verlo en busca de ayuda. Ya desde el momento que alguien lo consultaba por el más leve de los problemas visuales, él se ponía manos a la obra con una perfidia metódica. Para empezar, interrogaba al enfermo, como siempre, pero teniendo buen cuidado de anotar, para cubrirse, las respuestas que podían ser compatibles con un glaucoma. Igualmente se informaba con prudencia sobre si el paciente había sido ya examinado por algún otro colega. A lo largo de la conversación mencionaba que había recibido un llamado urgente del extranjero, con motivo de muy importantes acuerdos científicos, y que debía partir al día siguiente.

»Durante el examen del ojo se las ingeniaba para hacer sufrir al paciente lo más posible, apuntando sobre él intensos rayos luminosos. ¡Y todo con premeditación! ¡Con premeditación!

»Terminado el examen, cuando el enfermo llegaba a la pregunta habitual y quería saber si su caso era grave, Wassory efectuaba el primer movimiento de su gambito. Se sentaba frente al paciente, dejaba pasar un minuto y luego pronunciaba, con voz comedida y sonora:

»—La ceguera total es inevitable en un futuro muy cercano.

»Demás está decir que seguía una escena espantosa. A menudo la gente se desvanecía, lloraba, gritaba y se arrojaba al suelo presa de la mayor desesperación.

»Perder la vista es perderlo todo.

»Y cuando llegaba el momento, también inevitable, en que la desgraciada víctima se abrazaba a las rodillas del doctor Wassory y le preguntaba, suplicante, si verdaderamente no había nada que hacer, el monstruo realizaba su segunda jugada y se atribuía el rol de Dios caritativo.

»¡Todo, todo en el mundo es como una partida de ajedrez, herr Pernath!

»—Si operamos de inmediato —declaraba el doctor Wassory, después de madura reflexión—, puede haber alguna oportunidad; de cualquier modo, es solo una esperanza de curación.

»Luego, arrebatado por una vanidad demente, se ponía a describir con torrentes de elocuencia tal o cual caso que presentaba semejanzas asombrosas con el del paciente en cuestión, cómo innumerables pacientes le debían la preservación de su vista, y otras consideraciones por el estilo. La sensación de ser considerado por un ser superior que tenía en sus manos la felicidad y la desgracia de otros hombres, literalmente lo embriagaba.

»Pero durante todo ese tiempo la víctima indefensa —con frecuencia mujer— permanecía deshecha ante él, el corazón lleno de preguntas candentes, el sudor de la angustia en la frente, sin atreverse a interrumpirlo por temor a irritar al único que aún podía ayudarlo.

»Desgraciadamente —el doctor Wassory siempre terminaba su discurso así— anunciaba que solo estaría en condiciones de proceder a la intervención al regreso de su viaje al extranjero, dentro de unos meses. Quizá —en semejantes casos siempre había que conservar la esperanza—, quizá no sería demasiado tarde entonces.

»Claro es que el enfermo se estremecía, aterrorizado, declarando que bajo ningún pretexto quería aguardar, aunque más no fuera un día, y le imploraba que le indicara a cuál de los demás oculistas de la ciudad podía acudir para la operación. Había llegado el momento, para el doctor Wassory, de realizar su último movimiento. Se sumergía en profunda meditación, mostraba en su frente las arrugas de la aflicción y terminaba por murmurar, preocupado, que la intervención de otro médico exigiría lamentablemente *otro* examen del ojo a la luz eléctrica, cosa que no dejaría —el paciente había podido constatar por sí mismo hasta qué punto era dolorosa esa exploración— de tener consecuencias fatales en razón de la fuerza de los rayos. En consecuencia otro especialista —independientemente de que muchos de ellos carecían de experiencia suficiente en iridectomía—, al verse obligado a realizar un nuevo examen, tendría que aguardar a que los nervios ópticos se hubiesen recobrado antes de operar, cosa que llevaba muchos meses.»

Charousek cerró los puños.

—En términos de ajedrez, es lo que llamamos *zugzwang*, mi querido Pernath, una jugada forzada. Y la que seguía también lo era.

»Casi enloquecido de desesperación, el enfermo suplicaba entonces al doctor Wassory que se apiadara de él, que pospusiera un día su partida y realizara él mismo la intervención. Era algo peor, decía el paciente, un hecho peor que la muerte; la muerte puede acontecer rápidamente, pero nada puede ser peor que el cruel tormento de perder la vista de un momento a otro.

»Y cuanto más se resistía el monstruo, lamentándose de que su partida podría ocasionar un perjuicio incalculable a su reputación, más el enfermo aumentaba voluntariamente la suma ofrecida. Cuando esta le parecía suficiente, el doctor Wassory cedía y —para evitar todo incidente que pudiera descubrir su maniobra— pasaba a infligir ese mismo día, a dos ojos sanos, unos daños irreparables que, por el temor incesante de la ceguera, habrían de convertir una vida en un perpetuo suplicio, pero eliminando para siempre las huellas de su estafa.

»Merced a estas intervenciones practicadas en ojos sanos, el doctor Wassory obtenía un doble resultado: aumentaba su reputación de médico inigualable, logrando detener en cada ocasión la amenaza de la ceguera, y satisfacía su pasión descontrolada por el dinero, así como su vanidad, cuando veía a sus víctimas inconscientes heridas en cuerpos y bienes, considerándolo como su salvador y poniéndolo por las nubes.

»Solo un hombre familiarizado desde la infancia con todas las triquiñuelas del Gueto, con sus innumerables recursos, invisibles y no obstante invencibles, decidido a estar al acecho como una araña, es capaz de cometer durante tantos años tales atrocidades sin ser atrapado. Un hombre que conociera toda la ciudad, adivinando y desenmarañando hasta sus últimos recodos las relaciones y situaciones de la fortuna, casi podríamos decir alguien que tuviera poderes psíquicos. Además, sin mi intervención, seguiría aún practicando sus artes, y lo habría hecho hasta una edad avanzada, para terminar como un respetable patriarca en medio de sus adoradores, colmado de honores, ejemplo resplandeciente para las generaciones futuras, disfrutando el atardecer de su vida, hasta que la gran guadaña pasara sobre él como sobre los demás.

»Pero como yo también crecí en el Gueto, también tengo esa astucia diabólica en la sangre. Por eso pude acabar con él, así como restalla el rayo surgido de un cielo azul. El mérito de haberlo desenmascarado recae sobre un joven médico alemán, el doctor Savioli, pero fue tan solo el instrumento de mi mano. Yo lo impulsé y acumulé prueba sobre prueba hasta el día en que el brazo del fiscal se tendió hacia el doctor Wassory.

»Entonces el monstruo se suicidó, ¡bendita sea la hora! Como si mi doble hubiera estado junto a él y hubiera guiado su mano, se suicidó con una ampolla de nitrito de amilo que yo había dejado deliberadamente en su consultorio el día que lo induje a diagnosticarme un falso glaucoma. Cuando salí de allí, oré una ferviente plegaria con el ardiente deseo de que fuera ese veneno el que le asestase el golpe de gracia.

»En la ciudad se dijo que había sufrido una congestión cerebral... En efecto, inhalado, el nitrito de amilo causa una muerte parecida a una congestión cerebral. Pero la fábula no pudo mantenerse mucho tiempo.»

De pronto la mirada de Charousek quedó inmóvil, ausente, como si el estudiante se hubiera sumergido en un profundo problema; luego se encogió de hombros en dirección de la tienda de Aarón Wassertrum.

—Ahora está solo —masculló—, totalmente solo con su avaricia y... y... y con su muñeca de cera.

El corazón se me subió a la garganta. Observé a Charousek con espanto. ¿Estaría loco? Los sueños del delirio le sugieren semejantes ideas. ¡Seguro, seguro! Lo ha inventado todo, lo ha imaginado todo. Los horrores que ha contado acerca del oculista no pueden ser ciertos. Está tuberculoso y las fiebres de la muerte se arremolinan en su cerebro. Quise calmarlo con unas palabras divertidas y desviar sus pensamientos hacia temas más agradables, pero antes de que lograra hallar una sola palabra, un recuerdo me cruzó por la mente como un rayo: el rostro de Wassertrum, con su labio leporino y sus redondos ojos de pescado, espiando por un instante mi habitación.

¿Savioli? ¿El doctor Savioli? Pero claro, era el nombre del joven que Zwakh, el viejo titiritero, me había confiado en un susurro, el del locatario distinguido que ocupaba su estudio. ¡El doctor Savioli! Como si alguien gritara el nombre dentro de mi cabeza. Una sucesión de imágenes confusas se sucedieron en mi mente, perseguidas por espantosos presentimientos invasores.

Quise interrogar a Charousek, contarle muy rápidamente lo que había visto y oído en la habitación vecina, cuando observé que un violento acceso de tos le sacudía y amenazaba con abatirlo. Apenas si alcancé a ver cómo se alejaba, bajo la lluvia, apoyándose en la pared con ambas manos, después de haberme saludado brevemente con la cabeza. Sí, ahora estaba seguro, no le hacía hablar una imaginación ferviente. Él tenía razón; el espíritu del crimen, inasible, que ronda noche y día por estas callejuelas y trata de encarnarse. Está en el aire y nosotros no lo vemos. De pronto, se abate sobre el alma de un hombre y nosotros ni lo sospechamos... y antes que podamos atraparlo, ha perdido su forma y todo ha pasado. Solo oímos sombríos rumores de algún acontecimiento atroz.

De golpe comprendí hasta lo más profundo de su ser a esas criaturas enigmáticas que viven alrededor de mí: atraviesan la existencia sin voluntad, animadas por una corriente magnética invisible, igual que hace unos instantes ese ramillete de novia flotaba en la sucia agua del desagüe. Tuve la impresión de que todas las casas me observaban con expresión maligna, llenas de rencores sin nombre: las puertas eran bocas negras, enormes, de dientes estropeados, gargantas que a cada instante podían estallar en un grito tan penetrante y cargado de odio que nos espantaría hasta lo más profundo de nuestro ser.

¿Qué más había dicho el estudiante, para terminar, acerca del chatarrero? —murmuré las palabras para mí mismo—. «Aarón Wassertrum ahora está solo con su codicia y... con su muñeca de cera».

¿Qué habrá querido decir con eso de la muñeca de cera?

Seguramente se trataba de una comparación, me dije para calmarme, algo metafórico. Una de esas metáforas morbosas con las que uno trata de sorprender; que uno al principio no comprende y que, si se materializan más tarde, inopinadamente, llegan a espantar como objetos de formas inusitadas sobre los que cae bruscamente un súbito rayo de luz.

Observé con más detenimiento a quienes aguardaban conmigo bajo la arcada. A mi lado estaba el viejo gordo que se había reído de manera tan repugnante un poco antes. Vestido con una levita negra, las manos enguantadas, observaba fijamente con sus negros ojos saltones la puerta de la casa de enfrente. Su rostro afeitado de rasgos groseros se estremecía de excitación.

Involuntariamente seguí su mirada y noté que observaba fascinado a Rosina, que estaba del otro lado de la calle, con su permanente sonrisa en los labios. El viejo se esforzaba por llamar su atención y yo veía que ella se daba perfectamente cuenta, pero hacía como que no comprendía.

Finalmente, sin poder aguantarse, el viejo se lanzó al fango de puntillas, saltando por encima de los charcos con una elasticidad grotesca, como un gran balón de goma negra.

Parecían conocerlo, a juzgar por las observaciones que escuché. Detrás de mí, alguien —un patán con una bufanda roja tejida alrededor del cuello, una gorra militar azul en la cabeza y el cigarrillo detrás de la oreja, al tiempo que hacía muecas— prorrumpió en alusiones que no alcancé a comprender. Capté solamente que en el Gueto llamaban al viejo el «francmasón» y que, en su jerga, ese nombre designaba a alguien que acosaba a las niñas de las escuelas, pero cuyas estrechas relaciones con la policía le aseguraban la impunidad.

Luego el rostro de Rosina y el viejo desaparecieron en la oscuridad del vestíbulo de la casa.

Ponche

Habíamos abierto la ventana para dejar que se escaparan los torrentes de humo de mi pequeña habitación. El viento frío de la noche soplaba sobre los abrigos peludos colgados detrás de la puerta y los hacía balancear suavemente.

—El venerable sombrero de Prokop tiene ganas de volar —dijo Zwakh, señalando el gran sombrero blando del músico, cuya ala ancha oscilaba como un par de negras alas.

Joshua Prokop guiñó alegremente un ojo.

—Lo hará —dijo— probablemente quiera ir a...

—A lo de Loisitchek, para escuchar a la orquesta danzante —interrumpió Vrieslander.

Prokop rió y se puso a golpetear en la mesa al ritmo de la música que el suave aire del invierno provocaba en los techados. Luego descolgó de la pared mi vieja y rota guitarra, hizo como que pulsaba las cuerdas rotas y entonó una extraña canción con chillona voz de falsete, exagerando la pronunciación de la jerga.

Una gallina gris
con pasta para soltar;
una buena ganga
para su navaja;
petimetre,
nariz prominente y burlón:
nada salvo helarse...
Así es la vida.

—¡Muestra una aptitud natural para el argot! —Vrieslander se echó a reír y unió su voz de bajo al recitativo.

Petimetre,
nariz prominente y burlón:
Nada salvo helarse...
Así es la vida.

Zwakh me explicó:
—Es la curiosa canción que Nephtali Schaffranek —el *meshuggenah* con visera verde— cloquea todas las noches en

lo de Loisitchek; una criatura pintarrajeada toca el acordeón y se une en el canto. Es un cabaret interesante y usted tendría que venir una de estas noches con nosotros, Pernath. Quizás un poco más tarde, cuando el ponche se haya terminado. ¿Qué le parece? ¿Para festejar su aniversario?

—Sí, venga con nosotros —dijo Prokop cerrando la ventana—. Es algo digno de ver.

Acto seguido todos volvimos a beber ponche, cada uno ocupado con sus propios pensamientos. Vrieslander tallaba una marioneta.

Zwakh rompió el silencio.

—Literalmente, Joshua, nos ha aislado del mundo exterior, cuando cerró la ventana. Nadie ha vuelto a decir palabra.

—Solo pensaba en los abrigos que acaban de cobrar vida —dijo rápidamente Prokop, como excusándose por su silencio—. ¿No es extraño cuando el viento hace mover los objetos inanimados? Es una impresión curiosa ver levantarse y flotar objetos que yacían hasta ese instante como muertos, ¿no les parece? Un día vi cómo en una plaza desierta grandes trozos de papel giraban en redondo una y otra vez, con furia loca —sin que yo sintiera el menor soplo de viento, porque estaba en el interior de una casa—, persiguiéndose como si hubieran jurado exterminarse. Un poco más tarde parecían haberse calmado, pero bruscamente les volvía una furia insensata y se ponían a correr en todas direcciones, se acumulaban en un rincón, se desparramaban de nuevo como poseídos, para terminar desapareciendo detrás de una esquina de la casa.

»Solo un periódico más grueso no había podido seguirlos. Permanecía en el empedrado, abriéndose y cerrándose espasmódicamente, como si hubiera perdido el aliento y jadeara buscando aire.

»Me sentí invadido entonces por una sospecha sombría: ¿y si, después de todo, los seres vivientes no fuéramos nada más que esos restos de papel? ¿No hay acaso un "viento" invisible, misterioso, que nos empuja aquí o allá, determinando nuestras acciones, mientras en nuestra ingenuidad creemos gozar de libre albedrío? ¿Y si la vida que hay en nosotros no fuera más que un inexplicable remolino de viento? Ese viento del que la Biblia dice: "Oyes el sonido, pero no puedes decir de dónde viene y adónde va?". ¿No soñamos a veces que hundimos nuestras manos en aguas profundas y atrapamos peces de plata, cuando no es más que una corriente de aire frío que resbala sobre nuestras manos?»

—Prokop, habla usted como Pernath. ¿Qué le ocurre? —preguntó Zwakh, observando al músico con aire desconfiado.

—Es la historia del *Libro de Ibbur* que acabamos de escuchar hace un instante —lástima que llegó usted tarde para oírla— la que le ha puesto pensativo —dijo Vrieslander.

—¿La historia de un libro?

—En realidad, la extraña apariencia del hombre que trajo el libro. Pernath no sabe cómo se llama, ni dónde vive, ni lo que quería, y a pesar de que su aspecto era de lo más llamativo, le resulta imposible describirlo.

Zwakh se pellizcó de inmediato las orejas.

—Qué notable —dijo tras una pausa—. ¿Por casualidad ese extraño tenía el rostro afeitado, sin rastros de barba? ¿Tenía ojos oblicuos?

—Así lo creo —dije—, quiero decir... estoy seguro. ¿De modo que lo conoce?

El titiritero meneó la cabeza.

—Me hace pensar en el Golem, eso es todo.

Vrieslander dejó caer su cuchillo.

—¿El Golem? He oído hablar mucho de eso. ¿Sabe usted algo al respecto, Zwakh?

—¿Quién puede decir que *sabe* algo sobre el Golem? —respondió Zwakh encogiéndose de hombros—. Se lo relega al dominio del mito hasta el día en que tiene lugar algún hecho que bruscamente lo resucita. Entonces, durante algún tiempo todo el mundo habla de él, los rumores adquieren proporciones monstruosas y terminan por ser tan exagerados que zozobran por el hecho mismo de su inverosimilitud. Se dice que el origen de la historia se remonta al siglo XVII. Un rabino de esa época, siguiendo las instrucciones de un libro perdido de la Cábala, habría creado un hombre artificial, el así llamado Golem, para que le sirviera de criado, hiciera tañer las campanas de la sinagoga y realizara los trabajos pesados.

»Pero no se trataba de un hombre de verdad, Zwakh. Tenía solo una especie de vida vegetal, semiconsciente, y se decía que subsistía solo durante el día, mantenido por el poder de un pergamino con fórmulas mágicas, colocado detrás de sus dientes, que atraía las energías siderales del universo. Y cuando un día, antes de la plegaria, el rabino olvidó retirarlo de la boca del Golem, este cayó presa de un acceso de furiosa locura y se lanzó a correr por las callejuelas, destruyendo todo lo que caía en sus manos. Hasta que el rabino bloqueó el camino de la criatura y destruyó el pergamino. Y entonces el Golem cayó sin vida. Nada quedó de él, salvo la figura de un enano de arcilla que se puede ver actualmente en la sinagoga Vieja-Nueva.»

—Ese mismo rabino habría sido invitado por el emperador al castillo de Hradschin, para evocar los espíritus de los muertos y hacerlos aparecer —agregó Prokop—. Especialistas modernos piensan que se sirvió de una linterna mágica.

—¡Una linterna mágica! Desde luego, la gente hoy en día cree en cualquier cosa —prosiguió Zwakh sin inmutarse—. ¡Como si el emperador Rodolfo, que había buscado y coleccionado objetos de esa clase toda su vida, no hubiera desenmascarado al primer golpe de vista una superchería tan grosera!

»Evidentemente, yo no sé en qué se basa el origen de la historia del Golem, pero de algo estoy seguro: algo mora en el Barrio Judío, algo que nunca muere. Mis antepasados han vivido aquí generación tras generación y nadie puede haber acumulado más evidencias que yo, ancestrales y personales, acerca de las apariciones periódicas del Golem.»

Zwakh calló repentinamente, y se notaba que sus pensamientos erraban en el pasado. Viéndolo sentado así a la mesa, la cabeza sostenida por la mano, el rojo de sus mejillas aniñadas contrastando de manera extraña con el blanco de los cabellos bajo la cruda luz de la lámpara, no pude dejar de comparar involuntariamente sus rasgos con las máscaras de las marionetas que me enseñaba tan a menudo.

¡Cómo se les parecía el anciano! El mismo perfil, la misma expresión.

Me dije que muchas cosas de esta tierra no pueden disociarse, y al tiempo que el destino simple de Zwakh se desplegaba en mi mente, me pareció repentinamente insólito y monstruoso que un hombre como él, mucho más instruido que sus antepasados, que debiera haber sido actor, se viera reducido a un miserable teatro de marionetas, y a ir de feria en feria exhibiendo los movimientos torpes y las aventuras fastidiosas de esos mismos muñecos que habían procurado un medio de existencia tan precario a sus antepasados. Son parte de su vida y ellas viven gracias a él, y cuando él se aleja, se metamorfosean en pensamientos localizados en su cerebro, hostigándolo y molestándolo, hasta que regresa a su hogar. Es por eso que ahora las manipula con tanto amor y las viste orgullosamente de oropel.

—Zwakh, cuéntenos algo más —pidió Prokop, y luego nos miró, a Vrieslander y a mí, para saber si estábamos de acuerdo.

—No sé por dónde empezar —dijo el anciano, vacilando—. La historia del Golem no es fácil de comprender.

Como acaba de decir Pernath, sabe exactamente el aspecto que tenía el desconocido y no obstante no puede describirlo. Cada treinta y tres años, más o menos, se reproduce en nuestras callejuelas un acontecimiento que no tiene nada particularmente inquietante en sí mismo, y que sin embargo provoca pánico porque no se le encuentra justificación ni explicación satisfactoria. En cada ocasión, un hombre totalmente desconocido, imberbe, de rostro amarillento y de tipo mongol, se dirige a través del Gueto hacia la calle de Altschul con paso uniforme, curiosamente inestable, como si de un momento a otro fuera a caer hacia adelante... y luego, de pronto, se desvanece.

»Por lo general, gira una esquina y desaparece.

»Otras veces se dice que describe un círculo para volver a su punto de partida, una casa muy vieja en las cercanías de la sinagoga.

»Algunos desorbitados pretenden también haberle visto desembocar de una callejuela adyacente e ir a su encuentro. Pero si bien indiscutiblemente caminaba en dirección a ellos, se fue volviendo más y más pequeño, como alguien cuya silueta se perdiera en lontananza, para luego desaparecer bruscamente.

»Hace setenta años la impresión que produjo fue particularmente profunda, porque recuerdo —en ese entonces era muy joven— que se revisó la casa de la calle Altschul, desde el sótano hasta el desván. Se descubrió también una habitación con una ventana enrejada que no tiene acceso.

La circunstancia se hizo evidente cuando hicieron colgar lienzos de todas las ventanas para ver desde la calle cuáles eran las accesibles. Como no se podía penetrar de otro modo, un hombre descendió por una cuerda desde el techo para ver lo que había adentro. Pero no bien llegó cerca de la ventana, la cuerda se rompió y el desgraciado se rompió el cráneo contra el suelo. Y cuando más tarde se quiso volver a intentarlo, las opiniones acerca de la ubicación de la ventana eran tan dispares que se renunció a hacerlo.

»En cuanto a mí, me encontré personalmente con el Golem por primera vez hace alrededor de treinta y tres años. Venía a mi encuentro por un pasaje y poco faltó para que chocáramos. Aún hoy no logro comprender lo que me pasó en ese momento. A fin de cuentas nadie tiene día tras día la impresión de que va a encontrarse con el Golem, y sin embargo, en ese preciso instante, *antes* que hubiera podido verlo, algo gritó dentro de mí: "¡El Golem!". En ese mismo momento alguien salió de la sombra de una arcada y el desconocido pasó a mi lado. Un segundo más tarde un torrente de rostros pálidos, trastornados, se precipitaba hacia mí y me bombardeaba con preguntas. ¿Lo has visto? ¿Lo has visto?

»Y mientras les respondía, tuve la impresión de que mi lengua se desataba, por más que con anterioridad no hubiera advertido que no podía hablar. Me sentí estupefacto de poder moverme y solo entonces me percaté de que había debido estar, aunque solo fuese durante una fracción de segundo, en una especie de parálisis.

»A menudo he reflexionado largamente acerca de esas cosas, y me parece que me acerco el máximo a la verdad diciendo lo siguiente: en el curso de cada generación hay siempre un momento en que una epidemia espiritual recorre el Gueto con la rapidez del rayo, ataca las almas de aquellos que viven con un designio que permanece para nosotros oculto, y hace aparecer como una especie de milagro la silueta de un ser característico que hace siglos vive aquí, y quizá desea ávidamente reencontrar forma física.

»Puede que esté constantemente entre nosotros, todas las horas del día, sin que nos percatemos. Del mismo modo que escuchamos la nota del diapasón antes de que este golpee la madera y la haga vibrar al unísono. Quizá haya en ello una especie de crecimiento espiritual sin conciencia de sí mismo, una estructura que nace como un cristal del informe caos según leyes inmutables.

»¿Quién sabe?

»Así como en los días tórridos la electricidad estática de los edificios crece hasta volverse intolerable y termina por engendrar el rayo, ¿no podría ser que la acumulación incesante de esos pensamientos jamás renovados que envenenan el aire del Gueto produjese una descarga repentina, espasmódica? Una explosión espiritual que como un latigazo proyectara a la luz del día y creara, como la electricidad al rayo, una aparición que por su aspecto, su paso y su comportamiento revelaría infaliblemente el símbolo del alma colectiva, si supiéramos interpretar el lenguaje secreto de las formas...

»Y así como muchos fenómenos naturales anuncian el estallido del rayo, ciertos portentos angustiantes presagian la inminencia de ese espectro en el mundo físico. El revoque que se resquebraja sobre un viejo muro dibuja una silueta que recuerda a un hombre caminando, y en las flores de la escarcha, sobre la ventana, aparecen rasgos de rostros congelados; la arena del tejado parece caer de otro modo, haciendo sospechar al observador irritado que una inteligencia invisible, al huir de la luz, la arroja y se ejercita en secreto modelando toda suerte de figuras extrañas. Si nuestros ojos se detienen sobre una textura monocromática o sobre las desigualdades de la piel, nos vemos abrumados por el don angustioso de ver por todas partes formas ominosas, significativas, que adquieren en nuestros sueños proporciones gigantescas. Y siempre, como un hilo rojo que corre a través de esos intentos esquemáticos que hace el pensamiento colectivo por perforar las murallas de nuestra existencia cotidiana, la certidumbre dolorosa de que lo más íntimo de nuestro ser nos es arrancado con premeditación y en contra de nuestra voluntad, chupado para que el espectro pueda adquirir forma.

»Cuando oí decir a Pernath, hace algunos instantes, que se había encontrado con un hombre imberbe de ojos rasgados, me apareció ver al Golem tal como lo vi ante mi ojo interno, exactamente como lo he visto todos estos años. Como si se hubiera materializado por arte de magia, estaba ahí, delante de mí. Y me atravesó durante un instante el vago temor de encontrarme una vez más en vísperas de un acontecimiento inexplicable. Esa misma angustia que ya había experimentado en mis años juveniles, cuando proyectaron sus sombras las primeras manifestaciones espectrales del Golem.

»Hace ya setenta y seis años de eso. Sucedió una noche en que el novio de mi hermana había venido de visita y la familia debía fijar la fecha de la boda. En esa época se echaba plomo fundido en agua fría para adivinar la fortuna, y yo permanecía allí, con la boca abierta, sin comprender lo que estaban haciendo. En mi espíritu de niño desconcertado relacionaba esta operación con el Golem, cuya historia había oído relatar con frecuencia a mi abuelo, y me figuraba que de un momento a otro habría de abrirse la puerta para dar paso a la extraña figura.

»Mi hermana vació la cuchara con el metal fundido en la escudilla llena de agua y se rió alegremente al ver mi estado de excitación. Con sus manos marchitas y temblorosas, mi abuelo sacó el trozo de plomo brillante y lo elevó hacia la luz. De inmediato la agitación se adueñó de los presentes y todos comenzaron a hablar al mismo tiempo Yo quise acercarme, pero fui rechazado. Mucho más tarde, cuando ya era mayor, mi padre me contó que, al solidificarse, el metal había adquirido la forma muy precisa de una pequeña cabeza redonda, imberbe, como colada en un molde. Se parecía tan extrañamente a la del Golem que todos se espantaron.

»He hablado a menudo de ello con Schemaiah Hillel, el archivista del Ayuntamiento Judío que tiene en custodia los objetos de culto en la sinagoga Vieja-Nueva, así como la figura de terracota de los tiempos del emperador Rodolfo. Él ha estudiado la Cábala y piensa que ese trozo de arcilla de forma humana bien podría ser un presagio de los viejos días, así como, en mi juventud, lo fue la cabeza de plomo. Y cree que la figura desconocida que deambula por los parajes debe ser el espectro que el rabino de la Edad Media había primero creado *en su mente* antes de poder revestirlo de forma física. Y que desde entonces regresa a intervalos regulares, según las conjunciones astrales bajo las que ha sido creada, atormentada por el deseo de tomar una existencia física.

»La difunta esposa de Hillel también vio el Golem cara a cara, y cayó como yo en un estado de parálisis mientras la enigmática criatura permanecía cerca. Ella decía estar firmemente convencida de que su propia alma había salido de su cuerpo y permanecido un instante frente a ella, mirándola a los ojos con los rasgos de una criatura extraña. A pesar de una angustia terrible, ni por un segundo había perdido la certeza de que ese otro no podía ser más que un fragmento arrancado a lo más íntimo de ella misma.»

—¡Increíble! —murmuró Prokop, perdido en sus pensamientos; Vrieslander también parecía ensimismado en los suyos.

Luego golpearon a la puerta y la anciana mujer que por las noches me trae el agua y todo lo que pueda necesitar entró, depositó el cántaro de barro en el suelo y se fue sin proferir palabra. Todos alzamos la cabeza y miramos alrededor de nosotros como si saliéramos de un sueño, pero aún transcurrió un largo rato en silencio. Se hubiera dicho que con la anciana se había deslizado en la habitación una nueva influencia, a la que primero debíamos habituarnos.

—¡Sí! —dijo de pronto Zwakh, sin la menor transición—. Rosina la pelirroja es otro rostro del que no podemos librarnos, que vemos surgir constantemente de todos los rincones y recovecos. Esa sonrisa torcida e irónica la he visto toda mi vida; ¡primero la abuela, después la madre! Siempre el mismo rostro, sin el menor cambio. El mismo nombre también, Rosina, cada una la reencarnación de la otra.

—¿Rosina no es la hija de Aarón Wassertrum, el chatarrero? —pregunté.

—Eso dicen —replicó Zwakh—. Pero Aarón Wassertrum tiene hijos que no conocemos. Con respecto a la madre de Rosina, no se sabe *quién* era su padre, ni qué se hizo de ella; a los quince años tuvo un niño y desde entonces no volvió a aparecer. Su desaparición coincidió, si mal no recuerdo, con un asesinato cometido por su culpa en esa casa.

»Al igual que su hija en la actualidad, *su* imagen volvía locos a todos los muchachos. Uno de ellos aún vive; lo veo a menudo, pero he olvidado su nombre. Los otros murieron muy temprano y no conservo de esos tiempos más que breves episodios, que pasan por mi memoria como imágenes desvaídas. Por ejemplo, había entonces un subnormal que iba de taberna en taberna y recortaba la silueta de los clientes en papel negro por unos kreutzers. Cuando le hacían beber, caía víctima de una tristeza indecible y se ponía a recortar, sollozando sin parar, el mismo perfil de muchacha hasta agotar su provisión de papel. Hace ya mucho tiempo que he olvidado los detalles, pero creo que se decía que había amado mucho, siendo casi un niño, a una tal Rosina —sin duda abuela de la actual— por la que perdió la razón. Sí, si saco la cuenta de los años, no puede ser otra que la abuela de la actual Rosina.

Zwakh calló y se echó hacia atrás en su silla.

En esta casa el destino da vueltas y vueltas y vuelve siempre al mismo punto. Cuando este pensamiento cruzó por mi mente, fue acompañado por una imagen espantosa: un gato con la cabeza rota y los sesos fuera, que había visto en otros tiempos dando vueltas en círculos...

De pronto fui consciente de Vrieslander, que decía en voz alta:

—Y ahora la cabeza —y sacó un trozo de madera de su bolsillo y se puso a tallarlo.

Una pesada fatiga se abatió sobre mis ojos y corrí hacia atrás la silla para sacarla del círculo de la luz. El agua para el ponche hervía en la tetera y Joshua Prokop volvió a llenar nuestros vasos. Suave, muy suave, la música de baile se insinuó a través de la ventana cerrada; a menudo se apagaba del todo, para recuperar luego algo de fuerza según que el viento la perdía por el camino, o nos la traía de la calle.

Al cabo de un instante, oí que Prokop me preguntaba si quería brindar con ellos, pero no le respondí. Había perdido tan por completo el deseo de moverme que ni siquiera se me ocurrió la idea de abrir la boca. La calma interior que me había petrificado era tal que creía dormir. Me veía obligado a observar los destellos del cuchillo de Vrieslander, que incansable hacía saltar astillas de la madera, para tener la certidumbre de estar despierto.

Muy lejos resonaba la voz de Zwakh, que narraba toda suerte de historias extrañas acerca de sus marionetas, y los cuentos de hadas que inventaba para sus obras de títeres. También se volvió a hablar del doctor Savioli y de la dama distinguida, esposa de algún noble, que venía a verlo al retirado estudio.

Y de nuevo vi en mi mente la irónica y triunfante expresión de Wassertrum.

Después de preguntarme si no debía poner a Zwakh al corriente de lo que había visto, me dije que no valía la pena. Además, sabía que si trataba de hablar ahora, sería incapaz de hacerlo.

De pronto, los tres hombres sentados a la mesa miraron en la dirección hacia donde yo estaba y Prokop dijo en voz alta: «Se ha dormido», tan alta que sonaba casi como una pregunta. Prosiguieron la conversación en voz baja, y comprendí que hablaban de mí. El cuchillo de Vrieslander seguía su danza, arriba y abajo; atrapaba la luz que brotaba de la lámpara y el brillo que se reflejaba me quemaba los ojos. Alguien dijo algo así como «divagar» y escuché las palabras que se decían uno al otro.

—No habría que tocar nunca temas como el del Golem delante de Pernath —dijo Prokop en tono de reproche—. Cuando nos contó la historia del *Libro de Ibbur*, un poco antes, nos callamos y no hicimos preguntas. Apostaría que lo soñó. ¿No lo creéis así?

Zwakh aprobó con la cabeza.

—Tiene usted razón. Es como si se entrara con una vela encendida en una habitación polvorienta, las paredes y el techo lleno de telas podridas, y el suelo cubierto de hilachas resecas del pasado: un simple roce y todo estalla en llamas.

—¿Estuvo Pernath mucho tiempo en un asilo de alienados? —preguntó Vrieslander—. Es una pena, no tiene más de cuarenta años

—No lo sé, ni tampoco tengo la menor idea de sus orígenes ni de su anterior profesión. Su delgadez y su barba en punta hacen pensar en un noble de la vieja Francia. Hace mucho, mucho tiempo un viejo médico con el que mantenía amistad me pidió que me ocupara de él y que le buscara una vivienda por aquí, donde nadie le prestaría atención ni le haría preguntas sobre su pasado —Zwakh me echó una mirada con aire conmovido—. Desde ese momento vive aquí, restaura antigüedades y talla piedras preciosas, y se las ha arreglado para vivir decentemente. Por suerte, parece haber olvidado todo lo relacionado con su locura. Pero en nombre del cielo, jamás le pregunten cosas que puedan despertar en él los recuerdos del pasado. ¡Cuántas veces me lo recomendó el viejo médico! Me decía siempre: «Sabe usted, Zwakh, tenemos un método para tratar esto; con gran esfuerzo, hemos amurallado su enfermedad, si podemos decirlo así, como se aísla el lugar de una catástrofe porque trae recuerdos demasiado tristes asociados a esta».

Las palabras de Zwakh caían sobre mí como golpes de un matarife sobre un animal indefenso y me estrujaban el corazón con manos brutales, crueles. Desde hacía tiempo una vaga angustia sorda me corroía el alma: sospechaba que me habían quitado algo y de que yo había recorrido una larga etapa de mi vida como un sonámbulo al borde de un precipicio, pero jamás había llegado a descubrir su causa. Ahora tenía frente a mí la solución del enigma, y la misma me quemaba como una herida abierta.

Esa enfermiza repugnancia a abandonarme al recuerdo de hechos pasados; ese sueño extraño y repetido sin cesar en el que me veía encerrado en una casa que contenía una sucesión de habitaciones inaccesibles para mí; la angustiante carencia de recuerdos en lo que concernía a mi juventud... todo eso encontraba de golpe una terrible explicación: yo había estado loco y me habían sometido a hipnosis, habían echado el cerrojo a la «habitación» que daba acceso a otras cámaras de mi cerebro, convirtiéndome en un vagabundo sin patria en medio de la vida que me rodeaba.

¡Y sin ninguna esperanza de poder recuperar los recuerdos perdidos!

Advertí que la mayor parte de todos mis pensamientos y acciones yacían ocultos en otra existencia olvidada, y que yo jamás podría recobrar. Soy una planta desarraigada, un retoño crecido en otra cepa. Si algún día llegaba a forzar la entrada de esta «habitación» cerrada, ¿no caería en manos de los fantasmas que allí habían sido encerrados?

La historia del Golem, que Zwakh había narrado una hora antes, me cruzó por la mente y descubrí de inmediato un nexo enorme y secreto entre la legendaria cámara sin entradas en el que se suponía vivía el ser desconocido y mi ominoso sueño. ¡Sí! También en mi caso se rompería la «cuerda» si trataba de ver en mi psique por la ventana enrejada.

La extraña concordancia se volvía cada vez más precisa y cobraba un carácter indescriptiblemente angustioso. Yo sentía que había allí cosas, cosas incomprensibles, soldadas unas con otras, que se entrechocaban como caballos ciegos lanzados por un camino cuyo fin no conocieran.

En el Gueto también: una habitación, un cuarto cuya entrada nadie puede encontrar, y un ser sombrío que vive allí, y del que sale de cuando en cuando para errar por las calles llevando a los hombres la angustia y el horror.

Vrieslander seguía tallando la cabeza de la marioneta y la madera crujía bajo la hoja de su cuchillo. El sonido era casi doloroso y le eché un vistazo para saber si le faltaba mucho para terminar. Hubiérase dicho, al ver oscilar la cabeza en manos del pintor, que esta estuviera dotada de conciencia y observara a uno y otro lado de la habitación. Por fin sus ojos se posaron largamente en mí, felices de haberme encontrado. Yo tampoco podía desviar la mirada, como hipnotizado, del rostro de madera. Durante un momento el cuchillo de Vrieslander pareció vacilar, luego talló una línea con gesto decidido y de pronto los rasgos del trozo de madera cobraron una vida espantosa.

Reconocí el rostro amarillo del desconocido que me había traído el libro.

Y luego no distinguí nada más, la aparición había durado solo un segundo y sentí que mi corazón dejaba de latir, para luego palpitar con angustia. Sin embargo, como en la ocasión anterior, el rostro me resultaba familiar.

Me había convertido en él y estaba sobre las rodillas de Vrieslander. Eché a mi alrededor miradas escudriñadoras, la mano de alguien movía mi cabeza. Entonces noté de pronto el aire azorado de Zwakh y escuché sus palabras:

—¡Gran Dios, es el Golem!

Siguió una corta lucha, como si quisieran arrancar por la fuerza la talla a Vrieslander, que se defendió y exclamó, riendo:

—¿Qué queréis hacer con ella? Me ha salido terriblemente mal.

Se apartó de ellos, abrió la ventana y arrojó la cabeza a la calle.

En ese momento perdí el conocimiento y me precipité en una profunda oscuridad atravesada por hebras de oro centelleantes. Y cuando volví en mí al cabo de lo que me pareció un tiempo muy largo, el primer ruido que llegó a mis oídos fue el de la cabeza de madera al chocar sobre el empedrado.

—Dormía usted tan profundamente que no tuvimos más remedio que sacudirlo, no notó usted nada —me dijo Prokop—. El ponche se ha terminado y no queda ni un vasito.

El candente dolor provocado por las palabras que acababa de sorprender me abrumó de nuevo y quise gritar que no había soñado al contarles la historia del *Libro de Ibbur*; y también sacarlo de la caja y mostrárselos. Pero estos pensamientos no pudieron expresarse en palabras ni prevalecer sobre el ánimo generalizado de partida que se había adueñado de mis invitados.

Zwakh insistió en colocarme mi capa sobre los hombros, y declaró:

—Venga con nosotros a lo de Loisitchek, Pernath, eso le animará un poco.

VI

NOCHE

Sin resistirme, dejé que Zwakh me hiciera bajar las escaleras. Sentía el olor de la niebla de la calle, que penetraba en la casa y se hacía cada vez más fuerte. Prokop y Vrieslander nos habían precedido algunos pasos y los oíamos hablar en la entrada.

—Debe de haberse caído por la boca de la alcantarilla. Vaya a encontrarla usted ahora.

Al desembocar en la calle vi a Prokop inclinado, buscando la cabeza de la marioneta.

—Me alegro de que no encuentres esa cosa estúpida —refunfuñó Vrieslander. Se había apoyado contra la pared y su rostro se iluminó, para luego apagarse mientras hundía la llama chisporroteante de una cerilla en su corta pipa.

Prokop hizo con el brazo un violento gesto de negativa y se inclinó aún más, casi de rodillas sobre el empedrado.

—¡Deteneos! ¿No oís nada?

Nos habíamos acercado a él. Sin una sola palabra, nos mostró la boca de la alcantarilla y se puso una mano sobre la oreja. Durante un cierto tiempo nuestro grupo permaneció allí, inmóvil, escuchando las profundidades de la alcantarilla.

Nada.

—¿Qué era, pues? —cuchicheó por fin el viejo titiritero, pero de inmediato Prokop le agarró por la muñeca.

Durante el tiempo de un latido del corazón, me había parecido escuchar allí abajo una mano que golpeaba sobre una chapa de hierro, casi imperceptiblemente. Un segundo más tarde, cuando quise pensar en eso, todo había terminado, pero en mi pecho había repercutido como un eco, como el recuerdo del sonido, antes de fundirse lentamente en una sensación de terror indefinible. Unos pasos que se acercaban por la calle disiparon la impresión.

—Vamos. ¿Qué estamos esperando? —dijo Vrieslander.

Caminamos por la acera. Prokop nos seguía de mala gana.

—Apostaría mi cabeza que oí a alguien gritando desesperadamente allá abajo.

Nadie le respondió, pero sentí que algo así como una angustia inconsciente nos ataba la lengua.

Poco después llegábamos frente a una vidriera de cortinas rojas. En un cartón de bordes adornados con fotografías femeninas desteñidas, se anunciaba:

Salón Loisitchek

Esta Noche Gran Concierto

Aun antes de que Zwakh tuviera tiempo de empuñar el picaporte, la puerta se abrió desde adentro y fuimos recibidos con un exceso de inclinaciones y reverencias por un tipo regordete de cabellos negros engominados, con una corbata de seda verde anudada alrededor del cuello desnudo y el frac adornado con un ramillete de dientes de jabalí.

—Bien, bien, bien, qué finos caballeros —dijo, y giró la cabeza, gritando hacia la abarrotada sala—. ¡Rápido, Pane Schaffranek, una fanfarria!

Una suerte de galope sonoro, como el que provocaría una rata sobre las teclas del piano, fue la respuesta.

—Bien, bien, bien, qué finos caballeros, qué finos caballeros. ¡Qué maravilla! —murmuraba para sí mismo el tipo regordete mientras nos ayudaba con nuestros abrigos—. Sí, esta noche tenemos aquí a toda la aristocracia del país —dijo orgullosamente, en respuesta a la sorprendida expresión de Vrieslander ante la aparición de unos jóvenes distinguidos en traje de noche sobre una especie de estrado en la parte trasera del cabaret, separado de la delantera por una balaustrada y dos escalones.

Nubes de humo acre colgaban sobre las mesas. Contra las paredes, detrás de aquellas, los bancos de madera aparecían colmados de siluetas andrajosas: putas de las viejas murallas, desgreñadas, mugrientas, descalzas, los firmes pechos apenas velados por mantones descoloridos, se alternaban con rufianes de gorra militar azul y el cigarrillo detrás de la oreja; chalanes de manos velludas y dedos torpes, cada uno de cuyos gestos hablaba el lenguaje mudo de la villanía; camareros fuera de servicio de mirada insolente y escribientes marcados de viruela con pantalones a cuadros.

Escuchamos la untuosa voz del tipo regordete:

—Haré poner un biombo para que no los molesten —y de inmediato, un biombo decorado con chinitos bailando se desenrolló lentamente ante la mesa del rincón a la que nos habíamos sentado.

Los rechinantes sonidos de un arpa acallaron las voces que bullían en la sala. Durante un segundo se produjo un silencio de muerte, como si todos contuvieran la respiración, y se oyeron de pronto, con espantosa claridad, los picos de hierro del gas escupiendo sus llamas chatas en forma de corazón; luego, casi inmediatamente, la música se abatió sobre el siseo y se lo tragó.

Como si acabaran de tomar forma ante mis ojos, dos figuras extrañas surgieron del humo de tabaco. Uno era un viejo con una larga barba blanca de profeta del Antiguo Testamento, un pequeño solideo de seda negra sobre su cabeza calva, como el que llevan los patriarcas judíos. Era ciego, con unos ojos de color azul lechoso fijos en el techo, y mientras sus dedos huesudos como garras tañían las cuerdas de un arpa, movía los labios en silenciosa canción. A su lado, imagen de respetabilidad de la burguesía hipócrita en su lustroso vestido de tafetán negro con una cruz en el cuello y brazaletes, ambos de azabache, una mujer esponjosa con una concertina sobre las rodillas.

Un tumulto frenético de notas brotó de los instrumentos, luego la melodía volvió a descender, exhausta, hasta el nivel de un simple acompañamiento. El viejo, que ya había mordisqueado repetidamente el aire, abrió una boca tan grande que se podían ver los empastes negruzcos de sus muelas y de su pecho escapó una rugiente voz de bajo, acompañada de extraños estertores en hebreo.

—Estrella rooo-oja, estrella a-zuuul...

—Tralalá —chilló la mujer, y luego se apresuró a cerrar sus labios húmedos de saliva, como si ya hubiera dicho demasiado.

—Estrella rooo-oja estrella, a-zuuul,
medialunas en el bauuúl.

—Tralalá...

—A Barbarrooo-ja y Barbaver-deee,
todas las estrellas compra-reeé...

—Tralalá, tralalá.

Las parejas salieron a la pista y comenzó el baile.

—Es la canción del *chomezing borchu*, la bendición del pan leudado —nos explicó sonriendo el titiritero, que marcaba suavemente el compás con la cuchara de estaño, curiosamente sujeta a la mesa por una cadenilla—. Hará cien años o más, dos colegas panaderos, Barbarroja y Barbaverde, envenenaron los panes —tenían forma de estrellas y medialunas— la víspera del Gran Sabbath de Pascua, *Shabbes Hagodel*, para provocar muertes en masa en el Gueto, pero el bedel —*meshores*— pudo intervenir a tiempo gracias a una revelación divina y entregar a los dos criminales a la policía. Para conmemorar esta protección milagrosa los alumnos de la Yeshiva, los *landomin* y los *bocherlech*, compusieron entonces esa extraña canción que podemos oír ahora transformada en música bailable de un burdel.

—Tralalá, tralalá.

—Estrella rooo-oja, estrella a-zuuul... —el rugido del viejo era cada vez más cavernoso y furibundo.

De pronto la melodía se tornó más confusa y pasó progresivamente al ritmo del *slapak* bohemio, un *pas de deux* que las parejas ejecutaban mejilla contra mejilla, pegados por el sudor.

—¡Muy bien! ¡Bravo! ¡Vamos! ¡Hop, hop! —gritó desde el estrado un joven y elegante caballero de frac, con monóculo, dirigiéndose al harpista, y tras ello metió la mano en el bolsillo de su traje y lanzó una moneda de plata hacia el músico. Pero esta no dio en el blanco. La vi centellear sobre la pista danzante, para desaparecer repentinamente. Un rufián —su rostro me resultó conocido, creo que era el mismo que vi junto a Charousek cuando nos guarecíamos de la lluvia— retiró la mano de la blusa de su compañera de baile, donde había estado firmemente oculta hasta entonces, y con un movimiento de rapidez simiesca, sin errar un solo compás de la música, apresó la moneda en el aire. Ni un músculo se movió en el pícaro rostro del individuo, solo dos o tres parejas vecinas rieron en silencio.

—Probablemente un miembro del «Regimiento», a juzgar por su destreza —dijo Zwakh riendo.

—Estoy seguro de que Pernath jamás oyó hablar del «Regimiento» —interrumpió Vrieslander con una prisa sorprendente, lanzando al titiritero un guiño que se suponía yo no debía ver. Comprendí muy bien de que se trataba: era como antes, en mi habitación. Me trataban como un enfermo al que no hay que sobreexcitar. La idea era que Zwakh debía contarme una historia, cualquier vieja historia. El buen anciano me observó con aire tan compadecido que lágrimas de fuego me subieron desde el corazón hasta los ojos. ¡Si supiera qué daño me hacía su piedad!

Se me escaparon las primeras palabras que el titiritero pronunció para introducir su relato, todo lo que sé es que tenía la impresión de que me moría desangrándome lentamente. Me sentía cada vez más helado, cada vez más rígido, como cuando había visto la cabeza de madera sobre las rodillas de Vrieslander. Pero pronto me encontré en medio de la historia; me sentía de algún modo alejada de esta, como si fuera un trozo sin vida de un libro de lectura escolar.

Zwakh comenzó:

—*Historia del doctor Hulbert, jurisconsulto, y de su Regimiento.*

»Bien, ¿cómo empezar? Tenía el rostro lleno de verrugas y las piernas torcidas como un dachshund. Hombre joven, no conocía más que el estudio. Un estudio tedioso, que afectaba sus nervios. Se ganaba la vida penosamente dando lecciones y debía afrontar además las necesidades de su madre enferma. Estoy seguro que solo conocía a través de los libros el aspecto de las praderas verdes, los senderos, las colinas llenas de flores y los bosques. En cuanto al sol que puede filtrarse en las pequeñas y negras calles de Praga, sabéis que no es mucho.

»Aprobó su doctorado de manera brillante, demás está decir, y con el tiempo se convirtió en célebre jurisconsulto. Tan célebre, que una multitud de gente, jueces y viejos abogados venían a consultarlo cuando se encontraban inseguros en alguna cuestión de derecho. Sin embargo, vivía como un mendigo en un cuarto sin luz cuya ventana daba al patio trasero de la iglesia de Tyn, donde estaba la taberna *Vieja Caseta de Peaje*, a la que solíamos ir a beber.

»Pasaron los años y en todos los países la reputación del doctor Hulbert, considerado como una lumbrera en su especialidad, se había vuelto proverbial. Jamás se hubiera creído que un hombre como él, que comenzaba a peinar canas y a quien nadie recordaba hablando de algo que no fuera jurisprudencia, fuera accesible a los sentimientos más tiernos. Pero es precisamente en esos corazones cerrados que el deseo arde con mayor fuerza.

»El día que el doctor Hulbert alcanzó el objetivo supremo que se había fijado desde la época de sus estudios, es decir, el día que su majestad el emperador de Viena lo nombró Rector Magnificus de nuestra Universidad, corrió de boca en boca el rumor de que estaba de novio con una joven deslumbrante, de familia pobre pero noble.

»Y en efecto, a partir de ese momento la felicidad pareció alcanzarlo. A pesar de que su matrimonio carecía de hijos, mimaba a su joven esposa con amor y su placer más grande consistía en satisfacer los menores deseos que pudiera leer en los ojos de ella.

»No obstante, en su felicidad no olvidaba, como tantos otros lo hubieran hecho, los sufrimientos de sus semejantes. Se asegura que dijo un día: "Dios ha colmado mis deseos, ha permitido que se convirtiera en realidad la visión que yo veía ante mí como una estrella guía desde los días de mi infancia; Él me ha dado la criatura más exquisita que pisa la tierra. Así pues, quiero, en la medida de mis precarios medios, que una parte de esa felicidad caiga sobre los demás".

»Fue así que decidió tomar a un estudiante pobre consigo, como a un hijo. Probablemente pensaba en el favor que le hubiera significado a él una ayuda semejante en los penosos años de su laboriosa juventud. Pero como suele suceder en el mundo, muchas acciones que parecen buenas y nobles acarrean las mismas consecuencias que las malditas, porque no somos capaces de distinguir entre las que llevan consigo gérmenes envenenados y las que son saludables.

Fue así que el gesto caritativo del doctor Hulbert le valió el más amargo de los tormentos.

»Muy pronto la joven mujer se inflamó de un amor oculto por el estudiante, y una suerte impía quiso que el doctor Hulbert, al regresar inopinadamente a su casa con un ramo de rosas para felicitarla en su aniversario, la encontrara en los brazos de aquel a quien había favorecido...

»Se dice que la flor azul de la genciana puede perder para siempre su color si la luz pálida y sulfurosa de un relámpago que anuncia una tormenta de granizo cae sobre ella; seguramente el alma del anciano quedó fulminada para siempre el día que quedó destrozada su felicidad. Esa misma noche él, que hasta ese entonces jamás había sabido lo que era la intemperancia, vino aquí, a lo de Loisitchek, permaneciendo hasta el alba, atontado por el brandy barato. Y este lugar se convirtió en su refugio durante el resto de su destrozada vida. En verano dormía sobre los escombros de algún edificio en construcción, y en invierno aquí, en estos bancos de madera.

»Por un acuerdo tácito, se le conservaron sus títulos de profesor y doctor en leyes. Nadie hubiera sido capaz de reprocharle, al hasta entonces famoso erudito, su metamorfosis.

»Poco a poco, todos los granujas escondidos en la sombra del Gueto se fueron agrupando alrededor de él, y fue así que nació esta extraña comunidad que hoy todavía llamamos el "Regimiento". Los conocimientos enciclopédicos del doctor Hulbert en materia de leyes se convirtieron en la muralla de todos aquellos que la policía vigilaba más de cerca. Si algún preso liberado no encontraba trabajo y corría el riesgo de morirse de hambre, el doctor Hulbert lo enviaba de inmediato, completamente desnudo, a la Plaza de la Ciudad Vieja y el Consejo se veía obligado a suministrarle un traje. Si una prostituta sin domicilio se veía amenazada de expulsión, la hacía casar rápidamente con algún bribón con permiso de residencia en el distrito y así ella podía también quedarse. Conocía centenares de recursos de esa clase y la policía estaba impotente ante sus consejos.

»Todo lo que "ganaban" esos parias rechazados por la sociedad era escrupulosamente depositado, hasta el último kreutzer, en una caja común que hacía frente a las necesidades esenciales. Nadie se hizo culpable jamás de la menor trampa. Es posible que esta disciplina férrea haya dado el nombre de "Regimiento" a la organización.

»El 1 de diciembre, aniversario de la desgracia que se había abatido sobre el viejo, tenía lugar en lo de Loisitchek una ceremonia extravagante. Con las cabezas unidas se reunían alrededor de él mendigos y vagabundos, rufianes y putas, borrachos y ropavejeros; y observaban un silencio religioso, como si estuvieran en una iglesia. Entonces el doctor Hulbert, sentado en ese rincón —que hoy ocupan esos dos músicos, justo debajo del grabado que representa la coronación de su majestad el emperador—, les contaba la historia de su vida: cómo se había elevado a fuerza de estudios, cómo había obtenido su diploma de doctor en leyes y luego su nombramiento de Rector Magnificus. Pero cuando llegaba al momento en que había entrado en la habitación de su joven mujer, con un ramo de rosas en la mano, para festejar a la vez su aniversario y al mismo tiempo la hora en que le había pedido su mano, el día en que ella se había convertido en su novia, la voz le faltaba y se derrumbaba llorando sobre la mesa. Sucedía a veces que alguna ramera desvergonzada le deslizaba tímidamente una flor marchita en la mano, de manera que nadie pudiera ver el gesto.

»Durante largo tiempo los asistentes permanecían inmóviles. Demasiado duros para llorar, agachaban la cabeza, se miraban sus botas y se retorcían inconscientemente los dedos.

»Una mañana se encontró el cuerpo del doctor Hulbert sobre un banco cerca del Moldava. Creo que murió de frío. Su funeral es algo que nunca olvidaré. El "Regimiento" se había exprimido casi totalmente para que la ceremonia fuese lo más suntuosa posible. El bedel de la Universidad marchaba a la cabeza con sus atuendos de ceremonia, llevando la cadena dorada sobre un cojín carmesí y, detrás del cuerpo, hasta perderse de vista, las filas del "Regimiento", descalzos, mugrientos, andrajosos. Uno de ellos, que había vendido todo lo que poseía, se había envuelto el cuerpo con viejos periódicos.

»Fue así que le rindieron los últimos honores.

»En el cementerio, sobre su tumba, hay una piedra blanca con tres figuras esculpidas: el Salvador entre los dos ladrones. Nadie sabe quién hizo edificar el monumento, pero se murmura que fue la esposa del doctor Hulbert.

»El testamento del difunto jurisconsulto preveía un lega-do destinado a asegurar un plato de sopa gratuita en lo de Loisitchek a todos los miembros del "Batallón". Es por eso que hay cucharas sujetas a las mesas con cadenas, utilizán-dose como platos el hueco de las bandejas. A mediodía, la camarera llega y las llena de sopa con una gran bomba de hojalata; y si alguien no puede probar que es del "Regimien-to", ella aspira la sopa con su instrumento.

»De esta mesa, la historia de esta peculiar costumbre dio la vuelta al mundo.»

La impresión de un tumulto en la sala me sacó de mi letar-go. Las últimas frases pronunciadas por Zwakh se deslizaron sobre la superficie de mi conciencia. Llegué a ver por un ins-tante sus manos esbozando el movimiento de ida y vuelta de un pistón, luego las imágenes se precipitaron en loca carrera ante mis ojos como si fueran parte de un visor automático, y sin embargo de una definición tan fantástica que me perdí en su movimiento como una rueda en un mecanismo viviente.

La sala no era sino un vasto remolino humano. El estra-do estaba lleno de señores de frac negro, puños blancos y anillos fulgurantes, un uniforme de dragón con galones de capitán y, detrás, un sombrero de señora adornado con plu-mas de avestruz color salmón.

Loisa observaba entre los barrotes de la balaustrada, tan lleno de odio que apenas si podía mantenerse en pie. Jaromir también estaba allí, los ojos fijos en la misma dirección, la espalda apoyada contra la pared como si una mano invisible lo empujara contra esta.

Las parejas detuvieron bruscamente su danza, el tabernero había debido gritarles algo que las había espantado. La música proseguía, pero con sordina, menos precisa; insegura de sí misma, se la oía temblar. Y sin embargo el rostro del tabernero no ocultaba una expresión de placer malicioso.

Un inspector de policía surgió de pronto en la puerta de entrada. Extendió los brazos para que nadie pudiera salir. Detrás de él había un guardia.

—¿De modo que se sigue bailando aquí? ¿A pesar de la prohibición? ¡Cerraré el local, sígame patrón; y todos los que están aquí, caminando hacia la comisaría!

Aquello sonó como una orden militar.

Loisitchek no responde, pero la mueca astuta permanece en su rostro.

Simplemente se ha vuelto más rígida.

La concertina deja de farfullar y muere con un sonido sibilante.

El arpa también se encoge.

Bruscamente los rostros no son más que perfiles, observando atentamente el estrado.

Y luego una elegante silueta negra desciende displicentemente los escalones y se dirige sin prisa hacia el inspector.

Los ojos del agente del orden son como platos, fijos en los negros zapatos de charol que se acercan hacia él.

El caballero se detiene a un paso del policía y lo inspecciona con aire cansado, de la cabeza a los pies y luego de los pies a la cabeza.

Los otros jóvenes aristócratas del estrado se inclinan sobre la balaustrada y disimulan sus sonrisas detrás de pañuelos de seda gris. El capitán de dragones sujeta una moneda de oro en el ojo, como si fuera un monóculo, y escupe una colilla sobre la cabeza de una muchacha apoyada debajo de él.

El inspector se ha puesto pálido y observa con embarazo la perla en la pechera del aristócrata. No puede soportar la mirada indiferente, apagada, de ese rostro lampiño e inmutable de nariz aguileña. Siente que pierde su sangre fría. Está aplastado.

El silencio de muerte dentro del cabaret se torna cada vez más penoso.

—Se parece a las estatuas de los caballeros que yacen con las manos cruzadas sobre su ataúd de piedra en las catedrales góticas —cuchichea el pintor, Vrieslander, después de mirar al caballero.

Por fin, el joven aristócrata rompe el silencio:

—Ah... humm —imita la voz del patrón—. Bueno, bueno, bueno, qué finos caballeros; ¡qué maravilla! —Un estallido de risas ensordecedoras explota en la sala, y hace vibrar los vasos. Los bribones se sujetan el estómago doblados de risa. Una botella vuela contra la pared y se rompe en mil pedazos. El voluminoso patrón rebuzna en nuestra dirección y nos hace partícipes del juego:

—Su excelencia el príncipe Ferri Athenstädt.

El príncipe ha entregado una tarjeta de visita al inspector. El desgraciado policía la coge y saluda siete veces, haciendo entrechocar los talones.

De nuevo se hace el silencio. La gente aguarda, conteniendo la respiración, lo que va a ocurrir.

El príncipe Athenstädt retoma la palabra.

—Las damas y los caballeros aquí reunidos son... ejem... mis invitados. —Su excelencia envuelve a los asistentes con un negligente giro del brazo—. ¿Quizás, inspector, desea... ejem... ser presentado?

El policía sacude la cabeza con una sonrisa forzada, tartamudea algo acerca de «cumplir un deber, a menudo difícil», y termina por reunir fuerzas y decir:

—Veo que todo transcurre correctamente en el local.

Esto tiene por efecto despertar bruscamente al capitán de dragones: se dirige rápidamente hacia la dama con el sombrero de plumas de avestruz y, un instante más tarde, con gran júbilo de los jóvenes aristócratas, arrastra a la sala por un brazo a Rosina.

Completamente ebria, esta vacila con los ojos cerrados. Aparte de su gran sombrero de lujo, todo torcido, no lleva sobre su cuerpo desnudo más que unas largas medias rosas y una chaqueta de frac.

Una señal y la música ataca con furor —«Tralalá, Tralalá»—, tragándose el grito gutural que el sordomudo Jaromir lanza junto a la pared al ver a Rosina.

Decidimos irnos. Zwakh llama a la camarera, la algazara
general cubre su voz.

Las escenas que se desarrollan ante mis ojos adquieren el
aire fantasmagórico del ensueño del opio.

El capitán de dragones, cogiendo a Rosina semidesnuda
en sus brazos, la arrastra lentamente al ritmo de la música.
La gente les hace lugar respetuosamente.

Luego un murmullo recorre los bancos: «Loisitchek, Loisitchek», los cuellos se estiran, y a la pareja que baila se une
otra, aún más extraordinaria. Un jovencito de aspecto afe-
minado, enfundado en un leotardo rosa, de largos cabellos
rubios que le llegan a los hombros, las mejillas y los labios
maquillados como una puta, los ojos coquetamente bajos
en provocativa modestia, se cuelga, herido de amor, al pecho del príncipe Athenstädt.

Un vals suave fluye gota a gota del arpa.

Un violento asco por la vida me atenaza la garganta. Angustiado, busco la puerta con la mirada: el inspector sigue
allí, de espaldas al salón de baile para no ver nada, cuchichea con el guardia, que se mete algo en su bolsillo. Aquello
tintinea como unas esposas.

Luego ambos buscan con la mirada el rostro picado de
viruelas de Loisa, que por un instante trata de esconderse

y luego se pone de pie como paralizado, el rostro blanco como la tiza y con una mueca de terror.

Una imagen atraviesa mi memoria como un rayo, para desvanecerse de inmediato: la de Prokop, tal como lo viera hace una hora, inclinado sobre la alcantarilla y escuchando, y el grito mortal que brota de abajo.

Trato de hablar y no puedo.

Dedos helados se hunden en mi boca y me retuercen la lengua contra los dientes, de modo que esta actúa como un tapón y me impide proferir palabras...

No veo los dedos, sé que son invisibles, y sin embargo siento su contacto, físico y tangible.

Es evidente para mí que pertenecen a la mano espectral que me ha dado el *Libro de Ibbur* en mi habitación de la calle Hahnpass.

—¡Agua, agua! —grita Zwakh, sentado a mi lado. Me sostienen la cabeza, me iluminan los ojos con una candela.

Conversan en murmullos.

—Hay que llevarlo a su casa... llamar a un médico... Hillel, el archivista, entiende de estas cosas... llevémoslo allí.

Luego me colocan en una camilla, rígido como un cadáver, y Prokop y Vrieslander me llevan afuera.

VII

Despertar

Zwakh había trepado por la escalera corriendo delante de nosotros y le oigo tratando de tranquilizar a Miriam, la hija de Hillel.

No me tomé el trabajo de escuchar lo que se decían y adiviné, más que comprendí, las palabras con que Zwakh le contaba que yo había tenido un ataque y ellos venían a pedir que me suministraran los primeros auxilios para poder llevarme a casa.

Yo seguía sin poder mover un músculo y los dedos invisibles me sujetaban la lengua; pero mi pensamiento era firme y seguro, la sensación de horror me había abandonado. Sabía exactamente dónde estaba, lo que me ocurría, y no me parecía para nada extraordinario encontrarme depositado como un cadáver en una camilla en la habitación de Schemaiah Hillel... y que más tarde me dejaran solo.

Una satisfacción tranquila y natural, la que uno experimenta cuando vuelve a casa después de una larga ausencia, me colmaba el corazón.

La habitación estaba oscura y los contornos desdibujados de los marcos en cruz de las ventanas resaltaban sobre la claridad apagada de los vapores que subían de la calle. Me parecía que todo eso debía ser así y no me asombró ver a Hillel entrando con una Menorah, el candelabro de siete brazos, ni oírlo deseándome tranquilamente las «buenas noches», como a alguien cuya llegada se espera.

Mientras él iba y venía, disponiendo algunos objetos aquí y allí sobre la cómoda, y encendiendo por fin un segundo candelabro de también siete brazos, me llamó de pronto la atención algo que jamás yo había notado, a pesar de que nos encontrábamos a menudo tres o cuatro veces por semana en la escalera: las proporciones armoniosas de su cuerpo y de sus miembros, así como el fino corte de su rostro delgado, con su noble frente. Y pude ver a la luz de las velas que seguramente no era mayor que yo, cuarenta y cinco años como máximo.

—Has llegado unos minutos antes de la previsto —comenzó a decir al cabo de un momento—, pues de otro modo los candelabros ya hubieran estado encendidos.

Los señaló con un gesto, se acercó lentamente a la camilla y dirigió la mirada de sus ojos oscuros y profundos hacia alguien que se encontraba de pie o arrodillado a mi cabecera, pero que yo no podía ver. Luego movió los labios y dijo una frase sin pronunciar el menor sonido.

De inmediato los dedos invisibles soltaron mi lengua y la rigidez de mi cuerpo cedió. Me enderecé y miré detrás mío: no había nadie en el cuarto, salvo Schemaiah Hillel y yo. ¿De manera que el «tú» y la alusión a la llegada esperada se dirigían a mí?

Lo que me pareció más desconcertante aún que esas dos circunstancias fue la imposibilidad en que me encontraba de experimentar el menor asombro.

Hillel debió adivinar mis pensamientos, porque sonrió con benevolencia y, ayudándome a levantar de la camilla, me señaló un sillón y declaró:

—En efecto, nada hay de asombroso en ello. Solo los sortilegios —los *kishuf*— hacen nacer el temor en el corazón de los hombres; la vida desgarra y quema como un cilicio, pero los rayos luminosos del mundo espiritual son dulces y cálidos.

Callé, sin hallar nada que responderle, y él, por su parte, no parecía esperar ninguna respuesta mía, puesto que se sentó frente a mí y prosiguió, muy sereno:

—Un espejo de plata, si pudiera experimentar sensaciones, no sufriría más que en el momento del pulido. Una vez alisado y brillante, devuelve todas las imágenes que caen sobre él sin sufrir pena ni emoción.

»Bienaventurado el hombre —agregó dulcemente— que puede decir "He sido pulido". —Permaneció un instante sumido en sus reflexiones y lo oí murmurar una frase en hebreo: *Lischu'oskho kivisi Adoshem*.[3] Luego su voz volvió a resonar claramente en mis oídos—: Has venido a mí profundamente dormido y yo te he despertado. En el Salmo de David está escrito: "Su diestra misma y su santo brazo han obrado su salvación".

»Cuando los hombres se levantan de sus lechos creen haber sacudido el sueño y no saben que son víctimas de sus sentidos, que serán presa de otro sueño, mucho más profundo que el que acaban de dejar. Solo hay un despertar verdadero, y es el que tú estás por alcanzar ahora. Si se lo cuentas a los hombres, te dirán que has estado enfermo, porque no pueden comprenderte. Por eso es inútil y cruel hablarles de ello.

Señor, Tú los arrastras como un torrente;
están como dormidos;
son como una hierba que pronto madura,
que arrancada por la noche se marchita.»

Yo quería preguntar: «¿Quién era el extraño que vino a verme a mi habitación y me dio el *Libro de Ibbur*? ¿Lo vi des-

---

3 En tu socorro confío, Eterno. [T.]

pierto o en sueños?», pero antes de que pudiera expresar mis pensamientos con palabras, Hillel me respondió:

—Supón que el hombre que vino a verte y que tú llamas el Golem significa el despertar de lo que está muerto a través del espíritu más íntimo de la vida. ¡En esta tierra las cosas no son más que símbolos eternos cubiertos de polvo!

»¿Cómo es posible que pienses con los ojos? Todo aquello que ha cristalizado en forma era antes espíritu.»

Sentí que las ideas que hasta ahora habían estado enraizadas en mi cerebro se desprendían y partían a la deriva, como naves sin timón en un mar infinito.

Plácidamente, Hillel prosiguió:

—Aquel que ha sido despertado no puede morir; el sueño y la muerte son una y la misma cosa.

—¿... no puede morir? —Un dolor sordo me atenazaba.

—Dos senderos marchan uno junto a otro: el Sendero de la Vida y el Sendero de la Muerte. Tú has tomado el *Libro de Ibbur*, has leído en él. Tu alma ha sido fecundada por el Espíritu de la Vida —le escuché decir.

—¡Hillel, Hillel, déjame coger el sendero de todos los hombres, el Sendero de la Muerte! —todo dentro de mí estalló con fuerza. La gravedad movilizó el rostro de Schemaiah Hillel.

—Los hombres no cogen ningún sendero, ni el de la vida, ni el de la muerte. Son arrastrados como la paja en la tormenta. Está escrito en el Talmud: «Antes de crear el mundo, Dios tendió un espejo a los seres; en él vieron los sufrimientos espirituales de la existencia y las delicias que los seguían. Unos asumieron los sufrimientos. Pero otros los rechazaron y a estos Dios los borró del Libro de los Vivos». Pero tú, tú sigues un sendero, y lo recorres porque lo has elegido libremente, aunque hoy no eres consciente de ello. No te aflijas; cuando llegue gradualmente el conocimiento, llegará también el recuerdo, progresivamente. *Conocimiento y recuerdo son una y la misma cosa.*

El tono amable, casi afectuoso, de Hillel me devolvió la calma y me sentí protegido, como un niño enfermo que sabe que su padre está cerca.

Al levantar la vista vi que de pronto numerosas siluetas se encontraban en la habitación y formaban un círculo alrededor de nosotros. Algunos tenían blancos sudarios como los de los antiguos rabinos, otros tricornios y hebillas de plata en los zapatos. Pero cuando Hillel me pasó la mano sobre los ojos de nuevo la habitación quedó vacía.

Luego me acompañó fuera, hasta la escalera, y me dio una vela encendida para que pudiera iluminar el camino hasta mi cuarto.

Me acosté y quise dormir, pero el sueño no llegaba y me deslicé hacia un estado curioso, un estado en el que no soñaba, ni velaba, ni dormía.

Había apagado la vela, pero a pesar de eso todo resaltaba en el cuarto tan netamente que podía distinguir hasta la menor de las formas. Al mismo tiempo me sentía perfectamente cómodo y libre de esa inquietud particular que nos tortura cuando nos es imposible dormir.

Nunca en mi vida había estado en condiciones de pensar con tanta agudeza y precisión como ahora. El ritmo de la salud recorría mis nervios y ordenaba mis ideas en filas y formaciones, como un ejército que solo aguardara mis órdenes.

Un solo llamado y ellas se presentarían ante mí para ejecutar todos mis deseos.

Durante las últimas semanas, yo había tratado, sin lograrlo, de grabar un camafeo de una venturina; pero las numerosas vetas de la piedra no se ajustaban a los rasgos del rostro que yo imaginaba. Ahora recordaba la pieza, y como un relámpago la solución surgió en mi mente y de inmediato vi exactamente cómo debía guiar el buril para utilizar de la mejor manera la textura de la gema.

Hasta entonces era esclavo de una horda de impresiones fantásticas y visiones, de las que a menudo no sabía si eran ideas o sensaciones. Ahora me veía de pronto amo y señor de un imperio unificado. Operaciones aritméticas que antes solo hubiera resolver en el papel, con muchos suspiros y esfuerzos, se realizaban en mi cabeza como por arte de magia.

Todo ello gracias a una capacidad recién despierta en mí, la de ver y retener precisamente aquello —y solo aquello— que me hacía falta en el momento: cifras, formas, objetos o colores. Y cuando se trataba de cuestiones que ningún instrumento podía resolver —problemas filosóficos o de otra clase—, esa visión interior era reemplazada por el oído, asumiendo la voz de Schemaiah Hillel el rol del orador.

Hice los descubrimientos más extraños.

Aquello que había dejado mil veces entrar por un oído y salir por el otro en la vida, sin prestarle atención, porque no se trataba para mí más que de palabras, se incorporaba repentinamente cargado de inestimable valor a las fibras más profundas de mi ser; aquello que había aprendido «de memoria», de un solo golpe, lo «comprendía», me lo «apropiaba». El misterio de la formación de las palabras, que yo jamás había sospechado, se me revelaba en toda su desnudez.

Los «nobles» ideales de la humanidad, que hasta ese entonces me habían tratado desde su altura, con sus apariencias de consejeros comerciales íntegros, la pechera cubierta con las condecoraciones del énfasis, retiraban humildemente sus máscaras de sus rostros y se excusaban: no eran más que mendigos, pero sin dejar de ser los instrumentos de una estafa más insolente aún.

¿No estaría soñando después de todo? ¿Verdaderamente había hablado con Hillel?

Pero no, allí estaba la vela que Schemaiah Hillel me había dado. Exultante como un niño que se ha deslizado de su lecho en Navidad y se ha convencido de que el maravilloso títere es bien real, me hundí de nuevo en las almohadas.

Y, como un perro de caza, perseguí las huellas de los enigmas espirituales que me rodeaban en medio de una densa espesura.

Traté primero de remontar a mi pasado hasta el punto en que mis recuerdos se detenían. Desde allí debía de ser posible, o al menos así lo creía, abarcar de un solo vistazo esa parte de mi existencia que permanecía sumergida en la sombra por un extraño designio del destino.

Pero mis violentos esfuerzos resultaban inútiles, no iba más lejos que el momento en que me veía de pie en el patio oscuro de nuestra casa, observando por la entrada de la tienda de Aarón Wassertrum; era como si hubiera estado en esa casa cien años tallando piedras, siempre, sin haber sido jamás un niño.

Estaba a punto de abandonar mi intento de exploración en las fosas del pasado, cuando comprendí repentinamente, con deslumbrante claridad, que si la calle principal del acontecimiento, ancha y recta, se detenía frente a esa entrada, no ocurría lo mismo con una multitud de pequeños senderos más estrechos que siempre habían acompañado la gran avenida hasta entonces, pero sin que yo les prestara atención. «¿De dónde vienen —la voz me gritaba al oído— los conocimientos que hoy te permiten ganarte la vida? ¿Quién te enseñó a tallar las piedras y todo lo demás? ¿Leer, escribir, hablar? ¿Comer y caminar, respirar, pensar y sentir?»

Seguí de inmediato al consejero interior. Sistemáticamente, remonté el curso de mi vida.

Me constreñí a reflexionar según los encadenamientos invertidos, pero ininterrumpidos: ¿qué había ocurrido en determinado momento, cuál había sido el punto de partida, qué había antes de este último, etcétera?

Una vez más, me encontré frente al arco de entrada. ¡Ahora! ¡Ahora! Apenas un saltito en el espacio vacío y el abismo que me separaba de mi olvidado pasado quedaría franqueado. Pero en ese instante surgió una imagen a la que no había prestado atención en mis peregrinaciones a través del tiempo. Schemaiah Hillel pasaba sus manos sobre mis ojos, tal como lo había hecho antes en su estudio.

Y todo fue barrido. Hasta el deseo de seguir explorando el pasado.

Un solo beneficio duradero había sido adquirido: la demostración de que el encadenamiento de los sucesos de la vida es un callejón sin salida, por vasto y practicable que pueda parecer. Los pequeños senderos ocultos son los que conducen a la patria perdida; los que contienen la solución de los misterios últimos no son las horribles cicatrices dejadas por los roces de la vida exterior, sino los mensajes grabados en nuestros cuerpos con letra microscópica, apenas visibles.

Así como podría reencontrar el camino que conducía hasta los días de mi juventud, siguiendo el alfabeto de la Z a la A, para llegar al punto en que había comenzado a estudiar en la escuela, comprendí que podría penetrar también en la otra patria lejana que se extiende más allá de todo pensamiento.

Un mundo en movimiento rodaba sobre mis hombros. Imaginé de pronto que Hércules también había llevado por un momento la verdad de la bóveda del cielo en su cabeza, y vi un destello del significado oculto de la antigua leyenda. Si Hércules había logrado liberarse por medio de una astucia, diciéndole a Atlas: «Deja que ponga un pañuelo de bramante atado alrededor de la cabeza para que este horrible peso no me aplaste la cabeza», quizá hubiera algún oscuro camino que llevara lejos de este precipicio.

Una profunda sospecha me sorprendió de pronto: la de confiar una vez más, ciegamente, en el dominio de mis ideas. Me estiré por completo en la cama y me tapé los ojos y los oídos con las manos para no dejarme distraer por el llamado de los sentidos; como para matar hasta el último pensamiento.

Pero mi voluntad se estrelló contra la misma ley de bronce: solo podía expulsar un pensamiento con otro, y no bien uno había muerto el siguiente se alimentaba con su carne. Busqué refugio en el torrente susurrante de mi sangre, pero mis pensamientos seguían mis huellas; yo me ocultaba en el martilleo de mi corazón, pero al cabo de unos instantes me volvían a descubrir.

Una vez más, la voz amistosa de Hillel vino en mi ayuda y me dijo:

—¡Sigue tu camino, no te apartes del sendero! La llave de la ciencia del olvido pertenece a nuestros hermanos que recorren el Sendero de la Muerte; pero tú has sido fecundado por el Espíritu de la Vida.

El *Libro de Ibbur* apareció ante mí con dos de sus letras grabadas a fuego: la que representaba a la mujer de bronce pulsaba, poderosa como un sismo; la otra era infinitamente lejana: *el hermafrodita sobre el trono de nácar con la cabeza ceñida por una corona de madera roja.*

Luego Schemaiah Hillel pasó por tercera vez sus manos sobre mis ojos y me dormí.

VIII

NIEVE

«Querido y estimado maestro Pernath:

Le escribo esta carta en medio de una precipitación y una angustia locas. Le ruego la destruya tan pronto la haya leído... o, mejor aún, tráigamela junto con el sobre. De lo contrario, no tendré reposo. Pero no diga a alma viviente que le he escrito. ¡Ni adónde irá usted hoy!

Su noble rostro tan abierto recientemente (esta breve indicación acerca de un acontecimiento del que usted fue testigo bastará para hacerle adivinar quién escribe, ya que no me atrevo a firmar con mi nombre) me ha inspirado una gran confianza; y además el recuerdo de su querido padre, que me instruyó cuando yo era niña: ¡todo eso me da el coraje de dirigirme a usted como al único hombre que aún puede ayudarme!

Le suplico que venga esta tarde a eso de las cinco a la catedral del Hradschin.

Una dama que usted conoce.»

Permanecí al menos un cuarto de hora sentado sin moverme, con la carta en la mano. La extraña atmósfera de solemne gravedad que pesaba sobre mí desde el día anterior se había disipado de golpe, arrastrada por el fresco soplo de un nuevo día. Un destino recién nacido venía hacia mí, sonriente y lleno de promesas. ¡Un alma humana buscaba socorro en mí! ¡En mí! Repentinamente mi habitación había adquirido un aspecto distinto. El carcomido armario tenía un airecillo satisfecho y los cuatro sillones me hacían pensar en viejos amigos reunidos alrededor de una mesa, charlando alegremente mientras jugaban a las cartas.

Mis horas ya tenían un contenido, un contenido lleno de riqueza y brillo. Así pues, el árbol podrido aún habría de dar frutos.

Sentí bullir en mí una corriente de energía vital que había permanecido dormida hasta ese entonces, oculta en las profundidades de mi alma, sepultada bajo los escombros acumulados por la vida cotidiana, como brota un manantial del hielo cuando se acaba el invierno. Y yo *sabía* con certeza, mientras sostenía la carta, que sería capaz de prestar mi ayuda, se tratara de lo que se tratase. La exultación que colmaba mi corazón me daba esa certidumbre.

Sin cesar leía una y otra vez el pasaje «... y además el recuerdo de su querido padre, que me instruyó cuando yo era una niña...»; se me cortó la respiración. ¿No sonaba eso como la promesa: «Hoy estarás conmigo en el paraíso»? La mano que se tendía hacia mí, en busca de ayuda, me daba un regalo, *el recuerdo tan ávidamente deseado*, que habría de develar el misterio, ayudando a levantar el telón que ocultaba mi pasado.

«Su querido padre...», qué sonido extraño tenían esas palabras cuando las repetía para mí mismo. ¡Padre! Durante un instante vi surgir el rostro de un anciano de cabello blanco en el sillón junto al baúl: ¡ajeno, totalmente ajeno, y sin embargo tan terriblemente conocido!... Luego recuperé la visión normal mientras los latidos de mi corazón escondían los minutos tangibles del reloj.

Espantado, me levanté bruscamente. ¿Cuánto tiempo había estado soñando? ¿Habría dejado pasar la hora de la cita? Un vistazo al reloj de péndulo: Dios sea loado, eran solo las cuatro y media.

Pasé a mi dormitorio en busca del sombrero y la capa, y luego bajé por las escaleras. Qué poco me importaban hoy los cuchicheos de los rincones sombríos, las recriminaciones hurañas, mezquinas, malignas, que brotaban como siempre: «No te dejaremos - nos perteneces - no queremos que seas feliz - ¡sería hermoso tener la felicidad en esta casa!». El fino polvo emponzoñado que siempre me había atrapado la garganta con dedos estranguladores huía hoy ante el soplo vital que me salía de la boca. Llegado frente a la puerta de Hillel, me detuve un instante. ¿Debía entrar? Una secreta timidez me impidió golpear. Me encontraba hoy en un estado de ánimo tan diferente... me parecía que era un *error* entrar a verlo. Y entonces la mano de la vida me empujó hacia adelante, hacia la escalera.

La calle estaba blanca de nieve.

Creo que mucha gente me saludó; no sé si les respondí o no. Me palpaba mi pecho sin cesar, para saber si la carta aún estaba allí. Un calor emanaba del lugar en que se encontraba.

Atravesé las enormes arcadas de piedra de la Plaza Vieja, pasé ante la fuente de bronce de cuyas rejas barrocas pendían carámbanos de hielo y crucé el puente de piedra con sus estatuas de santos y el monumento a san Juan Nepomuceno.

Abajo, el río formaba nubes de espuma, chocaba con odio contra los pilares.

Soñando a medias, mi mirada cayó sobre el monumento a san Luitgardo: las hundidas piedras de los «Tormentos del Condenado» estaban grabadas en alto relieve y la nieve cubría con una espesa capa los párpados de las almas en el purgatorio y sus manos encadenadas y elevadas en imploración.

Las arcadas me acogían para luego dejarme, los palacios pasaban lentamente a mi lado, con sus orgullosos portales esculpidos, en los que cabezas de leones mordían aros de bronce.

Allí también, y por todas partes, había nieve y más nieve. Blanca y esponjosa como la piel de un gigantesco oso polar. Altas ventanas orgullosas, con sus molduras centelleantes por el hielo, observaban el cielo con displicencia. Me maravillé de que el aire estuviera tan lleno de pájaros migradores. Mientras subía por los innumerables escalones de granito al Hradschin, ancho cada uno como cuatro veces la altura de un hombre, la ciudad con sus techos y sus torres, paso a paso, se hundía ante mis ojos.

Muy pronto el crepúsculo se deslizó a lo largo de las casas, y por fin llegué a la plaza aislada en medio de la cual se alza la catedral hasta el trono celestial de los ángeles. Huellas de pasos, con los bordes incrustados de hielo, conducían a la puerta lateral.

En una casa alejada, un armonio desgranaba dulcemente las notas, que se perdían en el silencio del atardecer. Eran como lágrimas de melancolía que caían en la plaza desierta.

Oí detrás mío el suspiro del cancel cuando franqueé la puerta de la catedral y fui tragado por la oscuridad de la nave lateral. Inmóvil en su serenidad, el altar dorado centelleaba desde lo alto a través de la claridad verde y azul de la mortecina luz que pasaba por los vitrales y caía sobre los reclinatorios; en el lejano extremo, el altar brillaba hacia mí en una helada cascada de oro. Brotaban chispas de las lámparas de cristal rojo. El aire tenía un olor mohoso a cera e incienso.

Me apoyé en un reclinatorio. Mi corazón estaba asombrosamente calmo en ese reino de la inmovilidad. Una vida sin pulsaciones colmaba el espacio de la catedral... una espera secreta, paciente.

Los relicarios de plata dormían un sueño eterno.

¡Ah! Proveniente de muy lejos, un ruido de cascos de caballo rozó mis oídos, sordo, casi inaudible; pareció aproximarse y luego calló.

Un chasquido opaco, como de una portezuela de coche que se cierra.

El susurro de un vestido de seda llegó hasta mí y una mano de mujer, delicada y fina, me rozó el brazo.

—Por favor, por favor, vayamos hacia allá, cerca del pilar; me repugna decirle aquí, en medio de los reclinatorios, las cosas de las que debo hablarle.

A nuestro alrededor las santas imágenes salieron a la luz. Repentinamente, yo estaba despierto y alerta.

—Realmente no sé cómo agradecerle, herr Pernath, que haya hecho por mí ese largo camino, y con tan mal tiempo.

Tartamudeé algunas frases banales.

—Pero no veía lugar donde pudiera estar a cubierto de las indiscreciones y los peligros. Seguramente nadie nos ha seguido hasta la catedral.

Saqué la carta y se la tendí. Ella estaba completamente arropada en una costosa piel, pero yo había reconocido en el sonido de su voz a aquella dama que se había refugiado temerosa en mi habitación de la calle Hahnpass para escapar de Wassertrum. No me asombré; no esperaba a otra persona.

Mis ojos se fijaron a su rostro, que parecía más pálido aún en la penumbra del rincón de lo que debía ser en realidad. Su belleza me cortó casi la respiración y permanecí allí, como fascinado. Hubiera querido arrojarme a sus pies y besárselos, ya que era ella a quien yo debía ayudar, quien me había elegido para hacerlo.

—Olvide, se lo ruego desde lo más profundo de mi corazón, olvide —al menos mientras estemos aquí— la situación en la que me vio usted el otro día —prosiguió ella, acongojada—. Además, ni siquiera sé cómo juzga usted esa clase de cosas...

Todo lo que pude decir fue:

—Soy un hombre mayor, pero ni una sola vez en mi vida he tenido la petulancia de erigirme en juez de las acciones de mis semejantes.

—Se lo agradezco, herr Pernath —dijo ella, cálida pero simplemente—. Y ahora, escúcheme pacientemente y vea si puede ayudarme en mi desesperación, o al menos darme algún consejo. —Sentí que un terror loco la estremecía, y oí temblar su voz—. Aquella noche, en el estudio, tuve la certeza espantosa de que ese monstruo abominable me había seguido y espiado con un propósito deliberado. Desde hace meses, me he percatado que dondequiera que vaya, sola o con mi esposo, o... con... el doctor Savioli, siempre aparece el rostro patibulario de ese chatarrero en la vecindad. Día y noche, sus ojos turbios me persiguen. Nada indica aún sus intenciones, pero la angustia que me sofoca por las noches no es sino más torturante: ¿cuándo me va a poner la soga al cuello?

»Al principio el doctor Savioli trataba de tranquilizarme. Me decía que un miserable chatarrero como ese Aarón Wassertrum no podía hacer nada. En el peor de los casos podía tratarse de un chantaje irrisorio, o de algo parecido. Pero cada vez que el nombre de ese individuo se pronunciaba, sus labios palidecían. Sospeché que el doctor Savioli me ocultaba algo para no inquietarme, ¡algo espantoso que podía costarnos la vida a él o a mí!

»Y más adelante descubrí lo que tan cuidadosamente me ocultaba: *¡ese Wassertrum había ido a verle muchas veces, de noche, a su apartamento!* Lo *sé*, lo siento con todas las fibras de mi ser: está sucediendo algo que nos ahoga lentamente, como los anillos de una serpiente. ¿Qué es lo que busca ese miserable? ¿Por qué no puede desembarazarme de él el doctor Savioli? ¡No, no quiero presenciar esto más tiempo, debo hacer algo... cualquier cosa... antes de volverme loca!»

Quise decirle unas palabras de consuelo, pero no me dejó terminar.

—Y además, estos últimos días, la pesadilla que amenaza con sofocarme ha adquirido formas cada vez más definidas. El doctor Savioli ha caído bruscamente enfermo; no me puedo poner en contacto con él, no puedo visitarlo sin el constante miedo que de un momento a otro se descubra nuestro amor. Delira, y todo lo que he podido saber es que se cree perseguido por un monstruo con labio leporino: ¡Aarón Wassertrum!

»Sabiendo lo valiente que es el doctor Savioli, tanto más terrorífico me resulta verlo ahora paralizado frente a un peligro que yo misma siento como la sombría presencia del Ángel Exterminador.

»Usted me dirá que soy cobarde, que no tengo más que declarar abiertamente que amo al doctor Savioli, abandonarlo todo por él, todo, riqueza, honor, reputación, etc. Pero —lloraba tan fuerte ahora que los ecos de su voz eran devueltos por las galerías del coro— ¡no *puedo*! Tengo a mi hija, mi querida niñita rubia. ¡No *puedo* abandonar a mi hija! ¿Cree usted que mi marido me la dejaría? Tenga, tenga, coja esto, herr Pernath —sostenía con gesto enloquecido un pequeño bolso lleno de collares de perlas y joyas—, lléveselo a ese Wassertrum. Sé que es codicioso, que coja todo lo que tengo, pero que me deje a mi hija. ¿Callará, no es cierto? ¡Hable, en nombre de Dios, dígame una palabra, una sola, dígame que me ayudará!»

Me costó gran esfuerzo calmarla, al menos lo suficiente como para que consintiera en sentarse en un banco. Hablé, diciéndole todo lo que me pasaba por la cabeza, un puñado de frases confusas, incoherentes. Las ideas daban vueltas en mi cerebro hasta el punto de que yo mismo apenas comprendía lo que decía mi boca: ideas fantásticas que se desintegraban apenas nacían...

De forma inconsciente, mi vista se fijaba en una estatua pintada de un monje en una hornacina de la pared. Mientras yo hablaba y hablaba, progresivamente los rasgos de la estatua se transformaron, el hábito se convirtió en el abrigo raído y lustroso de cuello levantado de un rostro joven con las mejillas descarnadas y manchas rojas producto de la enfermedad. Antes de que pudiera comprender esta visión, el monje había regresado. Mi pulso latía muy fuerte.

La desgraciada mujer, reclinada sobre mi mano, lloraba en silencio. Le transmití algo de la energía que había hecho irrupción en mí mientras leía la carta y podía sentirla ahora, moviéndose con fuerza por mis miembros. Lentamente, ella pareció reconfortada.

—Voy a decirle por qué me he dirigido precisamente a usted, herr Pernath —prosiguió ella dulcemente después de un largo silencio—. Es a causa de unas palabras que usted me dijo en otra ocasión, y que jamás pude olvidar, a pesar de los años transcurridos...

¿Los años transcurridos? Mi sangre se congeló.

—Se estaba usted despidiendo de mí —no sé por qué, yo era muy niña entonces—, y me dijo gentilmente y sin embargo con aire muy triste: «Quizás ese día no llegue nunca, pero si se encontrara en dificultades en su vida, piense en mí. Dios nuestro Señor permitirá quizá que sea yo quien venga en su ayuda». Me volví rápidamente y dejé caer mi balón en el estanque, para que usted no pudiera ver mis lágrimas. Y luego quise darle el corazón de coral rojo que llevaba con una cinta de seda alrededor del cuello, pero me dio vergüenza porque hubiera sido ridículo.

Recuerdo

Los invisibles dedos de la catalepsia tantean, buscando otra vez mi lengua. Una aparición venida de un país lejano y olvidada por mi deseo surge ante el ojo de mi mente, inmediata y aterradora: una niña vestida de blanco, en la hierba de un sombrío parque rodeado de viejos olmos. Con increíble claridad, la veo ante mí.

He debido de cambiar de color; lo noté en la prisa con que ella prosiguió.

—Sé que sus palabras fueron inspiradas solo por el clima de la despedida, pero a menudo han sido un consuelo para mí... y le estoy agradecida.

Apreté los dientes con todas mis fuerzas y hundí en mi pecho el dolor lacerante que me desgarraba.

Advertí que la mano bienhechora había vuelto a correr el cerrojo de los recuerdos. Aquella breve iluminación surgida de los días pasados había transpuesto a mi conciencia con perfecta claridad: un amor demasiado fuerte para mi corazón había roído mis pensamientos durante años, y la noche de la locura fue el bálsamo de un espíritu herido.

Poco a poco la calma de la insensibilidad descendió sobre mí, enfriando las lágrimas tras mis párpados. Solemne, orgullosamente, la reverberación majestuosa y altiva de las campanas atravesó la catedral y pude ver una sonrisa en los ojos de aquella que había venido a mí en busca de ayuda.

De nuevo escuché el chasquido sordo de la portezuela y el claquetear de los cascos.

En medio del destello azulado de la noche sobre la nieve, descendí a la ciudad. Los faroles me observaban con ojos parpadeantes de sorpresa y de los macizos de abetos surgían mil pequeñas voces que hablaban de oropeles, de nueces plateadas y de la Navidad cercana. Al lado de la estatua de la Madre de Dios, las viejas mendigas con sus pañoletas grises sobre las cabezas mascullaban sus rosarios bajo los cirios que rodeaban la estatua de la Virgen. Frente a la oscura entrada del viejo Gueto, los escaparates de la feria de Navidad se amontonaban y, en medio de ellos, cubierto con un paño rojo e iluminado por la vacilante luz de las humeantes antorchas, el escenario descubierto de un teatro de marionetas. El polichinela de Zwakh, vestido de púrpura y magenta, con un látigo y un cráneo pasado por una cuerda, galopaba con gran ruido sobre las tablas en un corcel de madera.

Los niños, apiñados en filas y con las gorras de piel hundidas hasta las orejas, observaban el espectáculo boquiabiertos, sin perder una sílaba de los versos de Oskar Wiener, el poeta de Praga, que declamaba mi amigo Zwakh oculto en la casilla:

> He aquí un jinete y su caballo,
> gallardo y esbelto como un tallo;
> vestido con harapos rojos y azules...
> y corriendo raudo entre los abedules.

Enfilé por la calle negra y tortuosa que desembocaba en la plaza. Con las cabezas juntas, la gente se mantenía en silencio frente a un cartel sumido en la sombra. Un hombre encendió una cerilla y pude leer algunos fragmentos de frases que mis sentidos embotados trasmitieron a mi conciencia:

Buscado
1 000 FLORINES DE RECOMPENSA

Señor...
de.................... años, vestido de negro..........................
Señas: corpulento, rostro bien afeitado....................
Cabellos: blancos...
Dirección de la policía...
Sección nº...

Vacío de interés en lo que me rodeaba, vacío de todo deseo, me hundí lentamente entre las filas oscuras de las casas, como un cadáver viviente. Un puñado de estrellas microscópicas brillaba en el estrecho camino de cielo entre los techos.

Serenos, mis pensamientos regresaron a la catedral, y la paz de mi alma se hizo más beatífica, más y más profunda.

De pronto, el aire invernal me trajo desde la plaza la voz del titiritero, con una claridad tan tajante como si hubiera estado pegado a mis oídos:

¿Dónde está el corazón de coral rojo
que colgaba de una cinta de seda
y brillaba en la luz de la aurora?

IX

VISIÓN

Hasta bien entrada la noche deambulé sin descanso por la habitación, martirizándome el cerebro para encontrar un medio de socorrerla. Muchas veces estuve a punto de bajar a lo de Schemaiah Hillel para contarle lo que me había sido confiado y pedirle consejo, pero en cada oportunidad rechacé la idea.

Él había asumido en mi espíritu una estatura tan gigantesca que me parecía sacrílego importunarlo con problemas concernientes a la vida material. Además, por momentos, me asaltaba una duda candente: me preguntaba si realmente había vivido yo, en tan corto espacio de tiempo, todos esos acontecimientos que ahora parecían ya tan curiosamente descoloridos, comparados con las grandes experiencias vividas a lo largo de las últimas horas.

¿No lo habría soñado? ¿Podía yo, un hombre que había tenido la desgracia de olvidar su pasado, tener por seguro, aunque no fuera más que por un instante, algo de lo que mi memoria era el único testigo que lo confirmaba? Mis ojos se posaron en la vela de Hillel, que seguía estando sobre la silla. A Dios gracias, había tenido un contacto personal con él, al menos eso era seguro. ¿No debía yo, sin darle más vueltas, correr a verle, abrazarme a sus rodillas y contarle, de hombre a hombre, que un dolor indecible me roía el corazón?

Ya mi mano estaba sobre el picaporte, pero la retiré, viendo por adelantado lo que habría de ocurrir: Hillel me pasaría suavemente la mano sobre los ojos y... ¡no, no, eso no! Yo no tenía derecho a pedir el menor alivio. «Ella» confiaba en mí, en mi ayuda, y si el peligro al que se sentía expuesta me parecía por el momento mínimo, casi inexistente, *ella* ciertamente lo juzgaba enorme.

Mañana tendría tiempo de pedir consejo a Hillel. Me obligué a razonar fríamente. ¿Molestarlo ahora, en plena noche? ¡Imposible! Sería una locura.

Quise encender la lámpara, mas renuncié. El reflejo de la luna sobre los techos penetraba en mi habitación y me daba más claridad de la necesaria. Además, temí que la noche pasara con más lentitud aún si encendía la luz. La idea de encender la lámpara simplemente para aguardar el día tenía algo de desesperado; una sorda aprensión me cuchicheaba que eso sería postergar la mañana a lejanías inaccesibles.

Me acerqué a la ventana. Como un cementerio fantasmagórico temblando en el aire, las filas de tejados contorneados hacían pensar en losas sepulcrales con las inscripciones borradas por la intemperie, plantadas sobre las oscuras «moradas» en las que el remolino de los vivos había excavado cuevas y pasajes.

Largo tiempo permanecí así, observando la noche hasta el momento en que comencé suavemente, muy suavemente, a preguntarme por qué no tenía miedo, cuando un ruido de pasos contenidos atravesó los muros al otro lado de la pared.

Escuché atentamente. No cabía duda, alguien caminaba nuevamente al otro lado. El breve gemido de las tablas traicionaba el roce vacilante de sus pies. De repente, estuve alerta otra vez. Cada fibra de mi ser estaba tan concentrada en mi determinación de escuchar que literalmente empequeñecí. Toda noción de tiempo se convirtió en presente.

Otro crujido rápido que se interrumpió con precipitación, como si se hubiera asustado de sí mismo, luego un silencio de muerte, agónico, inquietante, que traicionaba su propia causa y daba a cada minuto proporciones monstruosas. Sin un movimiento, permanecí con el oído pegado a la pared, con la impresión amenazante en la garganta de que había alguien del otro lado que hacía exactamente lo mismo que yo.

Escuché, al acecho... nada.

El estudio contiguo parecía haber regresado a la nada.

Sin ruido, de puntillas, me deslicé hasta la silla que estaba junto a mi lecho, tomé la vela de Hillel y la encendí. Luego se me ocurrió una idea: la puerta de hierro del desván, que llevaba al estudio de Savioli, solo se abría por arriba. Tomé al azar un trozo de alambre doblado en forma de gancho que se hallaba entre mis herramientas de trabajo. Las cerraduras de esa clase se abren con la mayor facilidad, una presión sobre el resorte es suficiente.

¿Y luego qué pasaría?

No podía ser otro que Aarón Wassertrum el que espiaba al lado, sin duda hurgando en los cajones en busca de nuevas pruebas, de nuevas armas contra Savioli. ¿Mi intervención sería de gran utilidad?

No reflexioné mucho tiempo. ¡Actuar y no pensar, eso era lo necesario! ¡Cualquier cosa, con tal de romper esa espantosa espera de la mañana!

Pronto me encontré ante la puerta de hierro. Me apoyé contra ella, introduje cuidadosamente el gancho en la cerradura y escuché. ¡Sí! Adentro, en el estudio, se escuchó un ruido deslizante, como el de un cajón que se abre.

Un instante más tarde, el cerrojo cedía.

Al descubrir la habitación, por más que la oscuridad era casi total y la vela servía solo para encandilarme, pude percibir un hombre de larga capa negra que se enderezaba de un salto asustado ante un escritorio, permanecía un segundo indeciso, hacía un gesto como si quisiera saltar sobre mí, y luego se arrancaba el sombrero que llevaba en la cabeza y se ocultaba precipitadamente el rostro con él. Quise gritarle: «¿Qué hace usted aquí?», pero el hombre se me adelantó.

—¡Pernath! ¿Es usted? ¡Por el amor del cielo, apague esa luz! —La voz me resultaba conocida, pero con toda seguridad no era la de Wassertrum.

Maquinalmente, apagué la vela.

La habitación se encontraba en semipenumbras, iluminada solamente por un vapor irisado que se deslizaba por el alféizar de la ventana, exactamente igual que la mía, y tuve que forzar la vista en extremo para poder reconocer en el rostro descarnado y febril que surgía repentinamente por encima de la capa, los rasgos del estudiante de medicina, de Charousek.

—¡El monje! —la exclamación brotó instintivamente de mis labios, y comprendí de golpe la visión que había tenido la tarde anterior en la catedral. *¡Charousek! ¡A él es a quien debía dirigirme!* Y escuché de nuevo las palabras que había pronunciado cuando la lluvia, bajo la arcada: «Aarón Wassertrum sabrá muy pronto que ciertas mentes son capaces de calcular cómo se pueden perforar los muros con agujas envenenadas invisibles. Precisamente el día que se decida a coger por el cuello al doctor Savioli».

¿Tenía un aliado en Charousek? ¿Sabía él lo que había ocurrido? Su presencia en el estudio a una hora tan insólita permitía suponerlo, pero no me atreví a formularle directamente la pregunta. Se había precipitado hacia la ventana y observaba la calle a través de las cortinas. Comprendí que temía que Wassertrum se hubiera percatado de la luz de mi vela.

—Usted pensará que soy un ladrón, Pernath, al verme aquí de noche en una vivienda ajena, pero le juro...

Me apresuré a interrumpirlo y lo tranquilicé. Para demostrarle que, lejos de sentir la menor desconfianza con respecto a él, le consideraba un aliado, le conté —con algunas reservas que consideraba necesarias— todo lo relacionado con el estudio y mis temores de ver a una mujer que me resultaba tan cara, víctima de los manejos chantajistas del rapaz Wassertrum. Por la manera cortés con que me escuchaba, sin hacerme una sola pregunta, comprendí que conocía ya lo esencial del asunto, aunque quizás algunos detalles se le escapaban.

—Todo concuerda —murmuró cuando hube terminado—. Así pues, no me he equivocado. Ese individuo quiere arruinar a Savioli, pero evidentemente aún no ha reunido las pruebas suficientes. Si no, ¿por qué habría de rondar constantemente por aquí? Cuando yo pasaba ayer, digamos que «por casualidad», por la calle Hahnpass —explicó al ver mi aspecto inquisitivo—, noté que Wassertrum, después de haber permanecido un momento frente a la puerta, yendo y viniendo con aire inocente, persuadido de que nadie lo observaba, entró prestamente en la casa. Le seguí de cerca e hice como si viniera a verle a usted; llamé a su puerta, sorprendiéndole así justo en el momento en que trataba de hacer girar una llave en la trampa de hierro. Desde luego, se detuvo de inmediato al verme y también llamó a su puerta con el mismo pretexto. Aparentemente usted había salido, porque nadie respondió.

»Acto seguido, me informé prudentemente en el Gueto y pude averiguar que alguien —por la descripción no podía ser otro que el doctor Savioli— poseía allí un nido de amor secreto. Como Savioli está recluido en su casa por la enfermedad, me pareció que todo el resto concordaba perfectamente. Mire, he aquí lo que encontré en los cajones y me va a permitir jaquear a Wassertrum de una vez por todas —concluyó Charousek mostrándome un paquete de cartas sobre el escritorio—. Es todo lo que he podido encontrar escrito, esperemos que no haya nada más. Al menos, he hurgado en todos los baúles y armarios, todo lo que pude hacer sin luz.»

Mientras hablaba, mis ojos recorrían la habitación y se detenían involuntariamente en una trampilla del suelo. Recordé entonces vagamente que Zwakh me había hablado con anterioridad de un acceso que permitía entrar al estudio por abajo. Era una placa cuadrada con una anilla para sujetarla.

—¿Dónde guardar estas cartas en lugar seguro? —prosiguió Charousek—. Usted, herr Pernath, es el único en todo el Gueto al que Wassertrum juzga inofensivo, y en cuanto a *mí* precisamente, hay... razones... particulares (vi cómo sus rasgos se crispaban por el efecto de un odio demente, mientras mordía literalmente las palabras de esta última frase), y a usted lo considera un... —Charousek disimuló la palabra «loco» con un pequeño acceso de tos, precipitadamente provocado. Yo había adivinado lo que quería decir. Pero no me molestó en lo más mínimo. El sentimiento de poder ayudarla me hacía tan feliz que abolía toda susceptibilidad en mí. Convinimos finalmente en esconder el paquete en mi casa, y pasamos a mi habitación.

Charousek se había marchado hacía tiempo, pero yo seguía sin decidirme a meterme en la cama. Una suerte de agitación interior me acosaba sin descanso. Me parecía que aún tenía algo que hacer, ¿pero qué, qué?

¿Un plan de acción del estudiante para los días siguientes? No podía ser solamente eso. Charousek prácticamente no quitaba los ojos del chatarrero, no había ninguna duda al respecto. Me estremecí al pensar en el odio que emanaba de sus palabras. ¿Qué le podía haber hecho Wassertrum?

La extraña agitación interna no cesaba de crecer en mí, empujándome casi a la desesperación. Algo invisible me llamaba, algo del más allá, y yo no lo comprendía. Me sentía como un caballo que ha sido amaestrado, que siente la presión del freno, pero que no sabe qué movimiento debe ejecutar, que no capta la voluntad de su amo.

¿Bajar a lo de Schemaiah Hillel?

Todas las fibras de mi ser rechazaban la idea.

La visión de la catedral, cuando la cabeza de Charousek apareció sobre los hombros del monje, fue como la respuesta a una plegaria muda y me dio a partir de ese momento una directiva muy clara como para que yo pudiera menospreciar deliberadamente otras impresiones igualmente brumosas. Hacía tiempo que poderes secretos germinaban en mí, eso era seguro; lo experimentaba con una intensidad demasiado grande como para tratar de negarlo. *Sentir* las letras y no solo leerlas con los ojos en los libros, crear en mí un intérprete que tradujera lo que el instinto me cuchicheaba sin palabras: yo comprendía que la clave estaba ahí, que era el medio de llegar a un entendimiento claro y explícito con mi ser interior, con mi propio ser interior.

«Ellos tienen ojos y no ven, tienen oídos y no oyen.» El pasaje de la Biblia surgió en mi mente como una explicación.

—Llave... llave... llave... —Mis labios repetían mecánicamente la palabra mientras mi espíritu jugueteaba con ideas extrañas—. ¿Llave... llave...? —Mis ojos cayeron sobre el alambre curvado que me había servido antes para abrir la puerta del desván. De inmediato me sentí aguijoneado por la quemante curiosidad de saber adónde podía conducir la cuadrada trampilla del estudio. Sin reflexionar más, volví al estudio de Savioli y tiré de la anilla de la trampilla hasta que logré levantar la tapa.

Al principio, nada más que negrura.

Luego vi unos escalones empinados y estrechos que se hundían en las tinieblas. Comencé a bajar y durante un cierto tiempo fui tanteando las paredes con las manos, pero la escalera no parecía tener fin: nichos húmedos de moho y fango, recodos redondos, vueltas y rincones agudos, a través de pasadizos rectos hacia la derecha, hacia la izquierda, pasando los restos de una vieja puerta de madera, cogiendo bifurcaciones al azar; y siempre los escalones, escalones, escalones que subían, que bajaban, y siempre un olor pesado, sofocante, de liquen y tierra.

Y ni un rayo de luz. ¡Si al menos hubiera traído la vela de Hillel!

Por fin el suelo se niveló. Por el crujido bajo mis pies, deduje que caminaba sobre arena seca. No podía tratarse más que de uno de esos innumerables pasajes que serpentean sin ton ni son y bajan del Gueto hasta el río. No me sorprendí; la mitad de la ciudad se encontraba construida desde tiempos inmemoriales sobre una red de túneles y los habitantes de Praga siempre habían tenido buenas razones para huir de la luz del día.

A pesar de que ya llevaba deambulando una eternidad, la ausencia total de sonidos sobre mi cabeza me indicaba que aún debía de encontrarme en los confines del Gueto, silencioso como una tumba por las noches. Calles o plazas más animadas encima mío hubieran sido delatadas por algún lejano rodar de coches.

Durante un segundo el temor de estar caminando en círculo me apretó la garganta. ¿Y si caía en algún pozo y me hería, me quebraba una pierna y no pudiese proseguir mi camino? ¿Qué pasaría entonces con *sus* cartas? Estaban en mi habitación y caerían inevitablemente en manos de ese Wassertrum.

El recuerdo de Schemaiah Hillel, vinculado por mí a la idea de apoyo y jefe, me tranquilizó inconscientemente. Pero por prudencia hice más lento mi andar, tanteando el terreno con el pie, un brazo por encima de la cabeza para no darme un golpe en caso de que el techo del pasaje descendiera. A intervalos cada vez más cortos, levantaba las manos para verificar la altura de la bóveda y por fin las piedras bajaron tanto que tuve que inclinarme para seguir avanzando.

De pronto la mano solo encontró el vacío sobre mi cabeza. Me detuve en seco y observé a mi alrededor. Al cabo de un momento me pareció distinguir la claridad del exterior, apenas perceptible. ¿Había allí algún conducto que desembocaba en un sótano? Me enderecé y fui tanteando con ambas manos a la altura de mi cabeza. La abertura era rectangular y la pared de mampostería. Progresivamente conseguí distinguir los contornos vagos de una cruz horizontal y por fin logré alcanzar los barrotes que la formaban; me alcé con gran esfuerzo, deslizándome en el espacio vacío libre.

Ya de pie sobre la cruz, traté de orientarme. Si el tacto de mis dedos no me engañaba, los restos de una escalera de caracol de hierro acababan allí. Tuve que tantear un tiempo interminable antes de encontrar el segundo escalón, y entonces subí. Había ocho escalones en total, cada uno de la altura de un hombre.

¡Extraño! La escalera terminaba en una suerte de panel horizontal que dejaba pasar, a través de unas rendijas regulares, la claridad que percibía desde abajo, cuando aún me encontraba en el pasadizo. Me agaché lo más que pude, para distinguir desde un poco más de lejos el trazado de las rendijas. Para mi gran asombro vi que formaban exactamente la estrella de seis puntas que aparece en las sinagogas.

¿Qué podía significar eso?

De inmediato se me apareció la solución del enigma: esta era también era una trampilla, que dejaba filtrar la luz por sus bordes. Una trampilla de madera en forma de estrella. Apoyé los hombros contra ella y di un fuerte empujón; un instante más tarde me encontraba en una habitación iluminada por la clara luz de la luna. Muy pequeña, estaba completamente vacía, a excepción de un montón de trastos en un rincón. Había una sola ventana y estaba fuertemente enrejada. Pero de nada me valió escrutar minuciosamente las paredes, no descubrí puerta ni salida alguna, salvo la que yo mismo había utilizado. Los barrotes de la ventana estaban demasiado unidos como para que pudiera pasar la cabeza entre ellos, pero de todos modos pude ver la calle. La habitación se hallaba más o menos a la altura de un tercer piso, puesto que las casas de enfrente, que solo tenían dos, eran notoriamente más bajas.

Veía una de las aceras de la calle, pero apenas si la distinguía, pues la deslumbrante luz de la luna que me golpeaba en pleno rostro la sumía en sombras tan densas que no podía ver detalle alguno. La calle se encontraba ciertamente en el Barrio Judío, porque las ventanas de enfrente estaban tapiadas, o sus marcos simulados en la construcción, y es solo en el Gueto que las casas se vuelven tan extrañamente la espalda.

En vano me torturaba la mente para deducir en qué extraño edificio me encontraba. ¿Sería una torrecilla lateral abandonada de la iglesia griega? ¿Pertenecería a la sinagoga Vieja-Nueva?

El aspecto del barrio concordaba.

Una vez más miré la habitación: nada que pudiera darme la menor indicación. Las paredes y el cielorraso estaban desnudos, el revoque y el yeso se habían desprendido hacía tiempo, ni un clavo, ni el hueco de un clavo indicaban que el cuarto hubiera estado habitado alguna vez. Una capa de polvo espeso cubría el suelo, como si ningún ser viviente hubiera apoyado sus pies en decenas de años.

Hurgar en el montón de restos del rincón me sublevaba el corazón. Se encontraba en una oscuridad total y no podía distinguir de qué estaba compuesto. Por la apariencia externa, se hubiera dicho que eran trapos envueltos en forma de bola. ¿O bien se trataba de viejas maletas negras? Tanteé con el pie y logré arrastrar con el tacón una parte del montón hasta el reguero de luz que la luna arrojaba a través de la habitación. Una suerte de ancha y oscura cinta de tela se desenrolló lentamente.

¡Un punto reluciente como un ojo! ¿Era un botón de metal, quizá?

Poco a poco me di cuenta que una manga de corte extraño y pasado de moda pendía del bulto. Y una pequeña caja blanca o algo parecido, se encontraba debajo; bajo el peso de mi pie se aplastó y desparramó en una multitud de fragmentos salpicados con manchas. Les di un ligero golpe con la suela y una hoja de papel voló hacia la claridad.

¿Una imagen?

Me agaché: el Loco, la más figura más baja en el *Tarot*. Lo que había tomado por una caja blanca era un mazo de cartas.

Lo junté. Un mazo de cartas, aquí, en este lugar tan fantasmagórico. ¡Qué ridiculez! Pero, cosa extraña, tuve que esforzarme para sonreír mientras una ligera angustia me trepaba por la columna. Busqué una explicación banal a la presencia de esas cartas en semejante lugar, mientras las contaba maquinalmente. Setenta y ocho cartas: estaban completas. Pero al hacerlo noté una particularidad extraña, se hubiera dicho que estaban talladas en hielo. Un frío glacial emanaba de ellas y mis dedos se entumecieron hasta el punto que apenas pude soltar el mazo que tenía en la mano. Una vez más busqué ávidamente alguna explicación razonable. Mi traje liviano, el largo vagar sin capa ni sombrero por los pasillos subterráneos, la feroz noche invernal, los muros de piedra, el frío terrible que entraba por la ventana al mismo tiempo que la claridad de la luna... era por demás extraño que ahora comenzara a sentirme helado. La sobreexcitación en que me había encontrado todo ese tiempo quizá me había hecho insensible al frío.

Los estremecimientos se sucedían sobre mi piel, penetrando capa tras capa, cada vez más profundamente, en mi cuerpo. Sentía cómo si mi esqueleto se volviera de hielo, y cada uno de mis huesos me parecía una barra de metal sobre la cual la carne estaba pegada por el frío. Era inútil correr en círculo, golpear los pies, girar los brazos como aspas de molino... tenía que apretar los dientes para no escuchar su castañeteo.

Me dije que aquello era la Muerte, que posaba sus manos heladas sobre mi cráneo. Y me defendí como un loco contra el embotamiento narcótico de la congelación, que me envolvía como un manto sofocante.

Las cartas en mi habitación, ¡sus cartas! Fue como un grito en mis entrañas: si muero, alguien las encontrará. Y ella ha depositado en mí sus esperanzas. Su salvación, en mis manos. ¡Socorro!... ¡Socorro!... ¡Socorro!...

Y grité por la ventana hacia la calle desierta, que devolvió el eco: «¡Socorro, socorro, socorro!». Me arrojé al suelo y me incorporé de un salto. ¡No podía morirme, no debía morir! ¡Por ella, solo por ella! Aunque debiera hacer astillas de mis huesos para calentarme. Mis ojos cayeron entonces sobre los andrajos del rincón, me precipité sobre ellos y me los eché por encima de mis ropas, con manos temblorosas. Era un traje muy gastado, de corte raro, muy antiguo, cortado en una gruesa tela oscura.

Despedía olor a moho.

Luego me encogí en el rincón opuesto y sentí mi piel calentarse lentamente, muy lentamente. Solo la impresión de tener un esqueleto de hielo no desaparecía. Sin moverme, permanecí hecho un ovillo, dejando que mi mirada vagara por la habitación. La carta que primero había llamado mi atención, el Loco, yacía aún en medio del reguero de luz.

No podía apartar de ella la mirada.

Parecía, según lo que podía reconocer desde lejos, pintada torpemente a la acuarela por una mano infantil, y representaba la letra hebrea aleph, bajo la forma de un hombre vestido a la antigua, la barbita puntiaguda y corta, y el brazo izquierdo levantado, mientras que el derecho señalaba hacia abajo. Una sospecha se despertó confusamente en mí: ¿el rostro de ese personaje no se parecía extrañamente al mío? La barba... no era precisamente la de un Loco... Me arrastré hasta la carta y la arrojé al rincón, con el resto de los trastos, para librarme de esa visión angustiante.

Allí quedó, mancha blanquecina y apenas visible, brillando débilmente en las sombras.

Me obligué por medio de un violento esfuerzo a reflexionar acerca de las medidas que debía tomar para regresar a mi casa. Aguardar a la mañana, luego llamar a los transeúntes por la ventana para que me alcanzaran velas o una linterna desde el exterior, con una escalera. Sin luz, jamás llegaría a orientarme por ese laberinto de túneles que se entrecruzaban hasta el infinito: de eso estaba seguro, con una seguridad abrumadora... O de lo contrario, si la ventana estaba muy alta, ¿quizás alguien podría descender del techo con una cuerda...? ¡Dios mío! Me atravesó un rayo y comprendí dónde me encontraba: *¡en la habitación sin salida*, solo con una venta-na enrejada, la antigua casa de la calle Altschul, que todo el mundo evitaba! Muchos años antes, un hombre se había des-lizado del techo para mirar por la ventana, la cuerda se había roto y... ¡Sí! *¡Estaba en la casa donde desaparecía cada vez el Golem!*

Un profundo horror cayó sobre mí. En vano intenté re-sistirme; ni siquiera el recuerdo de las cartas de ella tuvo poder contra esto. Mi mente se paralizó y mi corazón se comenzó a contraerse convulsivamente

Me repetía con rapidez, con los labios tiesos, que era el viento, solo el viento que soplaba tan helado desde el rin-cón opuesto. Me lo repetía cada vez más rápido, con la respiración sibilante, pero en vano: allí enfrente la mancha blanquecina, la carta, se inflaba como una vejiga, avanzaba hasta el borde del reguero de luz y luego reptaba hacia las sombras. Ruidos de goteo, a medias presentidos, a medias reales, se dejaban escuchar en la habitación... y fuera, alre-dedor de mí y por todas partes... en lo más profundo de mi corazón, luego otra vez en el medio de la habitación: era como cuando se deja caer un compás que queda con la pun-ta clavada en la madera.

¡Y otra vez y siempre, esa mancha blanquecina... esa man-cha blanquecina!... «¡Una carta, es una desgraciada carta, estúpida y sin sentido!» Sentí como el grito formaba ecos en mi cráneo, pero en vano... ahora ha cobrado forma... en contra de todo, ha cobrado forma... el Loco... está acurruca-do en el rincón y me observa *¡con mi propio rostro!*

Permanecí así horas y horas sin moverme, acurrucado en el rincón, con los hueos paralizados por el frío, enfundado en una prenda ajena, podrida. Y él, enfrente, él... mi propio yo.

Mudo e inmóvil, nos mirábamos a los ojos, uno el espantoso reflejo del otro... ¿Verá también él cómo los rayos de la luna, cada vez más pálidos, se arrastran por el suelo con la tenacidad obtusa de una babosa y trepan por el muro como las agujas de un invisible reloj, haciéndose cada vez más pálidos?

Lo enlacé sólidamente con la mirada y fue en vano que tratara de liberarse en la claridad del alba que venía en su ayuda por la ventana. Lo tenía bien sujeto.

Paso a paso, luché con él por mi vida, la vida que es mía porque ya no me pertenece. Y mientras él se volvía cada vez más pequeño y se encogía de nuevo en su carta, me incorporé, fui hasta él y me metí el Loco en el bolsillo.

Abajo, la calle seguía vacía y desierta.

Exploré el resto de las cosas en el rincón del cuarto, iluminado ya por la luz embotada de la mañana: escombros, una sartén oxidada, harapos hechos polvo, el cuello de una botella. Objetos inanimados y, sin embargo, tan familiares. Y las paredes también, ¡qué netas eran las rendijas y las grietas! ¿Dónde las había visto antes?

Cogí el mazo de cartas y una vaga idea surgió en mi mente. ¿No las había pintado yo mismo? ¿Siendo niño? ¿Hace mucho, mucho tiempo? Era un mazo de Tarots muy viejo. Con caracteres en hebreo. El número doce debía ser *El Colgado*, me pareció recordar, ¿colgado cabeza abajo con los brazos en la espalda? Hice pasar las cartas en su busca. ¡Sí! ¡Sí! ¡Allí estaba!

Y de nuevo, mitad sueño mitad certeza, surgió una imagen frente a mí: *una escuela ennegrecida*, torcida, contrahecha, repelente, como choza de brujas, el hombro izquierdo demasiado levantado, el derecho apoyado en el edificio vecino. Allí estamos una multitud de niños... en alguna parte hay un sótano abandonado...

Luego mi mirada se deslizó a lo largo de mi cuerpo y de nuevo me sentí desconcertado. El traje antiguo me resultaba totalmente desconocido...

El ruido de una carreta dando tumbos en el empedrado me sobresaltó y sin embargo, cuando miré hacia abajo, ni un alma, solo un mastín meditabundo en la esquina de la calle.

¡Ah, por fin! ¡Voces! ¡Voces humanas! Dos ancianas llegaban cojeando lentamente. Esforzándome, pasé a medias la cabeza entre los barrotes y las llamé. Boquiabiertas, miraron hacia arriba, sin dejar de charlar. Pero cuando me vieron, lanzaron un grito estridente y huyeron. Comprendí que me habían tomado por el Golem.

Yo esperaba que se formara un grupo de gente con la que pudiera hacerme entender, pero transcurrió una hora al menos, y solo de tiempo en tiempo un rostro lívido se alzaba hacia mí para desaparecer de inmediato, muerto de miedo. ¿Habría que aguardar horas —quizá hasta el día siguiente— para que alertaran a los policías, los ladrones con licencia, como los llamaba Zwakh?

No, más valía explorar los pasajes subterráneos, seguirlos un poco para ver dónde desembocaban. Quizá ahora, durante el día, algún rayo de luz se deslizase por alguna fisura entre las piedras.

Bajé a toda velocidad los escalones de la escalera de caracol y retomé el camino de la víspera, franqueando verdaderas montañas de rejas rotas y sótanos profundos, trepé por los restos de una ruinosa escalera y llegué de pronto al pasillo de la *negra escuela* que había visto en sueños.

De inmediato me vi inmerso en una marea de recuerdos: bancos sucios de tinta de arriba abajo, cuadernos de aritmética, canciones berreantes, un chico que suelta un abejorro en clase, libros de lectura con bocadillos aplastados entre las páginas y olor a peladura de naranja. Sin darme tiempo a seguir reflexionando, me apresuré a salir de la casa.

La primera persona que encontré —en la calle Salniter— fue un viejo judío contrahecho de patillas blancas. No bien advirtió mi presencia, se cubrió el rostro con las manos y se puso a chillar plegarias en hebreo. El ruido debió atraer a mucha gente de sus cuevas, ya que un clamor indescriptible estalló detrás mío. Al darme vuelta vi un ejército de rostros lívidos como cadáveres, retorcidos por el miedo, que se abalanzaban por el callejón en pos de mí. Estupefacto, me miré y comprendí: todavía llevaba sobre mi ropa el extraño traje medieval de esa noche; la gente creía tener ante sí al Golem. Rápidamente, di la vuelta a la esquina y me oculté en una entrada, arrancándome los harapos polvorientos.

Un segundo más tarde, la jauría pasó a la carrera vociferando, agitando sus palos y las bocas desencajadas.

X

Luz

Varias veces, durante el curso del día, llamé a la puerta de Hillel. No podía tranquilizarme hasta haber hablado con él, preguntándole qué significaban todos esos acontecimientos extraños. Pero siempre me respondían que aún no había vuelto. No bien regresara del Ayuntamiento Judío, su hija me avisaría.

¡Una persona rara, esta Miriam! De un tipo como yo no había visto jamás. Una belleza tan insólita que no se la podía captar con una primera mirada, una belleza que hace enmudecer al que la contempla y despierta en él una impresión inexplicable, una suerte de ligero desaliento. Yo me decía, mientras la veía ante mí con el pensamiento, que ese rostro debía de estar construido según cánones de belleza perdidos hace milenios. Y pensaba en la piedra preciosa que tendría que elegir para fijarla en un camafeo y la tallaba según las reglas de mi arte. Pero tropezaba incluso desde sus primeras apariciones: el brillo negro-azulado de sus cabellos y ojos superaba todo lo que podía imaginar. ¿Cómo encerrar, respetando el significado de la visión, el espíritu de delgadez sobrenatural del rostro en un camafeo, sin dejarse paralizar por las analogías convencionales y obtusas que imponen el retrato académico? Me daba cuenta de que solo un mosaico permitiría resolver la dificultad, ¿pero qué materiales usar? Haría falta toda la vida de un hombre para hallar los que convenían.

¿Dónde demonios estaría Hillel? Lo aguardaba con la impaciencia reservada a los viejos y queridos amigos. ¡Qué lugar había ocupado en mi corazón en pocos días, pues, para ser precisos, solo había hablado con él una vez en mi vida!

Sí, es cierto: las cartas, sus cartas. Yo quería esconderlas mejor. Para estar tranquilo, en el caso de ausentarme de nuevo por mucho tiempo. Las saqué del baúl; en la caja de hierro estarían más seguras.

Una fotografía se deslizó del paquete. No quería mirarla, pero era demasiado tarde. Con una estola de brocado sobre los hombros desnudos, tal como la había visto por primera vez, cuando se refugió en la habitación huyendo del estudio de Savioli, «ella» me miraba a los ojos.

Me traspasó un dolor insensato. Leí la dedicatoria bajo el retrato sin captar las palabras; y luego el nombre:

Tu Angelina

¡¡Angelina!!

En el instante mismo en que pronuncié ese nombre en voz alta, la cortina que ocultaba mis años de juventud se desgarró de arriba a abajo.

Creí que moriría de desesperación bajo el peso de la miseria. ¡Agarroté los dedos en el aire y me mordí los dedos, suplicándole a Dios que me dejara ciego como antes, siguiendo con mi existencia de muerto viviente!

El dolor trepó hasta mis labios, brotando con un sabor extrañamente azucarado, como de sangre...

¡¡Angelina!!

El nombre se arremolinaba en mis venas; era una caricia espectral, intolerable.

Con un violento esfuerzo me rehice y me obligué, rechinando los dientes, a observar fijamente el retrato hasta adueñarme de él.

¡Adueñarme de él!

Como me había adueñado del mazo de cartas esa noche.

¡Al fin, pasos! Pasos de hombre.

¡Él estaba aquí!

Exultante, me precipité hacia la puerta y la abrí de par en par.

Schemaiah Hillel estaba afuera y detrás de él —me lo reproché tenuemente por experimentar una decepción—, con los cachetes rojos y los ojos redondos de niño, el viejo Zwakh, el titiritero.

—Veo con satisfacción que tiene usted buena salud, herr Pernath —dijo Hillel.

¡Qué frío aquel «usted»!

Frío. Un frío tajante, mortal, se abatió bruscamente sobre el cuarto.

Atontado, escuché a medias lo que Zwakh balbuceaba, jadeante de emoción.

—¿Lo sabe usted? ¡El Golem ha vuelto al Gueto! ¿Hemos hablado de él hace poco, recuerda, Pernath? Todo el Gueto está excitado. Vrieslander lo vio con sus propios ojos. Y una vez más, como siempre, se ha cometido un asesinato.

Asombrado, presté atención: ¿un asesinato?

Zwakh me sacudió.

—Sí, ¿no se ha enterado de nada, Pernath? Abajo hay un enorme aviso de la policía pegado en todas las esquinas: parece que el viejo y gordo Zottmann, el «francmasón» —en fin, quiero decir Zottmann, el director de la Compañía Aseguradora de Vida—, fue asesinado. Acaban de arrestar a Loisa, aquí en la casa. Y Rosina ha desaparecido sin dejar huellas. El Golem... el Golem... es como para que se le pongan a uno los pelos de punta.

No le respondí y busqué los ojos de Hillel: ¿por qué me observaba con tanta insistencia? De pronto, una sonrisa contenida tembló en las comisuras de sus labios. Comprendí que era por mí.

Me inundó un júbilo tan grande que le hubiera saltado al cuello. Fuera de mí, caminaba sin objeto por la habitación. ¿Qué había que ofrecer primero? ¿Vasos? ¿Una botella de borgoña? (No tenía más que una.) ¿Cigarrillos? Por fin recuperé el uso de la palabra:

—¿Pero por qué no se sientan? —y rápidamente empujé sillas hacia mis amigos.

Zwakh se encolerizó:

—¿Por qué sonríe usted constantemente, Hillel? ¿Acaso no cree que el Golem haya vuelto al Gueto? Tengo la impresión de que no cree nada de todo esto.

—No creería aunque lo viera frente a mí en esta habitación —respondió tranquilamente Hillel, dirigiéndome una mirada. Comprendí el doble sentido que se ocultaba en sus palabras.

Zwakh, estupefacto, apartó el vaso de sus labios.

—¿Para usted no cuenta el testimonio de centenares de personas, Hillel? Aguarde un poco y recuerde bien lo que voy a decirle: ahora habrá una muerte tras otra en el Barrio Judío. Conozco estas cosas. El Golem arrastra un macabro cortejo en su despertar.

—Una acumulación de acontecimientos análogos no tiene nada de extraordinario —replicó Hillel. Al decir eso se dirigió hacia la ventana y miró hacia abajo, a la tienda del chatarrero—. Cuando llega el deshielo, comienzan a las salir las raíces, las buenas y las malas.

Zwakh me guiñó un ojo y, señalando a Hillel con un gesto de su cabeza, prosiguió a media voz:

—Si el rabino quisiera hablar, nos podría contar cosas que nos harían erizar los pelos.

Schemaiah se volvió.

—No soy rabino, aun cuando podría llevar ese título. No soy más que un pobre archivista del Ayuntamiento Judío, donde llevo el *registro de los vivos y los muertos*.

Me pareció que las palabras escondían un significado oculto. El titiritero pareció experimentar inconscientemente la misma impresión. Calló, y durante un largo instante ninguno de nosotros profirió palabra alguna.

Fue Zwakh quien rompió el silencio, con una voz inusualmente grave

—Dígame, rabino... perdón, quise decir herr Hillel, hace tiempo que quería preguntarle algo. Pero no se sienta obligado a responder si no quiere, o no puede...

Schemaiah se acercó a la mesa y se puso a toquetear ociosamente con su vaso. No bebía, quizás el ritual judío se lo impedía.

—Pregunte sin temor, Zwakh.

—¿Sabe usted algo acerca de la doctrina esotérica judía, de la Cábala, Hillel?

—Muy poco.

—Tengo entendido que existe una recopilación de escritos místicos que permite conocerla: el *Zohar*...

—Sí, el *Zohar*, el *Libro de los Esplendores*.

—Eso es, ¿ve usted? —renegó Zwakh—. ¿No es una injusticia monstruosa que una escritura que contiene, según se dice, las claves de la interpretación de la Biblia y de la eterna bienaventuranza...?

Hillel lo interrumpió:

—Solo algunas de las claves.

—Bien, ¡pero al menos algunas!.... ¿No es una pena que esa escritura no sea accesible más que a los ricos, en razón de su gran valor y de su extraordinaria rareza? De hecho, creo que hay un solo original, que se encuentra en el British Museum; es más, ¿escrito en caldeo, en arameo, o en hebreo... o qué se yo?... ¿Es que yo, por ejemplo, que no he tenido jamás la oportunidad de aprender esas lenguas, o de ir a Londres...?

—¿Acaso ha depositado en ello todos sus deseos con un ardor tan intenso? —preguntó Hillel, no sin un dejo de ironía.

—Francamente... no —convino Zwakh, con algo de desconcierto.

—Entonces, no se queje —dijo secamente Hillel—. Aquel que no busca el espíritu con todos los átomos de su cuerpo, así como un ahogado busca el aire, no puede ver los misterios de Dios.

«De todos modos, debe de existir un libro que contenga todas las claves de los enigmas del otro mundo, y no solamente algunas», pensé entonces, mientras mis manos jugueteaban maquinalmente con el Loco que seguía en mi bolsillo; pero antes de que pudiera formular la pregunta en palabras, ya lo había hecho Zwakh.

Hillel mostró nuevamente una sonrisa enigmática.

—Toda pregunta que el hombre pueda formular recibe su respuesta en el instante mismo en que la ha concebido.

Zwakh se volvió hacia mí:

—¿Comprende *usted* lo que quiere decir con eso?

No respondí, pero retuve el aliento para no perder una sola palabra de Hillel.

Schemaiah prosiguió:

—La vida toda no es nada más que preguntas convertidas en formas, que llevan en sí el germen de las respuestas... y de respuestas preñadas de preguntas. Aquel que vea otra cosa en un loco.

Zwakh descargó un puñetazo sobre la mesa.

—Sí: preguntas que se expresan cada vez de manera distinta, y respuestas que cada cual comprende de manera diferente.

—Exacto —dijo Hillel indulgente—. Tratar a todos los hombres con «la misma píldora» es privilegio de los médicos. El interrogador recibe la respuesta que necesita; de lo contrario, la humanidad no seguiría el camino de sus aspiraciones. ¿Acaso cree usted que nuestros libros judíos están escritos exclusivamente con consonantes por puro capricho? Cada cual deberá encontrar por sus propios medios las vocales ocultas que revelarán el sentido determinado solo para él desde toda la eternidad; la palabra viviente no debe congelarse en un dogma muerto.

El titiritero protestó violentamente:

—¡Esas son solo palabras, rabino, *palabras*! Bien quisiera ser el último loco si comprendiera algo.

¡Loco! La palabra me sacudió como el rayo y poco faltó para que cayera de mi silla.

Hillel evitó mi mirada. Sus palabras me llegaban como desde una gran lejanía.

—¿Un loco? Quién sabe si no lo es usted. Nunca debemos estar muy seguros de nosotros mismos. Y ya que hablamos de locos, señor Zwakh, ¿utiliza usted el Tarot?

—¿El Tarot? Naturalmente, desde que era un niño.

—En ese caso me asombra que reclame un libro conteniendo toda la Cabala, cuando lo ha tenido mil veces en sus manos.

—¿Yo? ¿En mis manos? ¿En mis propias manos? —Zwakh se rascó la cabeza.

—Desde luego, *¡usted!* ¿Nunca se le ocurrió que el mazo del Tarot tiene veintidós triunfos... exactamente como letras tiene el alfabeto hebreo? ¿Acaso nuestros naipes de Bohemia no muestran abundantemente figuras que son otros tantos símbolos evidentes: el Loco, la Muerte, el Diablo, el Juicio Final? Querido amigo, ¿con qué fuerzas quiere usted que la vida le grite sus respuestas al oído? No es necesario, por supuesto, que usted sepa que Tarot, o *Tarock*, tiene el mismo sentido que la palabra hebrea *Toru*, «la Ley», o que el antiguo egipcio *tarut*, que significa «el que es interrogado», y que en la antigua lengua zend, *tarisk*, que significa «exijo la respuesta». Pero los sabios hubieran debido saberlo antes de afirmar que el Tarot data de los tiempos de Carlos VI. Por eso, así como el Loco es el triunfo más bajo, el hombre es la primera figura en su propio libro de imágenes, su propio doble: la letra hebrea *aleph*, que tiene la forma de un hombre que señala con una mano el cielo y con la otra la tierra, significa: «Lo que es arriba es abajo; lo que es abajo es arriba». Es por eso que dije hace un instante: ¡quien sabe si usted es realmente Zwakh, el titiritero, y no el «Loco»!... No esté tan seguro.

Mientras hablaba, Hillel no cesaba de mirarme y yo presentía que bajo sus palabras se abría un abismo de nuevos significados.

—No esté tan seguro, herr Zwakh. Uno puede encontrarse metido por oscuros caminos de los que nadie regresa *si no lleva un talismán*. Según la tradición, tres hombres descendieron un día al reino de las tinieblas; uno regresó loco, el otro ciego, y solo el tercero, el rabino ben Akiba, volvió sano y salvo declarando que se había encontrado a sí mismo. Cuántos hay en su caso, cuántos —como Goethe, por ejemplo— se encontraron a sí mismos, habitualmente sobre un puente o en un camino que lleva de una orilla a otra de un curso de agua, se miraron en los ojos, y *no* se volvieron locos. Pero aquello no era más que un reflejo de su propia conciencia y no el verdadero doble, eso que llaman el *Habal Garmin*, el «Hálito de los Huesos», del que está escrito: «Así como entró en la tumba, imputrescible en sus miembros, así se levantará el día del Juicio Final». —La mirada de Hillel se hundía cada vez más profundamente en mis ojos—. Nuestras abuelas decían de él: «Él vive lejos, encima de la tierra, en una habitación sin puertas, con una sola ventana desde la cual no puede hacerse oír por los hombres. ¡Aquel que llegue a dominarlo y a instruirlo, estará en paz consigo mismo!...». Para terminar, en lo referente al Tarot, usted lo sabe tan bien como yo: para cada persona las cartas se distribuyen de manera diferente, pero aquel que utiliza bien los triunfos, ese gana la partida... Vámonos, herr Zwakh. Venga conmigo, si no se tomará todo el vino de herr Pernath y no quedará nada para él.

XI

ANGUSTIA

Una batalla de copos se agitaba frente a mi ventana. Un regimiento de copos de nieve, como regimientos incesantes, minúsculos soldados en uniformes blancos desgreñados, cruzaban los paneles de la ventana siempre en la misma dirección, como arrastrados por una huida general ante algún adversario particularmente feroz. Luego, de repente, dejaban de batirse en retirada y, aparentemente atrapados por un inexplicable acceso de furia, rehacían el camino, atacados a los flancos por nuevos ejércitos enemigos venidos de arriba y de abajo, de tal manera que todo se disolvía en una masa caótica y turbulenta.

Parecían haber transcurrido meses desde los acontecimientos extraños que me había tocado vivir poco tiempo
antes. Si nuevos rumores referentes al Golem no hubieran
llegado diariamente hasta mí, haciendo revivir todo ese pasado reciente, creo que hubiera podido creerme víctima de
una alucinación.

En medio de los coloridos arabescos tejidos a mi alrededor por los acontecimientos, lo que Zwakh me había contado acerca del asesinato aún inexplicable del así llamado
«francmasón» destacaba con tintes estridentes. Yo no llegaba a comprender el nexo que lo unía a Loisa, aun cuando
no podía desembarazarme de una oscura sospecha. Casi en
el mismo instante en que, esa misma noche, Prokop creyera
haber sorprendido un ruido extraño e inquietante por la alcantarilla, vimos al muchacho en lo de Loisitchek. Pero en
fin, nada permitía pensar que ese grito surgido de la tierra
y que muy bien pudo haber sido una ilusión de nuestros
sentidos fuese el llamado de socorro de un ser humano.

El remolino arrebatado de la nieve oscurecía mis ojos y
comenzaba a ver por todas partes un cúmulo de rayos dan-
zantes. De nuevo consagré mi atención al camafeo en el que
trabajaba. Había hecho un modelo de cera del rostro de Miriam y supe que esta piedra de la luna, de tintes azulados,
sería perfecta. Me regocijaba por el azar feliz que me había
permitido encontrar algo tan apropiado entre mi colección
de piedras preciosas. El negro profundo de hornablenda
otorgaba justo el reflejo deseado a la piedra y sus contor-

nos se adaptaban tan exactamente que se hubiera creído que la naturaleza los había creado para convertirse en la reproducción indestructible del delicado perfil de Miriam.

Al principio yo había tenido la intención de tallar un camafeo representando al dios egipcio Osiris. Me había inspirado la visión del hermafrodita del *Libro de Ibbur*, que podía evocar a voluntad con precisión asombrosa, pero tras las primeras incisiones fui descubriendo poco a poco un parecido tan grande con la hija de Schemaiah Hillel que modifiqué mis planes.

¡El *Libro de Ibbur*!

El recuerdo me afectó tan profundamente que dejé el buril a un lado. Era increíble el número de acontecimientos que había ocurrido en mi vida en tan poco tiempo. Como alguien que se encontrara de pronto transportado a un desierto de arenas infinitas, de golpe cobré conciencia de la soledad profunda, gigantesca, que me separaba de mis semejantes. ¿Podría llegar a hablar alguna vez con un amigo, además de Hillel, de lo que me había sucedido?

En las horas silenciosas de las noches transcurridas había vuelto el recuerdo de que durante todos mis años de juventud, desde la más tierna infancia, me había torturado una indecible sed por lo maravilloso, lo sobrenatural, más allá de todas las cosas mortales. Pero la realización de mi deseo se había abatido sobre mí como un huracán, sofocando con su peso los gritos de gozo de mi alma. Temblaba ante la perspectiva del inevitable momento en que tendría que despertar el pasado, cuando aquellos acontecimientos olvidados cobraran vida en la plenitud del presente.

¡Pero todavía no! Antes quería saborear el goce de ver lo inefable volviendo hacia mí en todo su esplendor.

¡Yo tenía el poder! Me bastaba con pasar a mi dormitorio y abrir el cofrecillo que contenía el *Libro de Ibbur*, regalo de lo invisible.

¡Qué lejos estaba el instante en que mi mano lo había rozado, al cerrarse sobre las cartas de Angelina!

De afuera llegaban sordos fragores, cuando de tanto en tanto el viento hacía caer masas de nieve acumulada en los techos. Luego seguían intervalos de silencio profundo, pues el manto de copos sobre el empedrado absorbía todos los ruidos.

Quise continuar mi trabajo, pero de pronto resonaron en la calle ruidos de cascos, tajantes como el acero, hasta el punto que me pareció ver cómo saltaban las chispas. Era imposible abrir las ventanas para mirar afuera: unos sostenes helados se aferraban a la mampostería y los vidrios estaban escarchados hasta la mitad de su altura. Pude ver solamente que Charousek estaba hablando, muy tranquilo en apariencia, con Wassertrum. Vi pintarse la estupefacción en ambos rostros mientras observaban con fijeza, sin una palabra, el coche que yo también acababa de percibir, y que había desaparecido de la vista

Una idea atravesó mi mente: debía ser el esposo de Angelina. ¡No puede ser ella, sería una verdadera locura pasar por aquí con su carruaje, frente a mi casa, en la calle Hahnpass, a la vista de todo el mundo! Pero ¿qué decirle a su marido, si es él quien me acusa?

¡Negar, naturalmente, negarlo todo!

Rápidamente, pasé revista a todas las posibilidades. No puede ser más que el esposo; ha recibido una carta anónima —seguramente de Wassertrum— advirtiéndole que ella ha tenido aquí una cita; y ella ha buscado un pretexto, probablemente ha dicho que me había encargado un camafeo o algo por el estilo. ¡Eso es! Unos golpes furiosos en mi puerta y... Angelina apareció frente a mí.

Incapaz de pronunciar una palabra, la expresión de su rostro me dijo bastante: inútil que insista, que precise... todo está perdido.

Sin embargo, algo en mi interior rechazaba esa idea. No podía creer que el sentimiento tan fuerte que había experimentado de poder ayudarla me hubiera engañado. La acompañé hasta el sillón y le acaricié los cabellos sin decir palabra, mientras ella ocultaba su cabeza contra mi pecho, como un niño muerto de cansancio. Escuchábamos los chasquidos de la leña en la chimenea y mirábamos la claridad rosada de las llamas deslizándose por el suelo, estallando y apagándose... estallando y apagándose... estallando y apagándose...

Me pareció oír una voz que resonaba en mi interior. «¿Dónde está el corazón de piedra roja?» Y de pronto me pregunté: ¿Dónde estoy? ¿Hace cuánto tiempo está ella sentada aquí?

Y la interrogué, prudentemente, muy dulcemente para no despertarla ni tocar la herida abierta con la sonda. Fragmento por fragmento me enteré de lo que quería saber y reuní todo a la manera de un mosaico:

—¿Su marido sabe...?

—No, todavía no; está de viaje.

Así pues, la vida del doctor Savioli está en peligro. Y era por eso que ella estaba aquí, porque la vida de Savioli estaba en juego y no ya la suya. Comprendí que ella no pensaba tener más nada que ocultar.

Wassertrum había ido una vez más a lo del doctor Savioli; se había abierto camino por la amenaza y la fuerza hasta su lecho de enfermo.

¿Y qué más? ¿Qué más? ¿Qué quería de él?

¿Qué quería? Ella había adivinado a medias, comprendido a medias: quería que... que... quería que el doctor Savioli... se matara. Ella ya conocía las razones del odio salvaje, insensato, de Wassertrum: en otra época el doctor Savioli había llevado a la muerte al hijo de aquel, el doctor Wassory.

De inmediato una idea me sacudió como el rayo: bajar corriendo y revelarle todo a Wassertrum, decirle que era *Charousek* quien había descargado el golpe, que Savioli no era más que un instrumento... «¡Traidor! ¡Traidor!» —gritaba una voz en mi cerebro—. ¿Así que pretendes entregar a la venganza de ese miserable a Charousek, al infortunado tísico que trataba de *ayudar*, a ti y a ella?» Tenía la sensación de estar desgarrado en dos mitades sangrientas. Luego una idea fría y calma como el hielo me dio la solución: «¡Insensato! Eres el amo de la situación. Todo lo que tienes que hacer es coger esa lima, ahí, en la mesa, bajar corriendo y hundirla en la garganta del chatarrero hasta que la punta le salga por la nuca».

Mi corazón, lleno de alegría, lanzó un grito de reconocimiento a Dios.

Seguí mi cuestionamiento.

—¿Y el doctor Savioli?

Atentaría contra su vida, no hay ninguna duda, si ella no lo salvaba. Las enfermeras no lo abandonaban un solo instante y le habían adormecido a fuerza de morfina, pero quizá despertase bruscamente, quizás en ese mismo momento... y... y... ¡No! ¡No! Ella debía irse, sin perder un segundo más; le escribiría a su marido, confesaría todo, aunque él le quitara la niña, pero Savioli estaría a salvo, porque de ese modo ella le arrancaría a Wassertrum la única arma que poseía contra ellos.

Ella misma revelaría el secreto antes que él pudiera hacerlo.

—¡No, Angelina, *no* lo hará! —exclamé, y pensando en la lima, la voz me flaqueó ante la exultación del poder que tenía en la mano.

Angelina quiso interrumpir nuestro encuentro; la retuve.

—Una cosa más: ¿piensa que su marido creerá en la palabra de Wassertrum, sin investigar?

—Pero es que tiene pruebas, mis cartas seguramente, quizá también un retrato mío... todo lo que yo había escondido en el escritorio del estudio contiguo.

¿Cartas? ¿Un retrato? ¿Un escritorio? No supe más lo que hacía. Atraje violentamente a Angelina contra mi pecho y la besé. Sus cabellos rubios cubrieron mi rostro como un velo de oro. Luego le cogí las manos, tan delgadas, tan finas, y le conté, en una cascada de palabras precipitadas, que el enemigo mortal de Wassertrum, un pobre estudiante checo, había puesto a buen recaudo las cartas y todo lo demás, que estaban en mi poder y bien guardadas.

Me echó los brazos al cuello, riendo y llorando a un tiempo. Me besó y corrió hacia la puerta, regresó y me besó de nuevo. Luego desapareció.

Quedé como aturdido, sintiendo aún el hálito de su boca en mi rostro.

Escuché las ruedas del coche rodando sobre el empedrado y el galope frenético de los cascos. Un minuto más tarde todo estaba en silencio. Silencioso como una tumba.

También dentro de mí.

De pronto la puerta chirrió suavemente detrás de mí y entró Charousek.

—Perdóneme, herr Pernath, llamé largo rato, pero me pareció que usted no escuchaba.

Asentí sin decir palabra.

—Espero que no haya supuesto que me reconcilié con Wassertrum al verme hablar con él hace un momento.

—La sonrisa rencorosa de Charousek me decía que eso no

era más que una broma feroz—. Ha de saberlo, la fortuna está de mi lado; ese gusano de abajo comienza a hacerme un lugar en su corazón, herr Pernath. Qué cosa extraña es la voz de la sangre —agregó casi hablando para sí mismo.

No comprendí de qué hablaba, y pensé haber escuchado mal. La emoción aún vibraba demasiado fuerte en mí.

—Quería darme un abrigo —prosiguió Charousek en su voz normal. —Desde luego, rehusé con todo mi agradecimiento. Mi propia piel me calienta lo suficiente. Y acto seguido me ofreció dinero.

Estuve a punto de preguntarle si había aceptado, pero me detuve a tiempo. En sus mejillas aparecieron redondas manchas rojas.

—Desde luego que acepté el dinero.

Todo giró en mi cabeza.

—¿A... aceptó? —balbuceé.

—Jamás hubiera creído que podía experimentar una felicidad tan pura en esta tierra. —Se interrumpió un instante, haciendo una mueca—. ¿No es acaso un espectáculo apto para elevar el alma, contemplar nuevas pruebas de la sabiduría y la prudencia con que la mano generosa de la Providencia ordena la economía doméstica de la Madre Naturaleza? —Había adquirido el tono de un predicador, haciendo tintinear las monedas en su bolsillo—. En verdad, considero como un deber sagrado consagrar el más noble de todos los designios hasta el último kreutzer que me confió una mano misericordiosa.

¿Estaba ebrio? ¿O loco?

Bruscamente, Charousek cambió de tono.

—Hay algo endiabladamente cómico en el hecho de que sea el propio Wassertrum quien pague su... medicina. ¿No cree usted?

Una luz se abrió paso en mi mente, entreví lo que se disimulaba tras las palabras de Charousek; y sus ojos afiebrados me asustaron.

—Pero dejemos eso por un momento, herr Pernath. Ocupémonos primero de los asuntos pendientes. Así que la dama... ¿pues era *ella*, no es cierto? ¿Qué la hizo venir a sabiendas de todo el mundo?

Le conté a Charousek lo que había ocurrido.

—Por cierto que Wassertrum no tiene prueba alguna en sus manos —me interrumpió con júbilo—, de otra forma no hubiera hurgado en el estudio esta mañana. ¿Cómo es que usted no lo oyó? Ha estado por lo menos una hora.

Me sorprendió que estuviera tan exactamente al corriente de todo, y se lo dije.

—¿Me permite? —Para ilustrar su explicación, cogió un cigarrillo de la mesa, lo encendió y comenzó—: Lo que ocurre es que cuando usted abre la puerta, la corriente de aire que se establece con la caja de la escalera desvía el humo del tabaco. Es probablemente la única ley física que herr Wassertrum conoce con precisión y ha hecho hacer para sus fines —la casa le pertenece, como usted sabe— una pequeña abertura disimulada en la pared exterior del estudio. Es una suerte de boca de ventilación, en la que ha deslizado un pequeño trapo rojo. Cada vez que alguien entra en la habitación, o sale, es decir, abre la puerta que establece el flujo de aire, Wassertrum es advertido, abajo, por el pequeño trapo que se agita violentamente. Al menos, *yo* me entero —agregó secamente Charousek—; cuando me tomo el trabajo puedo observar el fenómeno con rara precisión por el respiradero del subsuelo de enfrente, que un destino misericordioso me ha asignado como residencia. La elegante broma de la boca de ventilación cuya exclusividad pertenece, ciertamente, al digno patriarca, me es familiar desde hace años.

—¡Que odio sobrehumano debe tener usted contra él para espiar así cada uno de sus pasos! ¡Y desde hace tanto tiempo, según dice!

—¿Odio? —Charousek mostró una sonrisa crispada—. ¿Odio? No es la palabra. La que podría expresar el sentimiento que experimento hacia Wassertrum aún no ha sido acuñada. Además, si queremos ser precisos, no es a *él* a quien odio. Odio su *sangre*. ¿Comprende? Huelo, como una bestia salvaje, la menor gota de sangre que corre por sus venas y —rechinó los dientes— eso es algo que suele suceder, aquí en el Gueto.

Impedido de seguir hablando por una excitación frenética, corrió a la ventana y miró hacia afuera. Oí como sofocaba el silbido de su respiración. Permanecimos un momento en silencio.

—Mire, ¿qué es eso? —prosiguió de pronto, haciéndome un gesto rápido con la mano—. ¡Rápido, rápido! ¿No tiene un par de prismáticos de teatro o algo por el estilo?

Prudentemente disimulados detrás de la cortina, miramos hacia abajo. Jaromir, el sordomudo, estaba frente a la entrada de la tienda y, en la medida que podíamos interpretar su mímica, ofrecía al chatarrero una pequeña cosa brillante a medias oculta en su mano. De inmediato Wassertrum saltó sobre ella como un buitre y se metió en su cueva. Unos instantes más tarde volvía a salir, lívido como la muerte, y aferraba a Jaromir por el pecho. Sucedió una lucha violenta y de pronto Wassertrum soltó la presa y pareció reflexionar, mordisqueó con furor su labio superior hendido, echó una mirada escrutadora en nuestra dirección y tomó tranquilamente a Jaromir del brazo, arrastrándolo a la tienda.

Transcurrió al menos un cuarto de hora, parecían no poder terminar con el regateo. Por fin Jaromir reapareció con aire satisfecho, y se fue.

—¿Qué piensa usted? —pregunté—. Nada importante, al parecer. El pobre diablo ha debido malvender algún trasto mendigado.

Charousek no me respondió y se fue a sentar a la mesa sin decir palabra. Era obvio que él tampoco daba gran importancia al incidente ya que, tras una pausa, retomó sus palabras donde las había dejado.

—Sí. Como le iba diciendo, odio su sangre... Interrúmpame, herr Pernath, si me abandono de nuevo a la violencia.

Quiero permanecer frío; no debo dilapidar así mis mejores sentimientos. Cuando lo hago, caigo presa de una especie de flojera que me abruma. Un hombre con vergüenza debe expresarse fríamente, y no con pedantería, como una puta o un poeta. Desde que el mundo es mundo jamás a nadie se le hubiera ocurrido la idea de «retorcerse las manos» de desesperación si los actores no hubiesen puesto a punto ese gesto que juzgan particularmente «plástico».

Comprendí que deliberadamente discurría a tontas y a locas para calmar su agitación interior. Pero no lo lograba. Siempre nervioso, recorría la habitación cogiendo todos los objetos que caían bajo sus manos para volver a ponerlos maquinalmente en su lugar. Por fin, de golpe, se encontró de nuevo sumergido en su tema.

—Los más ínfimos gestos involuntarios de un hombre traicionan esa sangre ante mis ojos. Conozco niños que se le *parecen*, que *pasan* por ser de él y que sin embargo no son de la misma familia: no puedo equivocarme. Durante años, nada ni nadie me indicó que el doctor Wassory fuese su hijo, pero puedo decir que... yo lo había *olido*.

»Muy joven aún, cuando no podía sospechar las relaciones que existían entre Wassertrum y yo —su mirada se posó un instante en mí, inquisidora—, yo poseía ese don. Me dieron patadas, me molieron a golpes —hasta el punto que no hubo una parte de mi cuerpo que no supiera lo que es el dolor atroz—, me dejaron sin beber ni comer hasta volverme medio loco y hacerme comer tierra húmeda, pero jamás pude odiar a los que me torturaban. No podía. No había cabida en mí para el odio. ¿Comprende? Y sin embargo todo mi ser estaba saturado.

»Wassertrum jamás me hizo nada; debo decir que nunca me pegó ni golpeó, ni siquiera me riñó cuando me arrastraba por las cloacas del Gueto con los demás chicos. Lo sé muy bien. Y sin embargo todo lo que bullía en mí de resentimiento y furor estaba dirigido contra él. ¡Solo contra él!

»Es curioso, pero nunca le hice ninguna mala jugada siendo niño. Cuando los demás le preparaban alguna pillería, de inmediato me retiraba. Pero podía permanecer durante horas en la entrada de la casa, escondido detrás del portal, observando fijamente su rostro por las rendijas de los goznes, hasta que un sentimiento de odio inexplicable tendía un velo negro ante mis ojos.

»Fue en esa época, creo, que senté los cimientos de esta capacidad de videncia que despierta de inmediato en mí cuando entro en contacto con seres o cosas vinculadas a él. Así fue que aprendí de memoria, inconscientemente, cada uno de sus movimientos —su manera de llevar la levita y de coger los objetos, de toser, de beber y otros mil detalles—, hasta que se hicieron un lugar en mi alma y pude reconocer las huellas de su herencia en todas partes, a primer golpe de vista, con una seguridad infalible. Más tarde, eso se convirtió a menudo en manía. Arrojaba lejos de mí objetos inofensivos, porque la idea de que sus manos habían podido tocarlos me torturaba. Otros, por el contrario, se volvían caros para mí porque los amaba como a amigos que le tenían rencor.»

Charousek calló un momento, ausente, los ojos perdidos en el espacio. Sus dedos acariciaban maquinalmente la lima sobre la mesa.

—Cuando más adelante algunos profesores, compadecidos, hicieron una colecta para permitirme estudiar filosofía y medicina —aprendiendo además a pensar por mí mismo—, fue entonces que, poco a poco, tomé conciencia de lo que era el odio. Solo se puede odiar tan profundamente aquello que es parte integrante de uno mismo.

»Y cuando descubrí el secreto   cuando me enteré de todo... qué era mi padre... y... y lo que aún debe ser, si todavía vive... y que mi propio cuerpo —se volvió para impedirme que viera su rostro— está lleno de *su* asquerosa sangre... y entonces comprendí dónde estaba la raíz. A veces me parece que si soy tuberculoso, si escupo sangre, es por una misteriosa conexión: mi cuerpo se defiende contra todo lo que sea de *él* y lo rechaza con horror.

»A menudo el odio me ha acompañado hasta en mis sueños, tratando de consolarme con el espectáculo de todas las torturas concebibles que yo podría infligirle a *él*, pero siempre los rechazaba porque dejaba en mí el insípido sabor de la insatisfacción.

»Cuando reflexiono sobre mí mismo y me asombro de que no haya nada ni nadie en este mundo que yo sea capaz de odiar, ni siquiera encontrar antipático fuera de *él* y de su estirpe, a menudo me roza un pensamiento espantoso: yo podía ser eso que llaman un "buen hombre". Pero felizmente no es nada de eso. Y se lo he dicho, no hay más lugar en mí.

»Y no crea que un triste destino me ha amargado (solo muchos años después me enteré de lo que le había hecho a mi madre). He vivido *un* día de felicidad que relega a la sombra lo que es otorgado de ordinario a otros mortales. Yo no sé si usted conoce la piedad profunda, auténtica, ardiente. Hasta entonces yo también lo ignoraba, pero el día en que Wassory se aniquiló a sí mismo, encontrándome frente a la tienda, vi cómo *él* recibía la noticia. Cualquier poco versado en el teatro de la vida hubiera definido su reacción de "impasible", pero cuando lo vi allí por lo menos una hora, como ausente, su labio leporino escarlata levantado apenas un poco más arriba que de costumbre sobre los dientes, y la mirada tan... tan particular, vuelta hacia dentro... entonces sentí el aroma a incienso del Arcángel que volaba sobre nuestras cabezas. ¿Conoce usted la estatua de la Madona Negra en la iglesia de Tyn? Me arrojé de rodillas ante ella y la sombra del paraíso envolvió mi alma.»

Al ver a Charousek frente a mí, sus grandes ojos soñadores llenos de lágrimas, pensé en lo que Hillel había dicho del oscuro camino que siguen los Hermanos de la Muerte.

Charousek prosiguió:

—Quizá no le interesen las circunstancias exteriores que «justifican» mi odio o que al menos podrían hacerlo concebible para un cerebro de juez designado por la administración. Los hechos que se consideran como piedras miliares no son en realidad más que vacías cáscaras de huevo; son las detonaciones inoportunas de los corchos del champaña sobre la mesa del rico, que solo el espíritu débil considera como lo esencial del festín. Wassertrum, por todos los medios infernales habituales en sus semejantes, obligó a mi madre —y quizás algo peor que eso— a someterse a su voluntad. Y después... después la vendió... a un burdel; no es difícil cuando se tienen relaciones de negocios con los inspectores de policía. Pero no crea que porque estuviera cansado de ella. ¡Oh, no! Conozco los menores repliegues de su corazón. La vendió cuando advirtió con terror que la amaba con pasión ardiente. En casos semejantes un ser como él se comporta de manera aparentemente insensata, pero siempre idéntica. La codicia feroz que anida en él chilla como una rata no bien alguien viene a comprar algún trasto en su tienda de chatarrero. Aunque sea a un precio exorbitante, solo siente que se ve obligado a desprenderse de algo. Su verbo favorito es «tener», y si fuera capaz de pensar en términos abstractos, «posesión» sería el único concepto capaz de expresar su ideal.

»Y fue entonces cuando algo creció en él hasta adquirir las dimensiones de una montaña; el miedo de no estar ya seguro de sí mismo; el miedo de no *dar* amor, sino la *obligación* de hacerlo; sentir en él una presencia invisible que encadenaba en secreto su voluntad, o lo que él quería que fuese. Todo comenzó así, el resto siguió automáticamente, lo quisiera o no, así como el esturión está obligado a morder cuando un objeto brillante pasa ante sus ojos.

»Para Wassertrum la venta de mi madre fue una consecuencia totalmente lógica. Ella satisfacía también otras características que dormitaban en él: la sed de dinero y el perverso placer del masoquismo...

»Perdóneme, herr Pernath —la voz de Charousek se volvió bruscamente tan dura y fría que me sobresalto—, perdone que me exprese de una manera tan espantosamente pedante, pero cuando se está en la universidad, una multitud de libros imbéciles nos pasa por las manos e involuntariamente uno adquiere la costumbre de utilizar expresiones inadecuadas.»

Me obligué a sonreír para complacerlo; en mi fuero íntimo comprendí muy bien que luchaba contra las lágrimas.

«Debo encontrar una forma de ayudarlo —pensé—; al menos tratar de aliviar sus penas en la medida de lo posible.» Cogí discretamente del cajón de la cómoda el billete de cien coronas que aún me quedaba y lo deslicé en mi bolsillo.

—El día que se encuentre en un medio mejor y pueda ejercer su profesión de médico, la paz entrará en usted, herr Charousek —dije para darle un tono menos despiadado a la conversación—. ¿Obtendrá usted pronto su doctorado?

—En poco tiempo. Es algo que debo a mis benefactores. Si no, ello no tendría ningún sentido; mis días están contados.

Quise decirle que veía las cosas demasiado negras, la objeción habitual, pero él la rechazó sonriendo.

—Es mejor así. Por lo demás, remedar a los curanderos y como apoteosis saquear algún título nobiliario en calidad de envenenador con licencia no ha de ser muy agradable... Por otro lado ––agregó con su humor sardónico—, mis obras de misericordia en el gueto de este mundo serán interrumpidas para siempre, desgraciadamente. —Cogió su sombrero—. Pero no quiero seguir importunándolo. ¿Queda aún algo que discutir en lo referente al asunto Savioli? Creo que no. De todos modos, no deje de advertirme si se entera de algo nuevo. Lo mejor sería que usted cuelgue un espejo de su ventana, para indicarme que debo venir a verlo. De ningún modo debe usted venir a mi sótano, Wassertrum sospecharía de inmediato que tenemos algo entre manos. Por mi parte, tengo mucha curiosidad por saber qué va hacer ahora que ha visto a la dama subir a su casa. Dígale simplemente que le trajo una joya para reparar y, si se vuelve insistente, finja una crisis de furor.

Decididamente no se presentaba la ocasión para hacer aceptar el billete a Charousek; cogí entonces la cera de modelado del alféizar de la ventana.

—Venga, le acompañaré hasta la escalera. Hillel me espera —mentí.

Tuvo un sobresalto.

—¿Es amigo suyo?

—Un poco. ¿Lo conoce? ¿O acaso desconfía de él también? —No pude reprimir una sonrisa.

—¡Dios no lo permita!

—¿Por qué ese tono tan grave?

Charousek vaciló, reflexionó antes de responder:

—Yo mismo no lo sé. Algo inconsciente, seguramente. Cada vez que me lo cruzo en la calle tengo ganas de bajar de la acera y arrodillarme ante él como ante un sacerdote que llevara los Santísimos Sacramentos. Ahí tiene, herr Pernath, un hombre en el que cada uno de sus átomos es el antídoto de Wassertrum. Entre cristianos del barrio, mal informados en su caso como en todos los demás, tiene fama de tacaño y de millonario oculto, cuando en realidad es increíblemente pobre.

Lo interrumpí, sorprendido.

—¿Pobre?

—Sí, aun más que yo, si cabe. Estoy seguro de que conoce la palabra «propiedad» solo a través de los libros. Pero cuando sale del Ayuntamiento Judío los primeros de mes, los mendigos se *precipitan* sobre él porque saben que de buena gana dejaría todo su magro salario en la primera mano tendida, aun pasando hambre —junto con su hija— unos días después. Si la vieja leyenda talmúdica dice que de las doce tribus de Israel diez son malditas y dos son santas es cierta, él encarna a las dos santas y Wassertrum a las otras diez. ¿No se dio cuenta que el chatarrero cambia de color cuando se cruza con Hillel? Es interesante, se lo aseguro. Fíjese, una sangre como esa no se puede mezclar con otra, los hijos nacerían muertos; a condición de que la madre no haya muerto de horror antes. Además, Hillel es el único a quien no osa acercarse, a quien evita como una plaga. Probablemente porque Hillel representa para él lo inconcebible, lo absolutamente indescifrable. Es posible que también huela en él al cabalista.

Bajamos juntos por las escaleras.

—¿Cree usted que aún existen cabalistas en nuestros días? ¿Que hay alguna verdad en la Cábala? —le pregunté, y aguardé, curioso, su respuesta, pero pareció no escucharme. Repetí mi pregunta.

Se volvió precipitadamente y, mostrándome con el dedo una puerta hecha de pedazos de cajones clavados, dijo:

—Tiene ahora nuevos vecinos, una familia judía, pero pobre: el músico *meshugge*, Nephtali Schaffranek, con su hija, su yerno y sus nietos. Cuando cae la noche y él se queda solo con las niñitas, le atrapa la locura: las ata de los pulgares para que no puedan escapar, las encierra en una vieja jaula de gallinas y les enseña el «gorjeo», como dice él, para que puedan ganarse la vida más adelante. Eso significa que les enseña las canciones más extravagantes que existen, jirones, palabras alemanes que ha recogido no sabe dónde y que, en las tinieblas de su alma, toma por himnos de batalla prusianos, o algo por el estilo.

En efecto, una música extraña se filtraba dulcemente hasta el rellano. Un arco de violín rascaba, espantosamente agudo y sin pausa, en el mismo tono, los esbozos de una canción de music-hall, y dos voces infantiles, delgadas como hilos, lo seguían:

Frau Pick,
frau Hock,
frau Kle-pe-tarsch,
estaban siempre juntas
y no paraban de cotorrear...

Locura y comicidad mezcladas, y no pude evitar reírme.

—El yerno de Schaffranek —su mujer vende vasos de jugo de pepino a los colegiales en el mercado de huevos— corre todo el día por las oficinas —prosiguió Charousek con amargura— mendigando viejos sellos de correo. Luego los selecciona y, cuando encuentra alguno que solo ha sido sellado en el borde, lo coloca sobre otro, los corta por la mitad, pega las mitades intactas y los revende como nuevos. Al principio su pequeño comercio era floreciente y a menudo llegaba a ganar casi una corona por día, pero la gran industria judía de Praga terminó por descubrir el pastel, y ahora lo hace ella misma. Quedándose con la crema, desde luego.

—¿Aliviaría *usted* las miserias, Charousek, si tuviera dinero y supiera que hacer con él? —pregunté como al pasar. Habíamos llegado frente a la puerta de Hillel y llamé.

—¿Me juzga usted lo bastante canalla como para no hacerlo? —replicó desconcertado.

Los pasos de Miriam se acercaban. Aguardé a que pusiera su mano sobre el picaporte e introduje muy rápido el billete en el bolsillo del estudiante.

—No, Charousek, a mí es a quien podría juzgar así si *yo* no lo hiciera.

Antes que pudiera responder, le estreché la mano y me deslicé detrás de la puerta. Mientras Miriam me daba la bienvenida, agucé el oído para saber lo que él haría. Permaneció un instante inmóvil, luego dejó escapar un ligero suspiro y bajó lentamente la escalera, con paso vacilante, como sujetándose de la baranda.

Era la primera vez que yo entraba en el apartamento de Hillel. Era desnudo como una prisión. El suelo estaba minuciosamente limpio y espolvoreado con arena blanca. Ningún mueble, aparte de dos sillas, una mesa y una cómoda; a izquierda y derecha, un pedestal de madera contra la pared. Miriam se sentó junto a la ventana, frente a mí, mientras yo amasaba mi cera de moldear.

—¿Así pues, hace falta tener un rostro delante de uno para captar el parecido? —preguntó tímidamente, rompiendo el silencio.

Incómodos, evitábamos mirarnos. Ella no sabía donde posar la vista, tanta era su vergüenza por la miserable habitación, y a mí me ardían las mejillas ante la idea de que nunca hasta entonces me había preocupado por saber cómo vivían ella y su padre.

Pero no había más remedio que contestar algo.

—No tanto para captar el parecido como para verificar si también hemos visto acertadamente en el plano interior.

Y al decir eso sentí qué falso, qué completamente falso era lo que estaba diciendo. Durante años había machacado sin reflexionar la ley fundamental falsa de la pintura, según la cual hay que estudiar la naturaleza física para llegar a la creación artística, y me había conformado. Tuve que esperar hasta esa noche en que Hillel me había despertado para que se abriera en mí la mirada interior, la verdadera visión detrás de los párpados cerrados que se desvanece no bien los abrimos, el don que todos creen poseer y que solo alguien entre millones realmente posee.

¡Cómo podía yo hablar siquiera de la posibilidad de medir la infalible norma de la visión espiritual por los groseros medios de la vista! Por el asombro pintado en su rostro, Miriam debía tener la misma idea.

—No hay que tomar esto al pie de la letra —dije para excusarme.

Ella observaba muy atentamente cómo acentuaba yo los relieves con el punzón.

—Debe ser increíblemente difícil reproducir el modelo a la piedra con exactitud perfecta.

—Es un trabajo mecánico; al menos en parte.

Pausa.

—¿Podré verla cuando esté terminada?

—Pero si es para usted, Miriam.

—No, no, eso no sería... no sería... —Vi que sus manos se retorcían nerviosamente

—¿Ni siquiera puede aceptar esta pequeñez? —la interrumpí muy rápido—: Yo quisiera hacer más por usted.

Volvió precipitadamente el rostro.

¡Qué había dicho! Seguramente la había herido en lo más profundo. Parecía como si hubiera hecho alusión a su pobreza. ¿Podría explicar lo que realmente había querido decir? ¿No corría el riesgo de emborronarlo aún más? Decidí hacerlo.

—Escuche lo que tengo que decir, Miriam, se lo ruego por favor. Debo tanto a su padre... no puede usted hacerse una idea...

Me miró, insegura de sí misma, sin comprender.

—... de cuánto le debo. Más que a mi propia vida.

—¿Porque lo socorrió cuando estuvo sin conocimiento? Era muy natural.

Sentí que ignoraba el lazo que me unía a su padre. Prudentemente, tanteé el terreno para saber hasta dónde podía llegar sin revelar lo que él le había callado.

—La ayuda interior es mucho más importante que la exterior, para mí. Quiero decir, aquella que la influencia espiritual de un hombre irradia sobre los demás... ¿Comprende lo que quiero decir, Miriam? Se puede curar un alma, y no solamente un cuerpo.

—¿Y mi padre...?

—¡Sí, esa es la ayuda que recibí de su padre! —Le cogí la mano—. ¿No ve usted que mi mayor deseo sería darle alguna alegría, si no a él, al menos a quien él ama tanto como a usted? Concédame entonces un poco de confianza. ¿No hay nada que yo pueda hacer por usted?

Sacudió la cabeza.

—¿Cree que soy desgraciada aquí?

—Desde luego que no. Pero quizás a veces tiene preocupaciones de las que yo podría liberarla. Usted tiene el deber... el deber, me escucha... el deber de dejarme compartir algo. ¿Por qué han de vivir ambos en esta callejuela sombría y triste si no están obligados? Usted es tan joven Miriam y...

—También usted vive aquí, herr Pernath —me interrumpió ella sonriendo—, ¿qué le ata a esta casa?

Quedé desconcertado. Ella tenía razón. En realidad, ¿por qué vivía yo allí? No podía explicármelo. Me repetí maquinalmente, con la mente en otro lado: ¿qué te ata a esta casa? Incapaz de hallar una respuesta, olvidé por un instante dónde me encontraba. Bruscamente me encontré transportado muy alto... a un jardín... respirando el perfume encantado de las lilas en flor, la ciudad a mis pies...

—¿Acaso he puesto el dedo en la llaga? ¿Lo he molestado? —La voz de Miriam parecía llegarme desde muy lejos. Inclinada sobre mí, me miraba a los ojos con aire angustiado. Yo debí permanecer largo rato petrificado, lo que provocó su inquietud.

Vacilé un instante y de pronto los diques estallaron violentamente en mi interior, una ola me inundó y me desahogué de todo lo que había en mi corazón. Le conté, como a un viejo amigo que hemos conocido toda la vida y para quien no tenemos secretos, la situación en que me encontraba, la manera en que me había enterado, por un relato de Zwakh, de que en otra época la locura se había adueñado de mí y que el recuerdo de mi pasado me había sido arrancado; cómo más tarde habían surgido en mí imágenes cada vez más numerosas, que necesariamente debían tener sus raíces en ese pasado, y que yo temblaba ante la idea del momento en que todo lo que yo había vivido se revelaría ante mis ojos para desgarrarme otra vez.

Callé solamente aquello que me hubiera obligado a mencionar a su padre, mis aventuras en los pasadizos subterráneos y todo eso.

Ella se había acercado su silla a la mía y me escuchaba con una simpatía profunda, anhelante, que me hacía un bien indecible. Por fin había encontrado una criatura humana a la que podría confiarme cuando mi soledad espiritual se volviera demasiado insostenible. Es cierto que también estaba Hillel, pero solo como un ser venido de más allá de las nubes, que aparecía y desaparecía como una luz, inaccesible a pesar de todos mis esfuerzos.

Se lo dije y me comprendió. Ella también lo veía así, a pesar de que era su padre. Él sentía por Miriam un amor infinito, y ella por él.

—Y no obstante —me confió—, estoy separada de él como por un cristal que no puedo romper. Por lejos que se remonten mis recuerdos, siempre ha sido así. Siendo niña, lo veía en sueños de pie cerca de mi lecho, siempre con los ornamentos del gran sacerdote, con el pectoral de oro de Moisés con las doce piedras en el pecho y los rayos de luz azulada brotando de sus sienes. Creo que su amor es del tipo que trasciende la tumba, demasiado grande como para que podamos comprenderlo. Es lo que decía siempre mi madre, cuando hablábamos a escondidas...

Se estremeció de pronto todo su cuerpo. Yo quise levantarme de un salto, pero ella puso su mano en mi hombro.

—No se preocupe, no es nada. Solo un recuerdo. Cuando mi madre murió —nadie más que yo sabe hasta qué punto la amó, yo era entonces muy niña— creí morir de dolor, corrí hacia él, me colgué de su levita, quería gritar y no podía porque todo se había paralizado en mí; y... entonces... —aún siento un escalofrío cuando pienso en ello— me miró sonriendo, me besó en la frente y me pasó la mano sobre los ojos, y a partir de ese momento y hasta hoy todo el dolor por haber perdido a mi madre fue como abolido, extirpado. No pude derramar una sola lágrima en su entierro; veía el sol en el cielo como la mano resplandeciente de Dios y me preguntaba por qué lloraba la gente. Mi padre marchaba muy lentamente detrás del ataúd, a mi lado, y cada vez que alzaba los ojos hacia él, me sonreía dulcemente y yo sentía que un estremecimiento de horror recorría a la gente que nos observaba.

—¿Es usted feliz, Miriam? ¿Realmente feliz? ¿La idea de tener por padre un ser que está por encima de toda la humanidad no la asusta a veces? —pregunté dulcemente.

Ella sacudió alegremente la cabeza.

—Vivo como en un sueño de bienaventuranza. Cuando usted me preguntó hace un instante, herr Pernath, si yo no tenía preocupaciones y por qué vivíamos aquí, por poco me eché a reír. ¿Acaso la naturaleza es bella? Sí, claro, los árboles son verdes y el cielo es azul, pero yo me represento mucho mejor todo eso cerrando los ojos. ¿Acaso debo estar sentada en una pradera para verlos? ¿Y las pequeñas privaciones y... y... el hambre? Todo eso está compensado cien veces por la esperanza y la espera.

—¿La espera? —pregunté sorprendido.

—La espera del milagro, ¿no la conoce usted? Entonces es usted un hombre muy, muy pobre. ¿Cómo pueden conocerse tan pocas cosas? Ahí tiene, esa es una de las razones por las que no salgo nunca ni frecuento a nadie. Tuve algunas amigas en otro tiempo —chicas judías, naturalmente, como yo—, pero siempre hablábamos en el vacío; ellas no me comprendían y yo no las comprendía. Cuando yo hablaba de milagros, al principio ellas creían que era una broma, y cuando veían hasta qué punto lo decía en serio, y también que yo no daba a la palabra el mismo sentido que los alemanes con sus gafas —que para mí no era «el crecimiento regular de la hierba», sino más bien todo lo contrario—, de buena gana me hubieran tomado por loca. Pero ese no era obviamente el caso —tengo una mente tan penetrante, he aprendido el hebreo y el arameo, soy capaz de leer el *Targumim* y el *Midrashim*— terminaron por encontrar una palabra que no significaba nada y finalmente: según ellas, yo era una «excéntrica».

»Cuando quería hacerles comprender que para mí lo esencial de la Biblia y de los demás textos sagrados era el milagro, nada más que el milagro, y no los preceptos de moral o ética, que no pueden ser más que caminos ocultos para llegar al verdadero milagro, solo eran capaces de responder con lugares comunes porque no osaban admitir abiertamente que solo creían en los pasajes de los textos religiosos que hubieran podido encontrarse igualmente en los códigos civiles. No bien escuchaban la palabra "milagro", comenzaban a sentirse incómodas. Decían que el suelo se hundía bajo sus pies.

»¡Como si hubiera algo más magnífico que sentir que el suelo se hunde bajo nuestros pies!

»Una vez oí decir a mi padre que el mundo existía solo para ser desintegrado por nuestros pensamientos. "Es entonces y solo entonces que comienza la vida." No sé que quería decir con la "vida", pero a veces tengo la impresión que un día "despertaré", aun cuando no pueda imaginarme en qué estado habré de encontrarme. Y pienso siempre que le precederán esos milagros.

»Mis amigas me preguntaban a menudo si yo había vivido ya uno de esos milagros que esperaba sin cesar, y cuando les decía que no, se sentían alegres y triunfantes. Dígame, herr Pernath, ¿puede *usted* comprender semejantes corazones? Me habían sucedido milagros, muy pequeños, diminutos, pero verdaderos milagros —los ojos de Miriam centellearon—, pero usted, *usted* me comprende. A menudo, durante semanas, meses incluso —el tono se hacía cada vez más bajo— solo hemos vivido de milagros. Cuando no quedaba más pan en la casa, ni siquiera una miga, ¡yo sabía que la hora había llegado! Me sentaba y aguardaba, aguardaba hasta que el corazón me latía tan fuerte que apenas si podía respirar. Y... y luego, cuando la inspiración me empujaba, bajaba corriendo, caminaba por las calles lo más rápido posible para estar de regreso en casa antes que mi padre. Y... y siempre encontraba dinero. Más o menos, según los días, pero siempre lo suficiente para comprar lo indispensable. A menudo había una pieza de una corona en medio de la acera. Yo la veía brillar de lejos y la gente la pisaba, resbalaba por encima, pero nadie la veía. Algunas veces me volvía tan pretenciosa, que no salía enseguida, primero buscaba en el suelo de la cocina, como un niño, para ver si del cielo no había caído dinero o pan.»

Una idea me cruzó la mente, y sonreí de alegría.

Ella lo notó.

—No se ría, herr Pernath —suplicó—, sé que esos milagros crecerán y que un día...

La tranquilicé.

—No me río, Miriam. Cómo puede pensar usted eso. Me hace infinitamente feliz que no sea como los demás, que buscan las causas habituales detrás de todos los efectos y se indignan cuando no las hallan. En casos así, por una vez *nosotros* exclamamos: ¡Dios sea loado!

Ella me tendió su mano.

—¿No es cierto que nunca más dirá usted que quiere ayudarme, o ayudarnos, herr Pernath? Ahora que sabe que me negaría la posibilidad de vivir un milagro.

Se lo prometí, pero no sin una reserva en mi fuero íntimo.

Entonces se abrió la puerta y entró Hillel. Miriam se abrazó a él y él me saludó, cordialmente, con mucha amistad, pero de nuevo con una formalidad fría. Además, una ligera fatiga o una incertidumbre parecían pesar sobre él. ¿O quizá me equivocaba? Tal vez fuera el efecto de la penumbra que llenaba la habitación.

—¿Usted ha venido seguramente para pedirme consejo —comenzó cuando Miriam nos dejó solos— acerca de la dama...?

Estupefacto, quise interrumpirlo, pero él se me adelantó.

—Charousek me ha puesto al tanto. Hablé con él en la calle... y lo encontré muy cambiado. Su corazón desbordaba, y también sé que usted le dio dinero. —Me observaba con una mirada penetrante y acentuaba cada palabra de manera muy extraña, pero no comprendí adónde quería llegar—. Claro, es verdad que algunas gotas de felicidad han caído así del cielo... y... en su caso... no han hecho daño, pero —reflexionó un momento—, pero a menudo no hacemos sino provocar nuevos sufrimientos para nosotros mismos y para los demás. Ayudar no es tan fácil como usted cree, mi querido amigo. Si no, sería muy, pero muy fácil redimir al mundo, ¿no cree usted?

—¿Pero acaso *usted* no da también a los pobres, Hillel? ¿Y a menudo todo lo que posee? —le pregunté.

Sacudió la cabeza y sonrió.

—Me parece que de golpe se ha vuelto talmudista, responde a una pregunta con otra pregunta. Así es difícil discutir.

Se detuvo, como si yo debiera contestarle, pero una vez más no comprendí lo que esperaba.

—Por lo demás, volviendo a nuestro tema —prosiguió en otro tono—, creo que su protegida, quiero decir, la dama, no está amenazada por un peligro inmediato. Deje que las cosas sigan su curso. Está escrito: «El hombre sabio construye para el porvenir», pero en mi opinión más sabio aún es aquel que está dispuesto para cualquier eventualidad. Quizá se presente la oportunidad de un encuentro entre Aarón Wassertrum y yo, pero la iniciativa debe provenir de él. Yo no me moveré, es él quien debe dar el primer paso. Hacia usted, o hacia mí, eso poco importa; y en ese momento hablaré con él. Será su decisión seguir o no mi consejo. Yo me lavo las manos.

Me esforcé ansiosamente por leer en su rostro. Jamás había hablado tan fríamente, con un curioso matiz de amenaza. Pero detrás de sus ojos oscuros, hundidos, había un abismo escondido. Las palabras de Miriam, «hay como un cristal entre él y nosotros», volvieron a mi mente. No pude hacer nada más que estrecharle la mano sin una palabra, y marcharme.

Me acompañó hasta la puerta y, cuando me volví una vez más al subir la escalera, vi que había permanecido en el umbral y me hacía un gesto amistoso, como alguien que quisiera decir algo más y no pudiera.

XII

MIEDO

Yo tenía la intención de coger mi capa y mi bastón, e irme a comer a la taberna *Vieja Caseta de Peaje*, donde todas las noches Zwakh, Prokop y Vrieslander se quedaban hasta tarde, contando historias sin sentido; pero no bien entré en mi casa el proyecto fracasó, como si unas manos me hubieran arrancado una tela o algo similar que yo llevaba encima.

Había en el aire una tensión cuya causa no podía explicarme, pero sin embargo existía algo casi tangible y se comunicaba tan violentamente conmigo que al cabo de unos minutos yo no sabía por dónde comenzar, tanta era mi agitación: encender la luz, cerrar la puerta, sentarme o ponerme a caminar.

¿Había alguien entrado en mi ausencia y se ocultaba en la habitación? ¿O era la angustia de un hombre frente a una aparición inopinada lo que se adueñaba de mí? ¿Estaría Wassertrum aquí? Miré detrás de las cortinas, abrí el armario, eché un vistazo en el cuarto contiguo: nadie.

La caja de hierro no se había movido de donde yo la había dejado.

¿No valdría la pena quemar las cartas y desembarazarme para siempre de esa preocupación? Mis dedos buscaban la llave en el bolsillo de mi chaleco, pero ¿era necesario hacer eso enseguida? Aún tenía tiempo hasta la mañana siguiente.

¡Antes que nada, encender la luz!

Imposible encontrar las cerillas.

¿Había echado el cerrojo a la puerta? Retrocedí unos pasos. De nuevo me detuve. ¿Por qué este miedo repentino?

Quise reprocharme mi cobardía, pero mis pensamientos se inmovilizaron en mitad de la frase.

Una idea absurda se apoderó de pronto de mi mente: rápido, rápido, subir a la mesa, coger una silla y descargarla sobre «la cosa» que se arrastraba por el suelo... si... si se acercaba.

—Pero no hay nadie aquí —dije en voz alta, encolerizado—. ¿Acaso nunca tuviste miedo en tu vida?

Inútil. El aire que respiraba se volvió sutil y cortante como el éter.

Si al menos hubiera visto algo, *cualquier cosa*, aunque fuese la más horrible que se pudiera concebir, el miedo me habría abandonado instantáneamente.

Pero no había nada.

Escudriñaba con la mirada todos los rincones: nada.

Solo los objetos conocidos: los muebles, el cofre, la lámpara, el grabado, el reloj de pared... viejos amigos inanimados y fieles.

Esperé que se metamorfosearan ante mis ojos, dándome la posibilidad de atribuir el miedo que me estrangulaba a una ilusión de los sentidos.

No, ni siquiera eso. Permanecían obstinadamente semejantes a sí mismos. Mucho más de lo que hubiera resultado natural en la penumbra ambiente.

«Están sometidos al mismo apremio que tú —me dije—. Ellos tampoco se atreven a arriesgar el menor movimiento.»

¿Por qué ha dejado de hacer tictac el reloj?

La espera crispada absorbía todos los ruidos.

Sacudí la mesa, sorprendido al oír sus crujidos.

¡Si al menos el viento se decidiera a soplar alrededor de la casa! ¡Tampoco eso! O la madera, a crepitar en la chimenea. El fuego estaba apagado.

¡Y siempre, constantemente, esa misma espera en el aire, ese acecho espantoso, sin una pausa, sin una laguna, como el correr del agua! Esta tensión inútil de todos mis sentidos prontos a saltar. Perdía la esperanza de poderlo soportar, la habitación, llena de ojos que no veía, de manos errantes que no podía atrapar.

Es, comprendí borrosamente, el terror que se engendra a sí mismo, el horror paralizante de lo inexplicable, de lo que no tiene forma y roe las fronteras de nuestro pensamiento.

Me inmovilicé y aguardé.

Aguardé al menos un cuarto de hora: quizá la «cosa» se dejaría tentar y se arrastraría hacia mí por detrás... y entonces podría atraparla.

Me volví con un movimiento brusco: nada, como siempre. La misma nada *que no existía* y sin embargo llenaba la habitación con su espantosa acechanza.

¿Y si huía? ¿Qué me lo impedía?

Me seguiría, lo supe de inmediato con certidumbre ineluctable. Y también, que no me servirá de nada encender la luz; no obstante, busqué las cerillas hasta encontrarlas.

Pero la mecha no quiso encenderse y se obstinó en ahumar largo rato. La pequeña llama no conseguía vivir ni morir y cuando a fuerza de luchar conquistó por fin una existencia precaria, no tenía brillo, era amarillenta como un trozo de latón. No, más valía la oscuridad. La apagué y me eché vestido en el lecho. Me dediqué a contar los latidos de mi corazón: uno... dos... tres... cuatro... hasta mil, y comenzando de nuevo, horas, días, semanas, así me pareció, hasta que mi boca se secó y se me erizó el cabello. Ni un segundo de alivio, ni uno solo.

Comencé a pronunciar palabras en voz alta, tal como brotaban de mis labios: «príncipe», «árbol», «niño», «libro», y a repetirlas convulsivamente hasta que se irguieron repentinamente desnudas ante mí, cual ruidos espantables de un tiempo distante, bárbaro, obligándome a reflexionar con todas mis fuerzas para hallar su significado: ¿p-r-í-n-c-i-p-e? ¿l-i-b-r-o?

¿Me había vuelto loco? ¿Estaría muerto? Palpé alrededor de mí.

—¡Levántate! —me ordené—. Siéntate en esa silla.

Me desplomé en el sillón.

¡Si al menos llegara la muerte! No sentir más esta presencia al acecho, exangüe, espantosa.

—¡No quiero! —grité—. ¡NO QUIERO! ¿No me oís?

Volví a caer, sin fuerzas; sin poder darme cuenta si aún estaba vivo, incapaz del menor pensamiento, del menor gesto, miré fijamente frente a mí.

«¿Por qué se acercan tan obstinadamente los granos?»

La idea me rozó, regresó. Refluyó. Regresó.

Lentamente, muy lentamente, advertí que un ser extraño se hallaba ante mí —quizás estaba allí desde que yo me sentara— y me tendía la mano. Una silueta gris, de hombros anchos, de la talla de un adulto rollizo, apoyado en un bastón de madera blanca retorcido en espiral. En el lugar donde hubiera debido estar la cabeza no distinguía más que una nube de vapor pálido. Un pesado olor a sándalo y paja mojada emanaba de la aparición.

Un sentimiento de impotencia total casi me hizo desfallecer. Aquello que la angustia que me roía los nervios había evocado durante todo ese tiempo se había metamorfoseado en un terror mortal, y había cobrado forma en ese aborto. El instinto de conservación me decía —me lo advertía, me lo gritaba en los oídos— que me volvería loco de miedo si llegaba a ver el rostro del fantasma y, sin embargo, atraído como por un imán, no podía desviar los ojos de la nube pálida en la que buscaba ávidamente los ojos, la nariz, la boca. Pero de nada me valía esforzarme, el vapor permanecía inmutable. Claro está que lograba visualizar cabezas de toda clase sobre el cuerpo, pero sabía que habían nacido solo de mi imaginación. Además, se disolvían siempre, casi en el mismo instante que yo las creaba.

Solo la forma de una cabeza de ibis egipcio permaneció un tiempo más prolongado.

Los contornos del fantasma flotaban, apenas marcados en una espectral oscuridad. Se encogían imperceptiblemente, se dilataban de nuevo, como el ritmo de una respiración lenta que recorría toda la figura, su único movimiento discernible. En lugar de los pies tocando el suelo, unos muñones huesudos en los que la carne, gris y vacía de sangre, se había recogido hasta el tobillo en rollos hinchados.

Inmóvil, aquello me tendía la mano. Tenía unos granos pequeños, del tamaño de judías, de color rojo con puntos negros en los bordes.

¿Qué se supone que debía hacer?

Me sentía abrumado, sintiendo que una responsabilidad monstruosa pesaría sobre mí, sobrepasando en mucho cualquier cosa de este mundo, si tomaba una decisión errónea.

Presentí a los dos platillos de una balanza, cada uno cargado con los pesos de un hemisferio, que oscilaban en alguna parte en el reino de las causas primeras, y aquel en el que yo arrojara un puñado de polvo descendería hasta el suelo.

Comprendí que esa era la causa de la presencia espantosa que me rodeaba. «No muevas un dedo —me decía mi razón—, aunque en toda la eternidad la muerte no llegara jamás para liberarte de este tormento.»

«Pero —un murmullo creció en mi interior—, eso también sería elegir, habrías rehusado los granos. Aquí no hay vuelta atrás.»

Miré a mi alrededor, buscando algún indicio que me indicara lo que debería hacer. Nada. Tampoco en mi interior: ningún consejo, ninguna inspiración, todo sin vida, muerto.

Comprendí en ese instante espantoso que la vida de miríadas de hombres no pesa más que una pluma.

Era noche cerrada, porque apenas podía distinguir las paredes de mi habitación. Al lado, en el estudio, resonaron pasos. Oí que alguien empujaba armarios, abría cajones y arrojaba objetos al suelo; me pareció reconocer la voz de Wassertrum lanzando injurias incandescentes con su áspera voz de bajo. No le presté atención. Aquello no tenía más importancia para mí que el crujido de un ratón.

Cerré los ojos. Comenzaron a pasar frente a mí largas filas de rostros humanos, los párpados cerrados cual máscaras mortuorias congeladas: mi propia familia, mis propios antepasados. Siempre la misma conformación craneana, por diferentes que pudieran parecer los tipos, con el cabello rapado, ensortijado o corto, con pelucas o peluquines sujetos con anillos; salían de la tumba a través de los siglos hasta que los rasgos se volvieron cada vez más familiares y se fundieron por fin en un último rostro: el del Golem, con el que la cadena de mis antepasados se quebraba.

Entonces las tinieblas lograron disolver mi habitación en un espacio vacío infinito, en medio del cual yo me sabía sentado en el sillón, y frente a mí la sombra gris con el brazo extendido. Y cuando abrí los ojos nos rodeaban seres desconocidos dispuestos en los dos círculos que se cortaban formando un ocho.

Los de un círculo estaban envueltos en ropajes de reflejos violetas, los del otro, de negros rojizos. Hombres de una raza desconocida, de estatura inmensa, de una fuerza sobrenatural, el rostro oculto tras velos centelleantes.

Los latidos violentos dentro de mi pecho me anunciaron que el momento de la decisión había llegado. Mis dedos se tendieron hacia los granos; y vi entonces que un estremecimiento recorría las siluetas del círculo rojo.

¿Debía rechazar los granos? El estremecimiento se apoderó del círculo azulado. Observé atentamente al hombre sin cabeza; seguía allí, en la misma posición, inmóvil como antes.

Hasta su respiración había cesado.

Levanté el brazo sin saber aún lo que iba a hacer y... golpeé la mano tendida del fantasma con tanta fuerza que los granos rodaron por el suelo.

Durante un instante breve como una descarga eléctrica, perdí el conocimiento y creí caer en un pozo sin fondo; luego constaté que estaba sólidamente plantado sobre mis pies.

Las criaturas grises habían desaparecido, al igual que las del círculo rojizo.

En cambio las siluetas azuladas habían formado un círculo a mi alrededor. Llevaban una inscripción en jeroglíficos de oro en el pecho y la mano levantada en silencio — como en un juramento—, sosteniendo entre el pulgar y el índice los granos rojos que yo había hecho caer de la mano del fantasma sin cabeza.

Escuché cómo afuera el granizo martillaba furiosamente la ventana y el trueno desgarraba el aire con sus bramidos. Una tormenta invernal barría la ciudad con furia insensata. A veces sus aullidos, los sordos disparos de cañón que anunciaban la ruptura de la capa de hielo del Moldava, llegaban a intervalos rítmicos. La habitación resplandecía a la luz de los relámpagos que se sucedían sin interrupción. De pronto me sentí tan débil que mis rodillas se pusieron a temblar y tuve que sentarme.

—No temas —dijo muy claramente una voz a mi lado—, no temas, es el *Lelshimurim*, la Noche de la Protección.

Progresivamente, la tormenta se calmó y la baraúnda ensordecedora cedió su lugar al tamborileo monótono del granizo en los techos. La laxitud había invadido hasta tal punto mis miembros que no percibía más que con mis sentidos embotados y como en un sueño lo que ocurría a mi alrededor.

Una de las figuras del círculo habló.

—Aquel que buscáis no está aquí.

Los demás respondieron algo en una lengua extraña.

Sobre esto, el primero dijo de nuevo una frase, en tono muy bajo, que contenía un nombre: «Enoc», pero yo no comprendí el resto, el viento traía con demasiada fuerza los gemidos de los hielos que se rompían en el río.

Entonces una de las figuras se separó del círculo, se adelantó hacia mí, señaló los jeroglíficos sobre su pecho —eran iguales que los de los demás— y me preguntó si los podía descifrar. Y cuando, balbuceando de agotamiento, le dije que no, extendió la palma de la mano hacia mí y la inscripción centelleó en *mi* pecho, primero en caracteres latinos:

CHABRAT ZEREH AUR BOHER[4]

que se transformaron lentamente en una escritura desconocida.

Y me dormí profundamente, sin sueños, como no lo había vuelto a hacer desde la noche en que Hillel me había soltado la lengua.

---

4 «Hermandad de los Descendientes de la Primera Luz.»

XIII

Impulso

Las horas del último día habían huido vertiginosamente. Apenas tuve tiempo de comer. Una necesidad irresistible de actividad exterior me había encadenado a mi mesa de trabajo desde el alba hasta el crepúsculo.

El cameo estaba terminado; y Miriam lo recibió como una niña.

La letra I del *Libro de Ibbur* también estaba reparada.

Me recosté en mi sillón y dejé desfilar serenamente frente a mí todos los pequeños incidentes de las horas recientes.

La anciana que se ocupaba de los menesteres de mi casa había llegado corriendo, la mañana siguiente a la tormenta, anunciándome que el puente de piedra se había derrumbado durante la noche. ¡Qué raro!... ¿Derrumbado? Quizá precisamente en el momento en que los granos... no, no, había que rechazar esa idea, lo que había ocurrido podía acomodarse bajo un barniz de calmada razón y me proponía dejarlo oculto en mi pecho hasta que despertara de nuevo por sí mismo. ¡No quería tocarlo!

¿Cuanto hacía que yo había pasado por ese puente y mirado las estatuas de piedra? Y ahora esa construcción que había resistido durante siglos estaba en ruinas. Sentí una cierta melancolía ante la idea de que nunca más pondría mis pies en él. Aunque lo reconstruyeran, ya no sería el misterioso y viejo puente de piedra. Durante horas, mientras tallaba el camafeo, había pensado en ello y, con tanta naturalidad como si jamás lo hubiera olvidado, un recuerdo había cobrado vida en mí: el de las innumerables ocasiones en que, siendo niño y también más tarde, había alzado los ojos hacia la imagen de san Luitgardo y la de todos los demás, tragados ahora por las aguas rugientes.

Mil pequeñas cosas que yo llamaba mías en mi juventud, las había vuelto a ver en espíritu: mi padre, mi madre y todos mis compañeros de clase. Solo la casa en que había vivido seguía rehuyéndome. Pero sabía que un día, cuando menos lo esperara, reaparecería súbitamente en mi mente, y esperaba que ese día llegara.

La sensación de que de pronto todo se desanudaría natural y simplemente en mi interior era más agradable. Cuando anteayer había cogido el *Libro de Ibbur* del cofrecillo, vi que no tenía nada de sorprendente; solo el aspecto de una vieja recopilación de pergaminos adornados con iniciales decorativas, todo me había parecido completamente natural. No llegaba a comprender que alguna vez me hubiera producido un efecto sobrenatural. Estaba escrito en hebreo y, por lo tanto, me resultaba totalmente incomprensible.

¿Cuándo vendría a retirarlo el desconocido?

La alegría de vivir que secretamente se había deslizado en mi interior durante el trabajo despertaba de nuevo en toda su frescura fortalecedora y rechazaba todos los pensamientos nocturnos que querían asaltarme por detrás, a traición.

Fugazmente, cogí el retrato de Angelina —le había escrito la dedicatoria al pie— y lo besé. Todo eso era una locura, una insensatez, pero por una vez, ¿por qué no soñar de felicidad, aferrando el presente luminoso y disfrutándolo como se disfruta una pompa de jabón?

Aquello que el deseo de mi corazón hacía espejear ante mis ojos, ¿no podría realizarse? ¿Era tan absolutamente imposible que yo me volviera célebre de la noche a la mañana? ¿Igual que ella, si bien de extracción inferior? ¿Al menos igual al doctor Savioli? Pensé en el camafeo de Miriam. Si lograba hacer otras como esa... no tenía la menor duda, los mejores artistas de todos los tiempos jamás habían creado nada mejor.

¿Y si admitiéramos un azar, uno solo: la muerte súbita del marido de Angelina?

Fui recorrido por ondas ardientes y heladas. Un minúsculo, azar y mi deseo, mi deseo más audaz, tomaba forma. La felicidad que me tocaba en suerte pendía de un hilo delgado que podía romperse de un momento a otro. ¿Acaso no me habían ocurrido ya miles de cosas extraordinarias? ¿Cosas cuya existencia la humanidad ni siquiera sospechaba?

¿No era un milagro que en el espacio de unas semanas hubiesen despertado en mí dones artísticos que me elevaban muy por encima de la generalidad?

¡Y solo estaba al principio del camino!

¿No tendría entonces derecho a la felicidad?

¿Misticismo sería sinónimo de carencia de deseos?

Acentué el «Sí» en mi fuero íntimo. ¿Soñar por un minuto, por un segundo, con una breve existencia humana?

Y soñé con los ojos abiertos. En la mesa, las piedras preciosas crecían, crecían y hacían correr a mi alrededor cascadas multicolores. Árboles de ópalo agrupados en bosquecillos reflejaban las ondas luminosas del cielo, cuyos azules centelleaban como las alas de una gigantesca mariposa tropical, haces de chispas sobre praderas inundadas de cálidos perfumes de verano. Tenía sed y refresqué mis miembros en la efervescencia helada de los arroyos que susurraban sobre rocas de nácar. Un soplo tórrido me llegaba desde las laderas cubiertas de flores, embriagándome con el perfume de los jazmines, los narcisos, los jacintos...

¡Era demasiado! ¡Demasiado! Borré la imagen.

Tenía sed.

Así eran los tormentos del paraíso.

Abrí violentamente la ventana y el viento tibio del deshielo se deslizó sobre mi frente. El aroma de la primavera que se acercaba estaba en todas partes...

¡Miriam!

Imposible no pensar en Miriam. Ella apoyada contra la pared para no caer cuando vino a contarme que había tenido lugar un milagro, un verdadero milagro: había encontrado una moneda de oro en el pan que el panadero le había pasado entre los barrotes de la ventana de la cocina.

Cogí mi bolsa. Quizás aún no fuera ya demasiado tarde para hacer aparecer otro ducado como por arte de magia.

Todos los días venía a verme, «para hacerme compañía», decía, pero en realidad casi no hablaba, hasta tal punto estaba colmada por su «milagro». El hecho la había trastornado hasta lo más profundo de su alma y cuando la veía palidecer bruscamente hasta los labios —sin motivo aparente, solo bajo el efecto del recuerdo—, yo imaginaba que en mi ceguera podía realizar actos cuyas consecuencias repercutirían hasta el infinito.

Y si unía a eso las últimas palabras de Hillel, tan sombrías, un frío helado me invadía. La pureza del motivo no constituía una excusa ante mis ojos, el fin no justifica los medios, de eso estaba seguro.

¿Y si el motivo de ayudar a los demás no fuese puro más que *en apariencia*? ¿No ocultaría alguna insidiosa mentira secreta? ¿El deseo presuntuoso, por inconsciente que fuera, de pavonearse en el papel del benefactor?

Comencé a dudar de mí mismo.

Había juzgado a Miriam demasiado superficialmente, eso era evidente. Ella era hija de Hillel y eso bastaba para que no fuera como las demás. ¿Cómo pude ser tan temerario e intervenir tan desconsideradamente en su vida interior, sin duda infinitamente más elevada que la mía?

El perfil de su rostro, incomparablemente más acorde con la época de la sexta dinastía egipcia —y aun mucho más espiritualizado— que con la nuestra, con un tipo de temperamento razonador, debía haber bastado para ponerme en guardia. «Solo el imbécil consumado desconfía de la apariencia externa», había leído en algún lado. Qué cierto era.

Miriam y yo éramos buenos amigos: ¿debía confesarle que era yo quien, día tras día, deslizaba a escondidas los ducados en el pan? El golpe sería demasiado brusco. La destruiría. No debía correr semejante riesgo, se imponía un proceder más prudente.

¿Debilitar el «milagro» de algún modo? ¿En lugar de introducir las monedas en el pan, dejarlo en un escalón para que ella lo encontrara al abrir la puerta, y entonces, y entonces? Me esforzaba por inventar una manera nueva de proceder, menos brusca, que la alejaría poco a poco de lo milagroso para acercarla a lo cotidiano.

¡Sí! ¡Esa era la solución apropiada!

¿O bien cortar el nudo, decirle a su padre el secreto y pedirle consejo? Enrojecí de solo pensarlo. Siempre tendría tiempo de llegar a eso, si todos los demás medios fracasaban.

Ahora, manos a la obra sin perder tiempo.

Tuve entonces una buena inspiración. Llevar a Miriam a hacer algo excepcional: tenía que arrancarla durante algunas horas de su ambiente conocido, a fin de que experimentara otras impresiones.

¡Tomar un coche y dar un paseo! Si evitábamos el Barrio Judío, ¿quién podría reconocernos? ¿Quizá le interesara una visita al puente derrumbado?

El viejo Zwakh, o alguna de sus amigas, podían venir con ella, si juzgaba demasiado violento estar sola en mi compañía.

Estaba firmemente decidido a no aceptar ninguna negativa.

Poco faltó para que en el umbral de la puerta me llevara por delante a un hombre.

¡Wassertrum!

Debía haber estado espiando por la cerradura, porque en el momento del choque estaba inclinado.

—¿Me buscaba usted? —le pregunté con brusquedad.

Masculló unas palabras de excusa en su jerga imposible, y luego asintió.

Lo invité a entrar y tomar asiento, pero permaneció de pie junto la mesa, tironeando convulsivamente de los bordes de su sombrero. Una profunda hostilidad, que en vano se esforzaba por disimular, se reflejaba en su rostro y en cada uno de sus movimientos. Jamás lo había visto tan de cerca. Lo que rechazaba en él no era su espantosa fealdad (eso más bien me hacía compadecerle; le daba el aspecto de un ser al que desde su nacimiento la naturaleza le había pateado el rostro con rabia y asco); no, era otra cosa, imponderable, lo que de él emanaba. La «sangre», como había dicho Charousek de manera tan acertada.

Involuntariamente me limpié la mano que le había dado. Por discreto que fue el movimiento, pareció notarlo, porque tuvo que sofocar bruscamente y con violencia la llamarada de odio que le ardió en el rostro.

—Bonito lugar —dijo por fin, tartamudeando, cuando vio que yo no le hacía el favor de entablar una conversación.

En contradicción con sus palabras cerró los ojos, quizá para no encontrarse con los míos. ¿O acaso creía que de ese modo su rostro adquiriría una expresión más inofensiva? Claramente se sentía el esfuerzo que hacía por hablar un alemán correcto.

No sintiéndome obligado a responder, aguardé lo que diría a continuación.

En su desconcierto tendió la mano hasta la lima que, Dios sabe por qué, se encontraba sobre la mesa desde la visita de Charousek, pero la retiró de inmediato como mordido por una serpiente. Admiré en mi fuero íntimo la sensibilidad de las percepciones de su subconsciente.

Finalmente se rehizo y habló:

—Claro está, desde luego, depende del oficio, uno tiene que estar bien instalado cuando... «se reciben bellas visitas».

Abrió los ojos para ver el efecto que sus palabras producían en mí, pero evidentemente juzgó el movimiento prematuro y los volvió a cerrar rápidamente.

Decidí acorralarlo contra sus últimas trincheras:

—¿Habla usted de la dama que vino recientemente en su coche? ¡Diga francamente a dónde quiere llegar!

Dudó un instante, luego me aferró vigorosamente por el codo y me arrastró hasta la ventana. El gesto extraño, sin motivo aparente, me recordó la manera en que había arrastrado al sordomudo Jaromir a su cueva unos días antes. Me tendió un objeto brillante con los dedos encogidos.

—¿Piensa usted, herr Pernath, que se puede hacer algo con esto?

Era un reloj de oro cuya doble tapa estaba tan abollada que parecía haber sido maltratada deliberadamente. Cogí una lupa. Las bisagras estaban casi arrancadas y en su interior... ¿no había algo grabado? Casi borrado y además raspado recientemente. Lentamente, logré descifrar:

K... rl Zott... mann

¿Zottmann? ¿Zottmann? ¿Dónde había visto ese nombre? ¿Zottmann? Imposible recordarlo. ¿Zottmann?

Wassertrum me arrancó la lupa de las manos:

—La maquinaria está bien, ya lo he visto. Pero la caja está muy arruinada.

—Hay que enderezarla, quizás unos puntos de soldadura, en todo caso. Cualquier relojero hará eso tan bien como yo.

—Quiero que sea un buen trabajo, artístico, como suele decirse —me interrumpió bruscamente, con una suerte de angustia.

—Muy bien, si tanto le importa...

—Sí, me importa, me importa mucho. —Su tensión era tal que su voz retumbó—. Quiero usar yo mismo el reloj. Y cuando se lo muestre a alguien, quiero poder decir: mire, es un trabajo de herr Pernath, he aquí lo que es capaz de hacer.

El individuo me repugnaba, escupiéndome al rostro sus desagradables lisonjas.

—Vuelva dentro de una hora y estará hecho.

Wassertrum se retorció convulso.

—De ningún modo... no quisiera... apurarlo... Tres días, cuatro... la semana que viene será suficiente. Me reprocharía haberle apurado.

¿Qué quería, para estar tan fuera de sí? Pasé a la habitación contigua y guardé el reloj en mi caja de hierro. La foto de Angelina estaba arriba y cerré apresuradamente la tapa, por si Wassertrum estuviera observándome.

Cuando regresé, noté que había cambiado de color. Lo escruté con atención, pero descarté de inmediato mi sospecha: imposible. Él *no podía* haber visto nada.

—De acuerdo, entonces; quizá la semana que viene —dije, para no hacer su visita muy cercana.

De repente, sin embargo, parecía ya no tener prisa. Se sentó en un sillón. Contrariamente a lo que hiciera antes, abría muy grandes sus ojos de pescado y al hablar miraba obstinadamente el primer botón de mi chaleco.

—Supongo que la mujerzuela le ha dicho que la encerrarían el día que se divulgara el asunto, ¿no?

Sin ambages, lanzó las palabras en dirección a mí, como proyectiles, y golpeó la mesa con el puño. Había algo espantoso en la brusquedad con que había pasado de un tono a otro, abandonando la adulación por la brutalidad con la rapidez del rayo. Deduje que la mayor parte de sus interlocutores, las mujeres sobre todo, caerían en su poder en un abrir y cerrar de ojos, si él llegaba a tener algún arma en su contra.

Mi primer pensamiento fue cogerlo de la garganta y arrojarlo de allí, pero luego me pregunté si no sería mejor dejarlo vaciar su saco.

—Realmente no comprendo lo que quiere usted decir, herr Wassertrum —dije, esforzándome por adoptar un aire lo más ingenuo posible—. ¿La mujerzuela? ¿Qué es eso de la mujerzuela?

—¿Tendré que enseñarle a hablar? —replicó él groseramente—. Usted se verá obligado a jurar sobre la Biblia en la corte si la deja venir aquí, se lo digo yo. ¿Me comprende? —se puso a gritar—. Allí no me podrá decir en la cara que esa no salió de al lado —señalaba el estudio con el pulgar— para entrar aquí corriendo, sin nada, salvo una manta sobre los hombros.

Lo vi todo rojo, sujeté al canalla por las solapas y lo sacudí:

—¡Si dice una palabra más en ese tono, le romperé todos los huesos del cuerpo! ¿Entendido?

Gris como la ceniza, se hundió en el sillón y balbuceó:

—¿Cómo? ¿Cómo? ¿Qué le ocurre? Yo solo estaba conversando.

Di unos pasos por la habitación para calmarme, sin escuchar lo que eructaba a modo de excusa. Luego me planté frente a él, decidido a poner el asunto en claro de una vez por todas, en la medida en que afectara a Angelina. Y, si la explicación no podía ser pacífica, lo obligaría a romper por fin las hostilidades y a disparar antes de tiempo sus pocas y prematuras flechas.

Sin prestar la menor atención a sus interrupciones, le advertí claramente que su chantaje, *fuera de la clase que fuere*, estaba destinado al fracaso, ya que él no podía aportar prueba alguna para sostener sus acusaciones, que además yo sería capaz con *seguridad* de rebatir cualquier testimonio (admitiendo que le fuera posible obtener alguno). ¡Angelina significaba demasiado para mí como para que no la defendiera en un momento de necesidad, no importaba a qué precio, aun del perjurio!

Cada uno de los músculos de su rostro se estremeció y su labio leporino se abrió casi hasta la nariz, rechinó los dientes y cloqueó continuamente como un pavo, tratando de interrumpirme:

—¿Acaso yo quiero algo de esa mujerzuela? ¡Pero escúcheme! —La impaciencia le enloquecía al ver que yo no me dejaba inducir a error—. Es Savioli el que yo... ese maldito perro... ese... ese...

Le faltaba el aire, jadeaba. Me detuve de inmediato; por fin estaba donde yo había querido llevarlo, pero ya se había rehecho y miraba de nuevo fijamente mi chaleco.

—Escúcheme, Pernath —se obligó a adoptar el tono frío y mesurado de un comerciante—. Usted habla de la muj... de la dama. ¡Bien! Ella está casada. Bueno, se enredó con ese... ese joven piojoso. ¿Qué me puede importar eso? —Agitaba sus manos ante mi rostro, las puntas de los dedos apretadas como si sostuviera una pizca de sal—. Que se las arregle, esa mujerzuela. Yo conozco la vida, y usted también. Ambos sabemos lo que es. ¿Eh? Todo lo que quiero es recuperar mi dinero. ¿Comprende, Pernath?

Sorprendido, presté atención:

—¿Dinero? ¿Qué dinero? ¿El doctor Savioli está en deuda con usted?

Wassertrum esquivó la respuesta.

—Tengo cuentas pendientes con él. He de cobrarlas de una buena vez.

—¡Usted quiere asesinarlo! —exclamé.

Se levantó de un salto, gesticuló, tragó saliva repetidas veces.

—¡Sí! ¡Asesinarlo! ¿Cuánto tiempo más va a seguir con esta comedia? —señalé la puerta—. ¡Hágame el favor de largarse!

Lentamente cogió su sombrero, se lo puso y estuvo por irse. Luego se detuvo una vez más y me dijo con una calma de la que no le hubiera creído capaz:

—Está bien, yo quería apartarlo de esto. Pero, si no se puede, no se puede. Los barberos compasivos son los que hacen las peores heridas. Ya estoy harto. De haber sido usted listo... y sin embargo Savioli lo perjudica a usted también. *Ahora... a los tres...* —el gesto de estrangular a alguien expresó sus ideas— *he de hacerlos polvo.*

Sus expresiones revelaban una crueldad tan satánica y tenía un aire tan seguro de sí mismo, que la sangre se me heló en las venas. Debía tener en sus manos un arma que yo no sospechaba y que también Charousek desconocía. Sentí que el suelo se hundía bajo mis pies.

«¡La Lima! ¡La lima!», sentí como un cuchicheo en mis venas. Medí la distancia con la mirada: un paso hasta la mesa, dos pasos hasta Wassertrum... Estuve a punto de saltar cuando de pronto, como por arte de magia, Hillel apareció en el umbral.

El cuarto se esfumó ante mis ojos. Yo veía solamente, a través de la niebla, que Hillel permanecía inmóvil, mientras Wassertrum retrocedía paso a paso hasta la pared.

Luego oí decir a Hillel:

—Usted conoce el dicho, Aarón, que «cada judío es el guardián de los demás». No nos haga la tarea demasiado difícil —y agregó algunas palabras en hebreo que no comprendí.

—¿Qué necesidad tenía usted de espiar detrás de la puerta? —farfulló el viejo chatarrero, temblándole los labios.

—Que yo haya escuchado o no es algo que no le concierne —y de nuevo Hillel concluyó con una frase en hebreo que esta vez sonó como una amenaza.

Yo esperaba el estallido de una querella violenta, pero Wassertrum no abrió la boca; reflexionó un instante y luego se fue con aire insolente.

Muy excitado, me volví hacia Hillel, pero él me hizo un gesto para que me callara. Evidentemente esperaba algo, porque escuchó con suma atención los ruidos de el corredor. Quise cerrar la puerta, pero me retuvo con un gesto impaciente de la mano.

Transcurrió al menos un minuto, y se volvieron a escuchar los pasos arrastrados del chatarrero bajando los escalones. Sin decir palabra, Hillel salió y lo pasó en la escalera.

Wassertrum aguardó a que Hillel estuviera fuera del alcance de su voz, para gruñirme sordamente:

—Devuélvame mi reloj.

XIV

EVA

¿Dónde estaría Charousek? Habían pasado cerca de veinticuatro horas y seguía sin aparecer. ¿Había olvidado la señal que habíamos convenido? ¿O quizá no la veía?

Fui a la ventana y orienté el espejo de manera que el rayo de sol que daba sobre él se reflejara directamente sobre el respiradero enrejado del sótano.

La intervención de Hillel el día anterior me había tranquilizado un poco. Seguramente me hubiera advertido si algún peligro se estuviera preparando. Además, Wassertrum no podía emprender la menor acción de importancia;

inmediatamente después de haberme abandonado había regresado a su tienda... Eché un vistazo hacia abajo: sí, ahí estaba, inmutable detrás de sus hornillos, tal como lo viera al comenzar la mañana.

¡Qué intolerable, esta eterna espera!

El aire tibio de la primavera que entraba en oleadas por la ventana abierta del cuarto contiguo me hacía sentir enfermo de languidez. Gotas de hielo derretido caían de los techos. ¡Y cómo centelleaban al sol los delgados hilos de agua! Cuerdas invisibles me tironeaban desde afuera. Corroído por la impaciencia, iba y venía por la habitación. Me arrojaba en un sillón. Me volvía a levantar.

La semilla ávida de un amor indeciso plantada en mi pecho no quería germinar; me había atormentado toda la noche. Una vez era Angelina la que se apretaba contra mí; acto seguido, yo hablaba aparentemente con toda inocencia con Miriam; y no bien rompía esa imagen, Angelina volvía para besarme; yo sentía el perfume de sus cabellos, su dulce abrigo de marta me cosquilleaba el cuello, la piel se deslizaba de sus hombros... y se convertía en Rosina, que bailaba con los ojos ebrios, entrecerrados, con un frac pero desnuda... y todo ello en medio de una somnolencia que sin embargo era exactamente como una vigilia. Una dulce y exquisita vigilia crepuscular.

Hacia el amanecer mi doble apareció junto a mi cama, el espectral *Habal Garmin*, el «Hálito de los Huesos» mencionado por Hillel. Lo miré a los ojos y vi que estaba en mi poder, obligado a responder a todas las preguntas que yo le formulara acerca de este mundo o del más allá. Sabía que él no esperaba otra cosa, pero mi sed de conocimiento de los misterios fue impotente frente a la languidez de mi sangre y se perdió en las arenas resecas de mi razón. Despedí al espectro, que se encogió tomando la forma de la letra «aleph» y luego creció de nuevo, erguido ante a mí como la colosal mujer desnuda que yo había visto en el *Libro de Ibbur* con su pulso poderoso como un sismo. Se inclinó hacia mí y respiré el olor aletargante de su carne ardiente.

Charousek seguía sin venir. Las campanas cantaron en todas las iglesias. Esperé un cuarto de hora más, y me marché. Recorrer las calles animadas llenas de gente vestida de fiesta, mezclarme con el alegre remolino en los barrios ricos, ver mujeres bonitas de rostros coquetos, de manos y pies finos.

Me decía, para excusarme, que quizá, por casualidad, iría a encontrarme con Charousek.

Para que el tiempo pasara más rápido, cogí el viejo Tarot de la estantería de libros. Quizá sus imágenes me darían una idea para un camafeo. Busqué el Loco. No puede encontrarlo. ¿Dónde podía haberse metido? Una vez más hice pasar los naipes ante mis ojos, perdido en las reflexiones acerca de su sentido oculto, en particular del Colgado... ¿Qué podía significar?

Un hombre colgado de una cuerda entre el cielo y la tierra, la cabeza hacia abajo, los brazos atados a la espalda, la pierna derecha replegada sobre la izquierda, y el conjunto formando una cruz sobre un triángulo invertido.

Un símbolo incomprensible.

¡Allí... por fin! Llega Charousek. ¿O todavía no?

Feliz sorpresa: era Miriam.

—¿Sabe usted, Miriam, que estaba a punto de bajar a verla para invitarla a dar un paseo en coche conmigo? —No era del todo cierto, pero eso no me preocupó—. ¿No irá usted a negarse, no es cierto? Mi corazón está tan lleno de alegría hoy que debe ser usted, Miriam, quien corone mi felicidad.

—¿Un paseo en coche? —repitió ella, tan desconcertada que no pude contener la risa.

—¿Tan absurda es la proposición?

—No, no, pero... —buscaba las palabras— es increíblemente singular. ¡Un paseo en coche!

—Para nada singular, si piensa que centenares de miles de personas lo hacen, y en realidad no hacen otra cosa en toda su vida.

—Sí, las *otras* personas. —Seguía estando totalmente desconcertada.

Le cogí ambas manos.

—Esas satisfacciones que las *otras* personas conocen, quisiera que usted también las disfrutara, Miriam, y en medida infinitamente más grande.

Repentinamente palideció como un cadáver y, en la sorda turbación de su mirada, vi en qué pensaba. Sentí un shock.

—Debe impedir que el... el milagro haga presa de su mente, Miriam —le dije—. ¿No quiere prometérmelo por... amistad?

Ella notó la angustia en mi voz y me observó sorprendida.

—Si ello no la trastornara tanto, podríamos divertirnos juntos. Pero así, no... ¿Sabe que me preocupo mucho por usted, Miriam? Por... por... ¿cómo podría decirle?... ¡por su salud mental! No tome lo que le digo al pie de la letra, pero desearía que el milagro no hubiera ocurrido jamás.

Yo esperaba una negativa, pero ella se limitó a inclinar la cabeza, perdida en sus pensamientos.

—Eso la devora. ¿No tengo razón, Miriam?

Ella se rehizo.

—A menudo yo también desearía que no hubiese ocurrido.

Fue como un rayo de esperanza para mí.

Ella hablaba muy lentamente, como perdida en un sueño.

—Cuando pienso que podría llegar un momento en que me viera obligada a vivir sin esos milagros...

—Usted podría volverse rica de un día para otro y, entonces ya no tendría necesidad... —agregué sin reflexionar, pero me detuve rápidamente al ver el espanto en su rostro—. Quiero decir, sus preocupaciones podrían disiparse bruscamente, de manera natural, y los milagros entonces serían más interiores... experiencias espirituales.

Ella sacudió la cabeza y replicó duramente:

—Las experiencias interiores no son milagros. Es bastante extraño que haya quienes no las tengan jamás. Desde mi infancia, día tras día, he conocido... (se interrumpió abruptamente y adiviné que había en ella algo de lo que no había hablado jamás, quizás una red de acontecimientos invisibles semejantes a los míos) pero ahora no es el momento de hablar de ello. Aun si alguien apareciera y curara al enfermo imponiéndole las manos, yo no podría llamar a eso un milagro. Solo cuando la materia sin vida —la tierra— sea animada por el espíritu y las leyes de la naturaleza se quiebren, se verá cumplido lo que deseo con todo mi ser desde que tengo uso de razón. Mi padre me dijo un día que la Cábala tenía dos aspectos, uno mágico y otro abstracto, que no se pueden hacer coincidir jamás. El mágico puede atraer hacia él al abstracto, pero nunca a la inversa. El primero es un *don*, el otro puede ser conquistado, si bien la ayuda de un guía es indispensable. —Retomó el primer hilo de su pensamiento—. El *don*, he ahí lo que provoca mi sed; lo que pueda conquistar me resulta indiferente, sin más valor que el polvo. Cuando me imagino que podría llegar un momento, como ya le dije, en que tuviera que vivir nuevamente sin esos milagros... —Vi crisparse sus dedos y el remordimiento me hizo trizas—. Creo que podría morir aquí mismo, ante la mera idea de semejante posibilidad.

—¿Es esa la razón por la que también usted desea que el milagro no hubiera sucedido nunca? —exploré prudentemente.

—Solo en parte. Hay una cosa más. Yo... yo —reflexionó un instante— aún no estaba madura para vivir un milagro bajo esa forma. Eso es. ¿Cómo puedo explicarle? Suponga, simplemente para tomar un ejemplo, que desde hace años, todas las noches, tengo el mismo sueño, que continúa, y en el que alguien —digamos un habitante de otro mundo— me enseña y me muestra simplemente, en una imagen de mí misma, con sus continuas transformaciones, hasta qué punto estoy lejos de la madurez mágica para poder vivir un «milagro», pero también me da la explicación lógica de las cuestiones que puedo verificar día tras día. Ya me entenderá: un ser como ese equivale a todas las felicidades que se pueden concebir en la tierra; es para mí el puente que me une al «otro lado», es la escala de Jacob que puedo trepar para elevarme por encima de lo cotidiano y llegar a la luz; es el guía y el amigo, y toda la esperanza que tengo de no extraviarme en la locura y las tinieblas por los oscuros caminos que recorre mi alma, la deposito en él, quien aún no me ha engañado jamás. Y hete aquí que bruscamente, a pesar de todo lo que me ha dicho, un milagro entra en mi vida. ¿A quién creer ahora? ¿El que colmó mi ser durante todos esos años era una ilusión? Si tuviera que dudar de él, yo misma hundiría mi cabeza en un pozo sin fondo. ¡Y sin embargo el milagro ocurrió! Yo lloraría de alegría, si...

—¿Si...? —la interrumpí, sin aliento. Quizás ella estaba por pronunciar la misma palabra liberadora y yo podría confesarle todo.

—... si me enterara de que me he equivocado, de que no hubo ningún milagro. Pero moriría por ello, lo sé, como sé que estoy sentada aquí, con la misma seguridad. —Mi corazón se detuvo—. Ser arrancada del cielo y arrojada sobre la tierra: ¿cree usted que una criatura humana podría soportarlo?

—Pida ayuda a su padre —dije, extraviado en mi angustia.

—¿A mi padre? ¿Ayuda? —Me miró sin comprender—. Donde no hay más que dos caminos para mí, ¿podría él encontrar un tercero? ¿Sabe en qué consistiría la verdadera salvación para mí? Si me sucediera a mí lo que le sucedió a usted. Si pudiera olvidar en este mismo momento todo lo que hay detrás de mí, toda mi vida hasta hoy. ¿Es curioso, no es cierto? Lo que para usted es una desgracia, para mí sería la mayor de las felicidades.

Permanecimos en silencio largo rato. Luego ella cogió súbitamente mi mano y sonrió, casi una sonrisa feliz.

—No quiero que se atormente por mí. (¡Ella me consolaba... a *mí*!) Antes usted estaba tan alegre, tan feliz por la primavera que reina afuera, y ahora es la tristeza misma. No hubiera debido decirle nada. Aléjese de sus recuerdos y recobre sus pensamientos como antes. Estoy tan feliz...

—¿Usted feliz, Miriam? —mi interrupción estaba llena de amargura.

Ella adoptó una expresión convencida:

—Sí, de veras. Feliz. Cuando vine a verlo estaba tan angustiada y no sé por qué, no podía liberarme de la impresión de que usted corría grave peligro —yo presté atención—

y en lugar de regocijarme por encontrarlo bien, lo entristezco con mis problemas...

Me obligué a la alegría:

—... Y eso solo podría repararlo viniendo conmigo a pasear. —Me esforcé por insuflar el mayor brío posible en mi voz—. Quisiera ver si puedo expulsar sus sombríos pensamientos, Miriam. Usted dirá lo que quiera, pero aún no es una hechicera del antiguo Egipto, sino apenas y hasta nueva orden una muchacha a la que el viento tibio de la primavera puede hacer muchas jugarretas.

Ella reaccionó de manera vivaz:

—¿Que le pasa hoy, herr Pernath? Nunca lo había visto así. Por otro lado, en el caso de las muchachas judías, es sabido que «el viento tibio de la primavera» es dirigido por los padres, y nosotras solo nos limitamos a obedecer. Lo llevamos en la sangre. Pero yo no —agregó con fuerza—; mi madre se resistió violentamente cuando quisieron casarla con ese espantoso Aarón Wassertrum.

—¿Quién? ¿Su madre? ¿Con el chatarrero de la acera de enfrente?

Miriam asintió con un gesto.

—Gracias a Dios, no ocurrió así; para el pobre hombre el golpe fue sin duda aplastante.

—¿El pobre hombre? —exclamé—. ¡Pero si ese tipo es un criminal!

Ella movió pensativamente la cabeza.

—Ciertamente, es un criminal. Pero aquel que viva en un cuerpo semejante y no sea criminal tiene que ser un profeta.

Me acerqué a ella devorado por la curiosidad.

—¿Sabe algo más preciso acerca de él? Me interesa, por razones muy particulares...

—Si usted hubiera visto el interior de su tienda, herr Pernath, sabría también cómo es el interior de su alma. Digo esto porque siendo niña entré muchas veces en ella. ¿Por qué me mira con aire tan sorprendido? ¿Tan extraordinario es? Fue siempre muy gentil y bueno conmigo. Hasta recuerdo que un día me dio una gran piedra brillante que me gustaba. Mi madre me dijo que era un diamante y, desde luego, tuve que devolvérselo de inmediato.

»Al principio no quería aceptarlo, pero al cabo de un rato me lo arrancó de las manos y lo arrojó a un rincón con rabia. Vi que tenía lágrimas en los ojos y ya sabía bastante hebreo en esa época como para comprender lo que murmuró: «Todo lo que toco está maldito». Fue la última vez que lo visité, y nunca más me invitó a entrar. Y sé por qué. Si no hubiese tratado de consolarlo, todo hubiera seguido como antes, pero dado que despertaba en mí una piedad infinita y se lo dije, no quiso volver a verme. ¿Comprende usted, herr Pernath? Es tan simple. Es un poseso, un hombre que se vuelve desconfiado, irremediablemente desconfiado no bien alguien le llega al corazón. Se considera mucho más feo de lo que es en realidad, si ello es posible, y ahí reside la raíz de todos sus pensamientos, de todos sus actos. Dicen que su mujer lo amaba, quizá fuera más piedad que amor, pero mucha gente lo creía así. El único profundamente convencido de lo contrario era Wassertrum mismo. En todas partes huele el engaño y el odio.

»La única excepción era su hijo. Quizá porque lo había visto crecer desde su más tierna infancia y había podido seguir el desarrollo de los menores rasgos de su carácter desde el primer brote del recién nacido, por así decir, y jamás hubo una laguna por donde su desconfianza hubiera podido colarse. O quizás eso le venía de su sangre judía: derramar sobre su descendencia todo lo que había en él de capacidad de amar, empujado por ese temor instintivo de nuestra raza, el temor de morir sin haber cumplido una misión olvidada, pero que permanece oscuramente en nosotros. ¿Quién puede saberlo?

»Condujo la educación de su hijo con una perspicacia que confinaba con la sabiduría, muy asombrosa en un hombre tan inculto como él, apartando de su camino con mano tan segura como la de un psicólogo todo aquello que habría podido contribuir al desarrollo de su conciencia, a fin de evitarle más adelante sufrimientos morales.

»Le puso como profesor un sabio eminente, que sostenía que los animales carecen de sensibilidad y que sus expresiones de sufrimiento son simples reflejos. Extraer de toda criatura el máximo de alegría y placer para descartar de inmediato la cáscara inútil, tal era más o menos el fundamento de su sistema educativo.

»Usted podría pensar, herr Pernath, que el dinero desempeñaba en todo esto el papel principal, a la vez criterio y clave del "poder". Así como oculta cuidadosamente su propia riqueza para ahogar en la sombra los límites de su influencia, imaginó un medio que permitiera a su hijo poseer otro tanto, ahorrándole los inconvenientes de una vida aparentemente miserable; lo impregnó con la mentira infernal de la "belleza", le enseñó, en nombre de la estética, a hacer hipócritamente el papel de lirio de los campos, siendo interiormente un buitre.

»Desde luego que esta historia de la "belleza" no la había inventado él; se trataba probablemente del "perfeccionamiento" de un consejo dado por alguna persona culta.

»El hecho de que más tarde su hijo haya renegado de él, en cada oportunidad que le fue posible, jamás lo tomó a mal. Por el contrario, lo indujo a hacerlo, porque su amor era totalmente desinteresado y, como ya le dije a propósito de mi padre, de esos que sobreviven a la tumba.»

Miriam calló por un instante y vi en su rostro que proseguía el hilo de sus pensamientos, lo sentí en el tono diferente de su voz cuando dijo:

—Crecen frutos extraños en el árbol del pueblo judío.

—Dígame, Miriam —le pregunté—, ¿nunca oyó decir que Wassertrum tiene en su tienda una muñeca de cera? No recuerdo quién me lo dijo... sin duda se trataba de una invención...

—No, no, herr Pernath, es verdad. Tiene una muñeca de cera de tamaño natural en el rincón donde se acuesta, en su bolsa de paja, en medio del caos más absoluto. La obtuvo hace años como pago de una deuda con un titiritero, simplemente porque se parecía a... a una dama que fue su amante en otros tiempos.

«¡La madre de Charousek!», brotó de inmediato la idea en mi cerebro.

—¿No sabe su nombre, Miriam?

Ella negó con la cabeza.

—Si le interesa, podría tratar de informarme.

—Oh, no, por Dios, Miriam, no tiene importancia. (Pude ver en el brillo de sus ojos que al hablarme había salido de su estado de depresión, y me prometí no dejarla volver a caer jamás en él.) Lo que me interesa mucho más es el tema del que hablábamos antes. El del «viento de la primavera»... ¿Su padre no irá a imponerle de todos modos un marido?

Ella rió alegremente.

—¿Mi padre? ¿Qué le hace pensar eso?

—Bueno, eso me hace muy feliz.

—¿Por qué? —preguntó ingenuamente.

—Porque aún tengo una oportunidad.

Era solo una broma y ella no lo tomó de otro modo, pero no obstante se levantó rápidamente y fue hasta la ventana para no dejarme ver su rubor.

Para sacarla de su embarazo, cambié de tono:

—Tiene que prometerme una cosa, como a un viejo amigo. Cuando haya tomado su decisión, me la dirá en secreto. ¿O acaso piensa quedarse soltera?

—¡No¡ ¡No! ¡No! —Se defendió tan resueltamente que no pude dejar de sonreír—. Algún día tendré que casarme.

—¡Desde luego! ¡Naturalmente!

Se puso nerviosa como una colegiala.

—¿No puede estar serio ni un minuto, herr Pernath? —Yo adopté dócilmente una expresión doctoral y ella volvió a sentarse—. Cuando digo que un día tendré que casarme, quiero decir que hasta ahora no me he roto la cabeza con los detalles, pero desconocería evidentemente el sentido de la vida si pensara que he venido al mundo como mujer para no tener hijos.

Por primera vez percibí a la mujer detrás de la joven.

—Eso forma parte de mis sueños —prosiguió dulcemente—, imaginarme el fin último de la unión de dos seres para dar... ¿nunca oyó hablar del viejo culto egipcio de Osiris?... lo que el «hermafrodita» debe representar como símbolo.

La palabra atrajo mi atención.

—¿El hermafrodita...?

—Quiero decir la unión mágica del elemento masculino y el elemento femenino en la raza humana para dar lugar a un semidiós. ¡Como fin último! No, no como fin último, sino como comienzo de un camino nuevo y eterno... que no tendrá final.

Me sentí muy asombrado.

—¿Y espera usted encontrar al que busca? ¿No podría suceder que viva en un país lejano, o incluso que no exista en la tierra?

—De eso no sé nada —respondió simplemente—. Solo puedo esperar. Si él está separado de mí por el tiempo y el espacio —cosa que no creo, ya que en ese caso ¿por qué habría de estar yo atada aquí, al Gueto?—, o por el abismo del desconocimiento recíproco, y no logro encontrarlo, mi vida no tendrá sentido, solo el absurdo juego de un demonio idiota. Pero se lo ruego, se lo ruego, no hablemos más de eso —suplicó—. Basta expresar una idea en voz alta para que se contagie de un horrible gusto terrenal, y yo no quisiera —se interrumpió bruscamente.

—¿Qué es lo que no quisiera, Miriam?

Levantó la mano, se incorporó rápidamente y dijo:

—Tiene usted una visita, herr Pernath.

En el rellano crujían ropas de seda, unos golpes impetuosos y luego: ¡Angelina!

Miriam quiso irse, pero yo la retuve.

—Permítanme presentarlas. La hija de un amigo muy querido... la señora condesa...

—Es imposible llegar hasta aquí en coche. El empedrado está levantado por todas partes. ¿Cuándo se instalará en un barrio digno de un ser humano, Pernath? Afuera la nieve se derrite y el cielo exulta hasta hacer estallar el corazón, y usted está aquí enterrado en su oscura y húmeda caverna como una vieja rana... Además, ¿sabe que ayer fui a ver a mi joyero y me dijo que usted es el mejor tallador de piedras preciosas de la actualidad, y uno de los más grandes que haya existido jamás? —Angelina hablaba como una cascada y yo estaba como mesmerizado por sus radiantes ojos azules, sus ágiles pies en las diminutas botas de charol, su rostro caprichoso emergiendo de la maraña de pieles y los caracoles rosados de sus orejas.

Apenas si se tomaba tiempo para respirar.

—Mi coche está en la esquina. Temía no hallarlo en casa. ¿Seguramente no ha almorzado aún? Primero iremos... sí, ¿dónde es que iremos primero? Primero iremos... aguarde... sí, quizás al Arboretum, o bien, a la campiña, donde podamos oler a los granos germinando en secreto, a los capullos hinchándose. Venga, venga, coja su sombrero. Después comerá en mi casa y nos quedaremos charlando hasta el anochecer. ¡Aquí está su sombrero! ¿A qué espera? Tengo una manta muy suave y gruesa por abajo. Nos taparemos hasta las orejas y nos acurrucaremos juntos hasta calentarnos.

¿Qué decir ahora?

—Justamente me disponía a dar un paseo con la hija de mi viejo amigo...

Sin dejarme terminar la frase, Miriam ya se había despedido apresuradamente de Angelina. La acompañé hasta la puerta, a pesar de que ella se defendió gentilmente.

—Escuche, Miriam, no puedo decirle aquí, en las escaleras, cuánto me importa usted... preferiría mil veces acompañarla...

—No haga esperar a la señora, herr Pernath —me interrumpió—. ¡Hasta la vista, y que se divierta del paseo!

Dijo eso muy cordial, muy sinceramente, pero vi que la

luz se había apagado de sus ojos. Bajó muy rápido las escaleras y el dolor me apretó la garganta. Tuve la impresión de haber perdido a todo un mundo.

Estaba sentado como en un sueño junto a Angelina, mientras corríamos al galope furioso por las calles repletas de gente. El flujo de la vida alrededor de nosotros era tal que, aturdido como estaba, apenas sí podía distinguir las pequeñas manchas luminosas en las imágenes que desfilaban frente a mí: joyas centelleantes en las orejas y cadenas de los manguitos, guantes blancos, un caniche con un collar rosado que quería morder las ruedas de nuestro coche, caballos cubiertos de espuma que se cruzaban con nosotros con ruido argentino de cascabeles, el escaparate de una tienda que brillaba lleno de collares de perlas y joyas resplandecientes, el reflejo de la seda sobre las caderas estrechas de los jóvenes.

El viento frío que nos cortaba el rostro redoblaba aún más el embarazoso calor del cuerpo de Angelina.

Cuando pasábamos al galope por los cruces, los policías se retiraban respetuosamente hacia un costado.

Llegados al muelle, hubo que disminuir la marcha porque una larga fila los coches pasaban junto al puente de piedra derrumbado, mostrando un enjambre de rostros curiosos. Apenas sí eché un vistazo. La más insignificante palabra de Angelina, el aleteo de sus párpados, el juego presuroso de sus labios, todo eso era infinitamente más importante para mí que observar las bloques de piedras que bloqueaban la carrera de los peñascos de hielo en el río.

Las alamedas de un parque; luego tierra apisonada, elástica, el susurro de las hojas secas bajo los cascos de los caballos, un aire húmedo, árboles gigantescos llenos de nidos de cuervos, el verdor muerto de los campos con blancas islas de nieve fundiéndose, todo eso pasaba frente a mí como un sueño.

En pocas y breves palabras, casi con indiferencia, Angelina volvió al tema del doctor Savioli.

—Ahora que el peligro ha pasado —me dijo con embelesadora candidez de niña—, y que sé que está mejor, todos esos acontecimientos en los que me vi mezclada me parecen espantosamente aburridos. En fin, quiero poder divertirme de nuevo, cerrar los ojos y zambullirme en la espuma chispeante de la vida. Pienso que todas las mujeres son así, solo que algunas lo reconocen y otras no. ¿O serán tan tontas que no se dan cuenta? ¿No cree usted? —Ella no escuchaba una sola palabra de lo que yo le respondía—. Además, las mujeres no me interesan en lo más mínimo. No tiene que tomar esto como una lisonja, claro está, pero... realmente, la mera presencia de un hombre simpático me resulta mucho más agradable que la conversación más apasionante con una mujer, por muy inteligente que sea. Al fin de cuentas, nuestras cháchara no son más que boberías. En el mejor de los casos, cuestiones de trapos, ¿y entonces?

Las modas no cambian tan a menudo. ¿Soy frívola, no es cierto? —preguntó repentinamente, tan coqueta que tuve que desasirme con violencia de los retos de su encanto para no cogerle la cabeza con las manos y besarla en el cuello—. ¡Diga que soy frívola! —Se acurrucó aún más contra mí y me cogió del brazo.

Superada la alameda, pasamos delante de bosquecillos donde los arbustos ornamentales, aún cubiertos de paja protectora, parecían torsos de monstruos con los miembros y las cabezas cortadas. Los paseantes sentados al sol nos seguían con la mirada y de inmediato sus lenguas volvían a agitarse.

Permanecimos un momento en silencio, inmersos con nuestros propios pensamientos. ¡Qué diferente era Angelina de aquella que había vivido hasta entonces en mi imaginación! Se diría que penetraba hoy en mi presente por primera vez. ¿Era en realidad esa misma mujer que había consolado pocos días atrás en la catedral? No podía apartar la mirada de su boca entreabierta.

Silenciosa, parecía contemplar una imagen en su pensamiento.

El coche giró entrando en una húmeda alameda. De la tierra ascendía un olor a tierra despertándose.

—¿Sabe usted, condesa...?

—Llámeme Angelina —me interrumpió dulcemente.

—¿Sabe usted, Angelina, que... que he soñado con usted toda la noche? —Las palabras habían brotado casi a pesar mío.

Hizo un pequeño gesto rápido, como si quisiera separar su brazo del mío, y me miró con sus grandes ojos.

—¡Qué curioso! ¡Y yo con usted! Y precisamente en este instante estaba pensando en eso.

De nuevo la conversación se detuvo y adivinamos que ambos habíamos tenido el mismo sueño. Lo sentí en el estremecimiento de su sangre. Su brazo temblaba imperceptiblemente contra mi pecho y, con la cabeza forzadamente girada, ella miraba hacia fuera del coche para evitar mis ojos.

Lentamente llevé su mano hacia mis labios, retiré el guante suave y perfumado, y mientras escuchaba su respiración precipitada, loco de amor, puse mi boca en la palma de su mano.

Horas después bajaba hacia la ciudad como un borracho a través de la niebla del atardecer, desembocando en las calles al azar, hasta el extremo que durante largo rato di vueltas en círculo sin darme cuenta.

Más tarde me encontré a orillas del río, apoyado contra una balaustrada de hierro, la mirada en las olas rugientes. Aún sentía el brazo de Angelina alrededor de mi cuello, veía el estanque de piedra al borde del cual nos habíamos dicho adiós, años atrás, con las hojas de olmo pudriéndose en el fondo, y ella se paseaba conmigo como acabábamos de hacerlo, la cabeza en mi hombro, a través del parque crepuscular de su castillo.

Me senté en un banco y me cubrí la cara con el sombrero para soñar.

Las aguas se precipitaban por encima de la represa y su rugir sofocaba los últimos ruidos fastidiosos de la ciudad que se adormecía. De tiempo en tiempo miraba hacia arriba y cerraba mi capa sobre el cuerpo, y la sombra se hacía más y más densa sobre el río y finalmente la noche cerrada me engulló, no se distinguía más que la espuma de la represa tendida diagonalmente de una orilla a la otra, en franjas blancas resplandecientes.

La idea de volver a estar solo en mi triste casa me hacía estremecer. El estallido de una breve tarde había hecho de mí, para siempre, un extraño en mi propio hogar. Unas pocas semanas, quizás incluso unos días nada más, y mi felicidad se habría ido, sin dejar más que un bello y doloroso recuerdo.

¿Y entonces?

Entonces no tendría refugio, ni en una orilla del río ni en la otra.

Me incorporé. Quería echar un vistazo al castillo a través de las rejas del parque, a las ventanas detrás de las cuales ella dormía, antes de hundirme en el sombrío Gueto. Partí en la dirección de la que había venido, tanteando en la densa niebla a lo largo de las filas de casas y atravesando plazas dormidas, con sus inscripciones solitarias y las gárgolas de las fachadas barrocas, mientras los negros monumentos surgían amenazantes. La claridad apagada de un farol brotando de la bruma se agrandó en anillos fantásticos, enormes, con los colores del arco iris, luego palideció, como un ojo amarillo cerrado a medias, y se apagó totalmente detrás de mí.

Mi pie tanteaba anchos escalones de piedra cubiertos de grava. ¿Dónde estaba? Era un camino hundido que escalaba una pendiente abrupta. A derecha e izquierda se extendían los muros lisos de un jardín con las ramas deshojadas de un árbol que cuelgan sobre ellos. Parecen llegadas del cielo, los troncos disimulados detrás de la pared de nube. Rozadas por mi sombrero, unas ramas diminutas se quiebran crujiendo, resbalan sobre mi capa y caen en el abismo gris que me oculta los pies.

Luego un punto brillante, un punto de luz en la distancia, solitario, misteriosamente suspendido entre el cielo y la tierra.

Debía de haberme equivocado de camino, no podían ser sino las viejas Escalinatas del Castillo, que bordea las laderas de los jardines Fürstenberg...

Largas extensiones de tierra arcillosa, luego un camino empedrado.

Una sombra maciza se eleva, la cabeza cubierta por un bonete puntiagudo, negro y tieso: la Torre Dalibor, la mazmorra del hambre donde muchos hombres han muerto en otros tiempos, mientras los reyes cazaban, abajo, en el Foso de los Ciervos.

Una estrecha y sinuosa callejuela con almenas, una escalera en espiral en la que apenas caben mis hombros, y me encontré frente a una hilera de casitas no más altas que yo; bastaba con extender el brazo para tocar los techos.

Estaba en la calle de los «Fabricantes de Oro» donde, en el Medievo, los adeptos a la alquimia calentaban la piedra filosofal y aprisionaban los rayos de la luna. No había más salida que aquel camino por el que había venido, pero resultaba imposible encontrar el hueco entre los muros. En su lugar, choqué contra un portón de madera. «Nada que hacer —pensé—, tendré que despertar a alguien para averiguar el camino de salida.»

Lo extraño es que hay una casa que cierra la calle, más grande que las otras y al parecer habitada. No recuerdo haberla visto antes. Debe estar revocada de blanco para resaltar tan netamente en la niebla.

Franqueo el portón, atravieso el estrecho sendero del jardín y apoyo el rostro contra los paneles de vidrio. Todo es negro. Golpeo la ventana. Dentro, un anciano tan viejo como Matusalén, con una vela encendida en la mano, se adelanta a pasos temblorosos hasta el medio de la habitación, se detiene, gira lentamente la cabeza hacia los polvorientos frascos y retortas de los estantes, dirige un ojo meditativo hacia las gigantescas telarañas de los rincones y por fin orienta su mirada hacia mí.

La sombra de sus pómulos le llega hasta las órbitas de sus ojos, tan vacías como los de una momia.

Evidentemente no me ve.

Golpeo el vidrio.

No me oye. Vuelve a salir de la habitación como un sonámbulo.

Espero en vano. Llamo a la puerta de la casa. Nadie abre...

No queda más remedio que buscar hasta encontrar la salida de esta callejuela.

¿No sería mejor sumergirse en la sociedad de mis semejantes, junto a mis amigos Zwakh, Prokop y Vrieslander, en la *Vieja Caseta de Peaje*, donde con toda seguridad se encuentran, para atenuar al menos durante algunas horas el deseo devorador de los besos de Angelina? Rápidamente me puse en camino.

Como un trío de muertos, los tres estaban acurrucados alrededor de la vieja mesa colmada de vasos, con la delgada boquilla de una pipa de cerámica blanca entre los dientes y la habitación llena de humo. Apenas sí se distinguían sus rasgos, bajo la raquítica luz de una lámpara de estilo antiguo colgada del techo, absorbida por las paredes de color ocre oscuro.

En un rincón la tabernera, seca como un arenque, avara de palabras, roída por el tiempo, con su eterna labor de calceta, la mirada descolorida y la nariz chata y amarilla. Las cortinas de color rojo pálido ocultaban tan bien las puertas cerradas que las voces de los clientes de la sala vecina solo se filtraban débilmente, como el zumbido de un panal de abejas.

Vrieslander, con un sombrero cónico de alas rectas en la cabeza, la barba en punta, su tez color plomo y la cicatriz bajo el ojo, parecía un holandés borracho surgido de algún siglo olvidado.

Joshua Prokop, con un tenedor metido entre sus rizos de músico, tamborileaba sin cesar con sus largos dedos huesudos y observaba con ojo admirativo los esfuerzos de Zwakh por vestir el ventrudo frasco de arrac[5] con la capa púrpura de una marioneta.

—Ese sería Babinski —declaró Vrieslander, con gran seriedad—. ¿No sabe quién fue Babinski? Zwakh, cuéntele a Pernath la historia de Babinski.

—Babinski —comenzó de inmediato Zwakh, sin levantar un instante los ojos de su trabajo— fue un celebre ladrón y asesino de Praga. Ejerció su vergonzoso oficio durante muchos años sin que nadie lo notara. Sin embargo, poco a poco, en las mejores familias comenzaron a percatarse de que ora un miembro del clan, ora otro, faltaba a la mesa durante las comidas y no reaparecía jamás. Al principio nadie dijo nada —la cosa tenía, después de todo, su lado bueno, puesto que había que cocinar menos—, pero no podía ignorarse el hecho de que las buenas lenguas podían ponerse a chusmear y se corría el riesgo de perjudicar el prestigio social. Sobre todo cuando las hijas casaderas desaparecían sin dejar rastro. Además, ante los ojos de los de afuera, era indispensable subrayar con fuerza suficiente la unión y la concordia reinantes en el seno familiar.

---

5 Licor anisado. [T.]

»En los periódicos, los anuncios de "Vuelve, todo está olvidado" cobraron un lugar cada vez más importante —circunstancia que Babinski, atolondrado como la mayoría de los asesinos de profesión, no había tenido en cuenta en sus previsiones— y terminaron por atraer la atención general.

»En la encantadora aldehuela de Krtsch, cerca de Praga, Babinski, que era un hombre de gustos sencillos, se había comprado, merced al producto de su infatigable actividad, una casa pequeña pero confortable, resplandeciente de pulcritud y precedida por un jardincillo donde florecían los geranios.

»Como sus ganancias no le permitían adquirir más tierra, para poder inhumar discretamente los cuerpos de sus víctimas se vio en la necesidad de edificar, en el lugar del macizo de flores que sin duda hubiera preferido, un montículo cubierto de hierba, simple pero apropiado a las circunstancias, que podía prolongar a voluntad según las exigencias de su profesión o de la temporada.

»Tenía la costumbre de sentarse todas las tardes bajo los rayos del sol poniente, después de las fatigas y las preocupaciones del día, para tocar con su flauta toda suerte de aires melancólicos.»

—¡Un momento! —interrumpió Joshua Prokop, sacando de su bolsillo una llave, que apoyó en sus labios a manera de un clarinete, y silbó—: Tararí, tararí, tarará.

—¿Estaba usted allí —le preguntó Vrieslander, sorprendido—, ya que conoce tan exactamente la melodía?

Prokop le dirigió una mirada furiosa:

No. Babinski vivió mucho antes de que yo naciera. Pero como compositor sé mejor que nadie lo que debió de haber tocado. Usted no es quien para juzgar, usted no es músico... Tararí, tararí, tarará.

Zwakh, sobrecogido, esperó a que Prokop guardara de nuevo la llave en el bolsillo y prosiguió:

—Con el tiempo, el crecimiento ininterrumpido del montículo despertó las sospechas de los vecinos y un policía de Zizkov, en los suburbios, que por azar vio de lejos a Babinski estrangulando a una anciana de la buena sociedad, tuvo el mérito de poner fin definitivamente a las actividades egoístas del malvado. Fue arrestado en su casa de campo.

»El tribunal le acordó las circunstancias atenuantes en razón de su excelente reputación, le condenó a la muerte por la horca y encargó a la firma Leipen Hnos., cordelería al por mayor, que suministrara a las autoridades el material necesario para la ejecución a un precio módico, en la medida en que su ramo estuviera interesado, contra factura triplicada remitida a un empleado superior del Tesoro.

»Pero, a pesar de las precauciones, la cuerda se rompió y la sentencia de Babinski fue conmutada a prisión perpetua.

»Durante veinte años el asesino expió su culpa tras los muros de la prisión de San Pancracio, sin que jamás brotara un reproche de sus labios; aún hoy el personal de la institución no escatima los elogios sobre su ejemplar compor-

GUSTAV MEYRINK

tamiento; y hasta se le permitía tocar la flauta los días del cumpleaños de nuestra muy graciosa majestad.»

Prokop se sumió de inmediato en la búsqueda de su llave, pero Zwakh lo detuvo con un gesto.

—A consecuencia de una amnistía general, Babinski se benefició con la anulación de su condena y obtuvo una plaza de portero en el convento de las Hermanas de la Misericordia. El trabajo de jardinería que debía realizar no le empleaba nada de tiempo, gracias a la destreza adquirida en el manejo de la pala en la época de sus actividades anteriores, de manera que le quedaba tiempo libre para cultivar el corazón y el espíritu por medio de buenas lecturas, cuidadosamente escogidas.

»Los resultados fueron de lo más satisfactorios. Cada vez que la superiora le enviaba a la hostería los sábados para que se distrajera un poco, regresaba puntualmente al caer la noche, declarando que la degradación de la moral pública lo desconsolaba y que canallas de la peor especie pululaban en las sombras, haciendo los caminos tan poco seguros que todo ciudadano pacífico debía dirigir a tiempo sus pasos hacia su morada.

»Los fabricantes de cera de Praga habían adquirido en esa época la mala costumbre de poner en exhibición figurillas vestidas con una capa roja, que representaban al bandido Babinski. Ninguna de las familias de duelo había dejado de procurarse una. Pero más a menudo se encontraban en los escaparates, y nada indignaba tanto a Babinski como ver una de esas figurillas.

»—Es totalmente indigno y demuestra una rara falta de delicadeza poner constantemente ante los ojos de un hombre sus faltas de juventud —decía en casos semejantes, y agregaba—: Qué lamentable que las autoridades no hagan nada por reprimir semejante abuso.

»En su lecho de muerte seguía expresándose en igual sentido, y no en vano, pues finalmente ganó la causa, porque poco después de su fallecimiento el gobierno prohibió el comercio de esas irritantes estatuillas.»

Zwakh tragó un gran sorbo de su ponche y los tres rieron como diablos, después de lo cual volvió prudentemente la cabeza en dirección de la tabernera y vi cómo ésta secaba una lágrima.

—Bien, ¿usted no aporta ninguna contribución (a menos que pague la cuenta en reconocimiento por las alegrías artísticas que le han sido prodigadas), estimado colega y tallador de piedras preciosas? —me preguntó Vrieslander, después de un largo intervalo de ensoñación general.

Les relaté mis vagabundeos en la niebla. Cuando llegué a la descripción del lugar donde había visto la casa blanca, los tres se mostraron tan interesados que se quitaron la pipa de la boca y, una vez que hube terminado, Prokop descargo un puñetazo sobre la mesa, exclamando:

—¡Todo tiene un límite! No hay leyenda que este Pernath no experimente en carne y hueso. A propósito del Golem de la vez pasada, ¿sabe que el asunto ha sido aclarado?

—¿Qué quiere decir aclarado? —pregunté estupefacto.

—¿Usted conoce a ese mendigo judío loco, Haschile? ¿No? Bien, el Golem era él.

—¿El Golem era un mendigo?

—Exactamente, era Ḥaschile. Esta tarde el fantasma se fue a pasear beatíficamente por la calle Salniter, a pleno sol, con su célebre ropaje a la moda del siglo XVII, y allí el descuartizador de animales tuvo la suerte de atraparlo con un lazo para perros.

—¿De qué está hablando? No comprendo nada —le interrumpí.

—Pero si se lo estoy diciendo, era Haschile. Parece que encontró aquella ropa en la entrada de una casa. A propósito, volviendo a la casa blanca en el *Kleinsite*, su historia es en extremo interesante. Según una vieja leyenda, hay en la calle de los Alquimistas una casa que solo es visible los días de niebla, y además, para los mimados de la Fortuna. La llaman la «Muralla de la Última Farola». Cuando se pasa delante de ella de día no se ve más que una gran piedra gris; inmediatamente detrás se abre el Foso de los Ciervos. Puede decir que tuvo suerte, Pernath, pues si hubiera dado un paso más habría caído en él inevitablemente y se hubiera roto todos los huesos.

»Se cuenta que bajo esa roca se encuentra un tesoro inmenso, que habría sido colocado por la Orden de los Hermanos Asiáticos, supuestos fundadores de Praga, como basamento de una casa que un día sería habitada hasta el fin de los tiempos por un hombre, o más bien un hermafrodita, un ser compuesto de hombre y de mujer. Y este llevará una liebre en su escudo de armas. Dicho sea de paso, este animal era el símbolo de Osiris, de ahí probablemente el origen de la tradición concerniente al conejo de Pascua.

»Hasta que llegue ese momento, Matusalén en persona monta guardia a fin de que Satanás no robe la piedra para fecundarla y crear un hijo, llamado Armilos. ¿Nunca oyó hablar de este Armilos? Se sabe incluso —es decir, los viejos rabinos lo saben— el aspecto que tendría si viniera al mundo: una coleta de cabellos de oro, separado en dos, ojos en forma de media luna y brazos hasta el suelo.»

—Habría que dibujar a ese elegante caballero —masculló Vrieslander, buscando un lápiz.

—Así pues, Pernath, si alguna vez tiene la suerte de volverse hermafrodita y tropezar con el tesoro enterrado —concluyó Prokop—, no se olvide que he sido siempre su mejor amigo.

Lejos de tener ganas de bromear, yo sentía una ligera pena en el corazón. Quizá Zwakh se percató de ello, sin sospechar la razón, porque vino prestamente en mi ayuda.

—De todas maneras, es extraordinario, casi inquietante, que Pernath haya tenido una visión en ese lugar preciso, que está tan estrechamente vinculado a una antigua leyenda. Esas son las coincidencias de las que un hombre no puede liberarse cuando su alma tiene la facultad de ver formas solo accesibles al tacto. No puedo dejar de pensar que lo más fascinante es aquello que trasciende los sentidos. ¿Qué decís vosotros?

Vrieslander y Prokop se habían puesto muy serios y nadie juzgó útil responder.

—¿Qué piensa usted, Eulalia? —repitió Zwakh, volviéndose.

La vieja tabernera se rascó la cabeza con una aguja de tejer, suspiró, enrojeció y dijo:

—Vamos, ¿no le da vergüenza? Las cosas que dice...

Cuando se calmó nuestras risas, Vrieslander dijo:

—Todo el día hubo un clima extremadamente tenso. No pude dar una sola pincelada. No he podido pensar más que en Rosina, bailando con su frac.

—¿Ha reaparecido? —pregunté.

—¡Reaparecido es poco! ¡La patrulla de moralidad le ha firmado un contrato de larga duración! Puede que le haya gustado al inspector, aquella noche en lo de Loisitchek. De todos modos, ahora tiene una actividad febril y contribuye notablemente a la extensión del turismo en el Barrio Judío. Créame que ya le ha crecido el pelo a la bestia, en tan poco tiempo.

—Cuando pienso en lo que una hija de Eva puede hacerle a un hombre, con solo dejarse amar por él, es asombroso —comentó Zwakh—. Para reunir el dinero para ir a verla, el desgraciado de Jaromir se ha convertido en artista de la noche a la mañana. Recorta en las tabernas las siluetas de los clientes.

Prokop, que no había escuchado las últimas palabras, chasqueó los labios y dijo:

—¿De veras? ¿Tan hermosa se ha vuelto Rosina? ¿No le ha robado un besito aún, Vrieslander?

La tabernera se levantó de un salto y abandonó la habitación, indignada.

—¡Esa vieja gallina a la cacerola! —gruñó Prokop con enojo—. ¡La virtud ultrajada! ¡Bah!

Zwakh lo apaciguó.

—No se enoje con ella. Además, se fue cuando la cosa se ponía escabrosa. Acababa de terminar su media.

El patrón trajo más ponche y la conversación cobró poco a poco un giro muy grosero; demasiado grosero como para no calentarme la sangre, que de por sí estaba afiebrada. Traté de luchar contra ello, pero cuanto más quería abstraerme de lo que me rodeaba y pensar en Angelina, más violentos se hacían los zumbidos en mis oídos. Casi abruptamente, me fui de allí.

La niebla, algo más transparente, hacía llover finas agujas de hielo, pero era aún lo suficientemente densa como para impedir leer las placas de las calles, y me aparte de mi camino. Yendo por un camino equivocado, quise retroceder sobre mis pasos cuando oí mi nombre.

—¡Herr Pernath, herr Pernath!

Miré a mi alrededor: nadie.

Una puerta abierta coronada por un pequeño farol rojo sumamente discreto se insinuaba junto a mí, y una silueta clara permanecía, o eso me pareció, en las profundidades del pasillo.

De nuevo la voz:

—¡Herr Pernath, herr Pernath!

Sorprendido, entré en el pasillo y entonces unos cálidos brazos de mujer se enrollaron alrededor de mi cuello y, a la luz que entraba por la rendija de una puerta que se abría lentamente, vi que era Rosina, que apretaba su cuerpo cálido contra mí.

XV

CELADA

Un día gris, cubierto.

Dormí hasta muy entrada la mañana, sin sueños, sin conciencia, como un muerto.

Mi vieja sirvienta no había venido o se había olvidado de encender la estufa. Había cenizas frías en el hogar. Los muebles estaban cubiertos de polvo, el suelo sin barrer.

Congelado, me puse a caminar de un lado para otro. Un olor repugnante a aliento cargado de aguardiente barato llenaba la habitación. Mi capa, mis ropas apestaban a humo de tabaco.

Abrí violentamente la ventana y la volví a cerrar; el soplo frío y sucio de la calle era intolerable. Afuera, unos gorriones estaban acurrucados en los desagües, inmóviles, con las plumas empapadas. Dondequiera que mirara no veía más que hosquedad de colores desabridos, y en mí todo estaba desgarrado, hecho jirones.

Ese cojín sobre el sillón, ¡qué raído estaba! La crin brotaba de las costuras. Había que mandarlo al tapicero, pero ¡ay!, ¿para qué?... otro lapso de vida desolada y todo se volverá polvo con todo lo demás.

Y allí, esas cortinas en las ventanas, qué falta de gusto, de utilidad. ¿Por qué no retorcerlos para hacer una cuerda y colgarme de ella? ¡Al menos no tendría que seguir mirando más esas cosas espurias, y toda esta angustia que me disgrega habría terminado, de una vez por todas!

Sí. Sería lo más inteligente. ¡Terminar! Hoy mismo. Ahora. Esta mañana. Sobre todo, no comer antes. Qué idea repugnante, ¡matarse con la panza llena! Yacer en la tierra mojada con alimentos no digeridos que se pudren.

¡Si al menos el sol quisiera mostrarse de nuevo y hacer brillar en el corazón la insolente mentira de la alegría de vivir!

¡No! ¡No caeré otra vez! No quiero seguir siendo el juguete de un destino estúpido, sin objeto, que me exalta y me arroja acto seguido en un cenagal simplemente para demostrarme que todas las cosas terrenales son transitorias... cosa que sé desde hace tiempo, que sabe cada niño, cada perro de la calle.

¡Pobre, pobre Miriam! Si al menos pudiera ayudarla a *ella*.

Era tiempo de tomar una decisión, una decisión final, irrevocable, antes que el maldito instinto de conservación vuelva a despertar en mí y haga danzar nuevos espejismos ante mis ojos.

¿De qué me habían servido, después de todo, esos mensajeros del inmarcesible más allá?

De nada, absolutamente de nada.

Quizá solamente para hacerme girar en redondo, como un ciego, hasta sentir esta tierra como una tortura intolerable.

Había una sola solución posible.

Calculé mentalmente cuánto dinero me quedaba en el banco. Sí, era lo *único* que quedaba por hacer. Entre toda la inacción de mi vida, era la única y minúscula cosa que podía tener valor.

Con lo que poseía, incluyendo unas pocas piedras preciosas de mi cajón, haría un paquete y se lo enviaría a Miriam. Ella se vería liberada así de las preocupaciones de la vida cotidiana, al menos durante unos cuantos años. Y además, escribir una carta a Hillel para explicarle lo que le ocurría a ella en cuanto al «milagro».

Solo él podía ayudarla. Sentí que él sabría hacerlo.

Reuní las piedras y las empaqueté. Si iba ahora al banco todo podía quedar arreglado en una hora.

Y también comprar un ramo de rosas rojas para Angelina. El dolor y el deseo gritaban en mí: un día nada más, quisiera vivir solo un día más.

¿Y luego verme obligado a sufrir de nuevo esta desesperación que me estrangula?

¡No, no debo esperar ni un minuto más! Experimenté como una satisfacción al constatar que no había cedido.

Miré a mi alrededor. ¿Quedaba aún algo más que hacer? Claro, la lima, allí. La metí en mi bolsillo con la intención de arrojarla por la calle, tal como me lo había prometido antes.

¡Odiaba esa lima! Había faltado tan poco para que me convirtiera en asesino por su culpa.

¿Quién venía a molestarme?

Era el chatarrero.

—Solo un instante, herr Pernath —me solicitó desconcertado, cuando le expliqué que no tenía tiempo—. Seré muy breve, apenas unas palabras.

El sudor le corría por el rostro y temblaba de excitación.

—¿Se puede hablar aquí con usted sin ser molestado, herr Pernath? No quisiera que... que ese Hillel entrara otra vez. Cierre la puerta con llave o, mejor aún, pasemos a la habitación de al lado... —Me arrastró tras él con los rudos movimientos habituales en él. Luego miró temerosamente alrededor y dijo con voz muy ronca—: He reflexionado, usted sabe, el asunto... del que hemos hablado. Es mejor así. Agua que corre bajo el puente.

Traté de leer en sus ojos, pero sostuvo mi mirada, al precio de un esfuerzo tan grande que la mano se le crispó sobre el respaldo de la silla.

—Estoy muy contento de oír eso, herr Wassertrum —le dije lo más amistosamente posible—. La vida es de por sí demasiado triste como para que la ensombrezcamos aún más con odios recíprocos.

—Seguro, habla usted como un libro —gruñó aliviado. Luego hurgó en el bolsillo de su pantalón y sacó el reloj de oro abollado—. Y para demostrarle que obro de buena fe, tiene que aceptar esta insignificancia como regalo. Cójalo. Insisto.

—¿Cómo se le ocurre? —exclamé—. ¿No irá a creer...

Luego pensé en lo que me había dicho Miriam acerca de él y tendí la mano para no herirlo. Pero no me prestó la menor atención, pálido como una sábana; escuchó un instante y bramó:

—¡Ahí está! ¡Ahí está! Lo sabía. ¡Otra vez ese Hillel! Está llamando a la puerta.

Escuché. Luego pasé a la otra habitación, cerrando la puerta de comunicación detrás mío para tranquilizarle. Pero esta vez no era Hillel. Entró Charousek, apoyó un dedo sobre sus labios para demostrarme que sabía quién estaba al lado y, sin aguardar lo que yo iba a decir, me inundó con un torrente de palabras:

—Oh, herr Pernath, mi querido amigo, cómo hallar palabras para expresar mi alegría por encontrarlo solo en su casa, y gozando de buena salud... —Hablaba como un actor, en tono enfático, forzado, que contrastaba tan violentamente con su rostro demudado que me hizo sentir una profunda angustia—. Jamás, herr Pernath, hubiera osado presentarme ante usted en el estado de miseria harapienta en que me he visto tan a menudo en la calle; ¡qué digo visto! ¡Cuántas veces me ha tendido usted misericordiosamente la mano! Si hoy puedo aparecer con una corbata blanca y un traje limpio, ¿sabe a quién se lo debo? A uno de los hombres más nobles y desgraciadamente, ¡ay!, menos conocidos de nuestra ciudad. La emoción me sofoca cuando pienso en él.

»Aun cuando de condición modesta, tiene siempre la mano abierta para los pobres y los necesitados. Desde hace tiempo, cada vez que le veía, tan triste, delante de su tienda, un impulso venido de lo más profundo de mi corazón me empujaba hacia él, sin una palabra, para estrecharle la mano. Hace unos días me llamó cuando pasaba delante de su puerta y me dio dinero, permitiéndome así comprar un traje a plazos.

»¿Y sabe usted, herr Pernath, quién es mi benefactor? Lo digo con orgullo, porque siempre he sido el único en adivinar que un corazón de oro latía en su pecho. Es... ¡herr Aarón Wassertrum!»

Comprendí, por supuesto, que Charousek interpretaba una comedia destinada al chatarrero, que escuchaba todo desde el cuarto contiguo, pero no alcanzaba a comprender su sentido. Por lo demás, esta adulación tan exagerada no me parecía del todo adecuada para engañar al desconfiado Wassertrum. Charousek adivinó sin duda lo que yo pensaba por mi expresión dubitativa, porque meneó la cabeza haciendo una mueca. Las palabras siguientes me parecieron destinadas a indicarme que conocía a su hombre y que sabía hasta dónde podía llegar.

—Ni más ni menos. ¡Herr Aarón Wassertrum! Tengo el corazón desgarrado por no poder expresarle yo mismo el reconocimiento infinito que siento hacia él, y le suplico, herr Pernath, que no le revele jamás que he venido aquí y le he contado todo. Sé que el egoísmo de los hombres le ha llenado de amargura y de una desconfianza profunda, incurable, aun cuando desgraciadamente más que justificada.

»Soy psicólogo, pero la sensibilidad también me dice que más vale que el señor Wassertrum no sepa jamás, ni siquiera de mis labios, la admiración que siento por él. Ello no haría sino sembrar el germen de la duda en su desgraciado corazón. Nada más lejos de mis intenciones. Prefiero que me crea ingrato.

»Herr Pernath, yo mismo soy un desgraciado y desde mi más tierna infancia sé lo que es estar solo y abandonado en el mundo. Ni siquiera conozco el nombre de mi padre, y tampoco he visto jamás el rostro de mi querida madre. Debió de morir muy joven. —En este punto la voz de Charousek se volvió extrañamente misteriosa y penetrante—. Estoy persuadido de que ella era una de esas naturalezas de gran profundidad espiritual que jamás logran expresar lo infinito de su amor, característica igualmente compartida por herr Wassertrum.

»Poseo una hoja desgarrada del diario de mi madre —jamás me separo de ella, la llevo siempre contra mi pecho—

y en ella está escrito que amó a mi padre, a pesar de que
era muy feo, como jamás hombre alguno fue amado en el
mundo. Sin embargo, al parecer no se lo dijo nunca, quizá
por las mismas razones que me impiden, por ejemplo, aun a
costa de que se me rompa el corazón, expresar el reconocimiento que siento hacia herr Wassertrum.

»Pero hay algo más que se deduce de la hoja del diario, si
bien debo limitarme a presunciones, porque las fotos están
casi borradas por las lágrimas. Mi padre —que su memoria
sea borrada así en el cielo como en la tierra— debió de tra-
tarla de una manera abominable.»

Charousek cayó de pronto de rodillas, con tanta brutalidad que el suelo gimió y crujió en un tono capaz de estremecer la médula, a tal extremo que me pregunté si seguía
interpretando una comedia o se había vuelto loco.

—Oh, Tú, Todopoderoso, cuyo nombre el hombre no
debe pronunciar, estoy arrodillado ante ti y te suplico: ¡maldito, tres veces maldito sea mi padre por toda la eternidad!

Pronunció la última palabra desgarradamente y escuchó con atención durante unos segundos con los ojos muy
abiertos. Luego rió como Satán en persona. Me pareció que,
al lado, Wassertrum había lanzado un débil quejido.

—Perdóneme, herr Pernath —prosiguió Charousek con
la voz hábilmente estrangulada, tras una breve pausa—.
Perdone que me haya abandonado así, pero ruego mañana
y tarde, noche y día, para que mi padre, quienquiera que
sea, halle el fin más horrible que se pueda concebir.

Instintivamente quise responder algo, pero Charousek se me adelantó rápidamente.

—Y ahora, herr Pernath, he aquí la solicitud que debo hacerle. Herr Wassertrum tenía un protegido que significaba para él más que cualquier otra cosa, sin duda un sobrino. Se dice incluso que era su hijo, pero no lo creo, porque hubiera llevado el mismo nombre que él. En cambio este se llamaba Wassory, doctor Theodor Wassory.

»No puedo contener las lágrimas cuando le vuelvo a ver ante mí, con los ojos del corazón. Yo estaba entregado a él en cuerpo y alma, como atado por un lazo invisible de afecto y parentesco. —Charousek sollozó, aparentemente doblegado por la emoción—. ¡Pero ay, pensar que semejante nobleza debía abandonar este mundo prematuramente! ¡Ay! ¡Ay! Por alguna razón que jamás llegué a saber, se dio muerte. Y yo estuve entre los que fueron llamados para ayudar... demasiado tarde, desgraciadamente... demasiado tarde, oh, demasiado tarde. Y cuando estuve solo a la cabecera del muerto, cubriendo de besos su mano fría y lívida —por qué no confesarlo, herr Pernath, no fue un robo—, cogí una rosa del pecho del cadáver y también la ampolla cuyo contenido había puesto fin tan temprano a su vida en flor.»

Charousek extrajo un frasquito y prosiguió, temblando de excitación:

—Dejo ambas cosas sobre su mesa, la rosa marchita y la ampolla, recuerdos de mi amigo desaparecido. Cuántas veces, en las horas de desaliento íntimo, cuando llamaba la muerte en la soledad de mi corazón y la nostalgia de mi madre muerta, jugué con esta ampolla que me proporcionaba consuelo espiritual: el hecho de saber que me bastaría verter unas gotas de su contenido en un pañuelo y respirarlas para deslizarme sin dolor en los campos elíseos donde mi querido, mi buen Theodor reposa de las tribulaciones de nuestro valle de lágrimas...

»Y ahora le pido, muy estimado Pernath —esta es la razón de mi presencia— que los coja y los entregue a herr Wassertrum. Dígale que le fueron traídos por alguien que estaba muy cerca del doctor Wassory, pero que prometió no divulgar jamás el nombre... quizás una dama. Él lo creerá y será, como lo fue para mí, un recuerdo infinitamente precioso, el agradecimiento que le envío en secreto.

»Soy pobre, es todo lo que poseo, pero soy feliz de saber que ya están en *su* poder una y otra cosa, sin sospechar que soy yo el donante. Creo que esto es un bálsamo para mi alma.

»Y ahora, adiós, y sobre todo, mil veces gracias. Sé que puedo confiar en usted.»

Me estrechó fuertemente la mano, guiñó el ojo y me cuchicheó algo que apenas logré comprender, tan bajo lo dijo.

—Aguarde, herr Charousek, le acompañaré abajo —le dije, repitiendo mecánicamente las palabras que leía en sus labios, y salí con él. Nos detuvimos en el oscuro rellano del primer piso y antes de despedirme de Charousek, le dije en la cara—. Comprendo el designio que le ha llevado a interpretar esta comedia... ¡Usted... usted quiere que Wassertrum se envenene con el contenido de la ampolla!

—Sin duda —admitió Charousek muy tranquilo.

—¿Y usted cree que voy a prestarme a semejante cosa?

—No es necesario.

—Pero usted acaba de decir que debo llevarle el frasco a Wassertrum.

Charousek meneó la cabeza.

—Si regresa ahora a su casa, constatará que el hombre ya lo ha cogido.

—¿Cómo puede suponerlo? —le pregunté sorprendido—. Alguien como él no se suicidaría jamás... es demasiado cobarde, nunca se deja llevar por impulsos repentinos.

—Es que usted no conoce el insidioso veneno de la sugestión —me interrumpió Charousek muy serio—. Si yo me hubiera expresado con las palabras de todos los días, usted tendría razón sin duda, pero calculé por adelantado hasta la menor entonación. El énfasis más repugnante es el único medio de actuar sobre semejante canalla. ¡Puede creerme! Hubiera podido describirle la cara que ponía ante cada una de mis frases. No hay *kitsch*, como dicen los pintores, tan infame que no haga brotar lágrimas de una multitud mentirosa hasta la médula: ¡derecho al corazón! ¿Cree usted que no hubieran arrasado todos los teatros por el fuego y la espada si fuera de otro modo? Es en el sentimentalismo que se reconoce al populacho. Mil pobres diablos pueden morir de hambre y nadie llora, pero cuando una

vieja bruja pintarrajeada, disfrazada de paisana, se desma-
ya en el escenario, los espectadores se ponen a balar como
becerros... El padrecito Wassertrum probablemente habrá
olvidado mañana por la mañana lo que acaba de causarle
algunos desgarramientos del corazón, pero cada una de mis
palabras revivirá en él cuando maduren las horas en que se
siente el más desgraciado de los hombres. En tales momentos de profunda diarrea espiritual, basta un impulso muy
ligero —y ya me ocuparé yo de suministrarlo— para que la
mano más cobarde se tienda hacia el veneno. ¡Simplemente
hace falta que lo tenga a mano! El querido Theodor probablemente tampoco habría empuñado la copa si yo no le
hubiera facilitado la operación.

—Pero Charousek, es usted terrible —exclamé horrorizado—. No siente ningún...

Me puso precipitadamente la mano sobre la boca y me
arrastró a un rincón.

—¡Silencio! ¡Ahí viene!

Tambaleándose, apoyándose en la pared, Wassertrum
bajó las escaleras y pasó ante nosotros. Charousek me estrechó furtivamente la mano y se deslizó tras de él.

De regreso en mi casa vi que la rosa y la ampolla habían
desaparecido. En su lugar, sobre la mesa, estaba el reloj de
oro abollado de Wassertrum.

Tuve que esperar ocho días antes de poder cobrar mi dinero; en el banco me dijeron que era el plazo habitual.

Pedí ver al director. Tenía mucha prisa porque debía partir de viaje inmediatamente, mentí.

Me respondieron que no estaba visible y que además no podía modificar los reglamentos, ante lo cual un tipo raro, con monóculo, que se encontraba frente a la ventanilla al mismo tiempo que yo, se echó a reír.

¡Debí esperar a la muerte durante ocho terribles, ocho terribles y grises días! Tuve la impresión de un tiempo sin fin...

Estaba tan abatido que deambulé frente a la puerta de un café no sé cuanto tiempo, sin darme cuenta. Terminé por entrar, únicamente para desembarazarme del repugnante individuo del monóculo que me había seguido desde el banco. Cada vez que yo lo miraba, simulaba buscar algo en el suelo. Tenía una chaqueta clara a cuadros, demasiado estrecha, y pantalones grasientos, que flotaban como bolsas alrededor de sus piernas. Sobre el botín izquierdo un parche de cuero en forma de huevo daba la impresión que debajo llevaba un anillo en el dedo gordo del pie.

Apenas me había sentado cuando él también entró y se instaló en una mesa junto la mía. Creí que quería pedirme una caridad y ya buscaba mi monedero, cuando vi que un grueso diamante brillaba en su tosco dedo de carnicero.

Permanecí en el café horas y horas, creyendo volverme loco de los nervios, pero ¿a dónde ir? ¿A mi casa? ¿A vagar por las calles? Las dos cosas me parecían igualmente deplorables.

El aire viciado por el exceso de respiraciones, el eterno golpeteo de las bolas de billar, la carraspera seca de un vendedor de periódicos casi ciego frente a mí, un oficial de infantería con piernas de ave zancuda que se hurgaba la nariz o se peinaba la barba frente a un espejito con dedos amarillentos por los cigarrillos, un grupo de italianos repugnantes vestidos de terciopelo marrón, sudorosos y vocingleros alrededor de la mesa de juego, que se descartaban de sus triunfos a golpes de puño, lanzando gritos estridentes, o escupiendo en el centro de la habitación como si fueran a vomitar las tripas: ¡y tenía que presenciar todo eso multiplicado por dos o por tres en los espejos de las paredes! El espectáculo me sorbía lentamente la sangre de las venas.

Poco a poco se hizo la oscuridad y un muchacho de pies planos y rodillas temblorosas toqueteó con una pértiga insegura las lámparas a gas para terminar convenciéndose de que no se querían encender.

Cada vez que giraba la cabeza me encontraba con la mirada de lobo del tipo del monóculo, que en cada ocasión se escondía rápidamente tras un periódico o sumergía su bigote sucio en una taza de café que hacía rato estaba vacía. Se había encasquetado tan bajo el sombrero redondo y duro que sus orejas asomaban en ángulo casi recto, pero no parecía dispuesto a irse.

La situación era intolerable.

Pagué y salí.

En el momento en que quise cerrar la puerta detrás de mí, alguien me cogió de la muñeca. Me volví: ¡otra vez el individuo! Irritado, quise girar hacia la izquierda en dirección al barrio judío, pero él se apretó contra mí y me lo impidió.

—¡Ya está bien! —le grité.

—A la derecha —me dijo brevemente.

—¿Qué se supone que significa esto?

Me escrutó con aire insolente.

—¡Usted es Pernath!

—¿Probablemente usted quiere decir *herr* Pernath?

Rió odiosamente.

—No es el momento de hacerse el interesante. ¡Sígame!

—¿Está loco? ¿Quién es usted? —repliqué.

Abrió su chaqueta en silencio y me mostró con precaución un águila de hojalata muy usada prendida al forro. Comprendí al instante: el miserable era un policía secreto y me arrestaba.

—En nombre del cielo, dígame lo que he hecho.

—Pronto lo sabrá. A la comisaría —replicó groseramente—. En fila a la derecha, ¡march!

Le propuse tomar un coche.

—¡Ni pensarlo!

Llegamos a la comisaría.

Un policía me condujo hasta una puerta, en la que una placa decía:

ALOIS OTSCHIN
Comisario de policía

—Puede entrar —me dijo el policía.

Dos escritorios mugrientos, coronados por cajoneras de un metro de alto, se enfrentaban; entre estos, dos sillas en mal estado; un retrato del emperador en la pared miraba hacia un frasco con peces dorados en el antepecho de la ventana.

Eso era todo en la habitación.

Detrás del escritorio de la izquierda se veía un pie cojo y, a su lado, una gruesa zapatilla de fieltro que asomaba de unos pantalones grises y usados. Oí un ruido de papeles. Una voz masculló unas palabras en checo y, acto seguido, el señor comisario de policía surgió del escritorio de la derecha y avanzó hacia mí. Era un hombrecillo de barbita gris que tenía la extraña manía de rechinar los dientes antes de empezar a hablar, como si le diera el sol en pleno rostro. Frunció entonces los ojos detrás de las gafas, lo que le dio un aspecto de terrible villanía.

—Usted se llama Athanasius Pernath y es... —miró una hoja de papel en la que no había nada escrito— ...tallador de piedras preciosas.

De inmediato el pie cojo se animó debajo del otro escritorio; se frotó contra la pata de la silla y pude oír el rasgueo de una pluma.

Asentí:

—Pernath. Tallador de piedras preciosas.

—Bien, estamos de acuerdo, herr... Pernath... Pernath, sí, Pernath. Bueno, bueno... —El comisario de policía, repentina y sorprendentemente amable, como si acabara de enterarse de la mejor noticia del mundo, me tendió las dos manos e hizo esfuerzos grotescos por adoptar una expresión bondadosa—. Dígame, señor Pernath, cuénteme lo que suele hacer todo el día.

—No creo que sea de su incumbencia, herr Otschin —le respondí fríamente.

Frunció los ojos, esperó un momento y por fin prosiguió con la rapidez del rayo:

—¿Desde cuándo la condesa tiene relaciones con Savioli? —pero como esperaba algo por el estilo, no me inmuté.

Trató de atraparme en contradicciones, haciendo hábilmente las preguntas en todos los sentidos, pero a pesar de que el corazón me latía de espanto en la garganta, no me traicioné y repetí sin cesar que jamás había oído el nombre de Savioli, que era amigo de Angelina desde los tiempos de mi padre y que a menudo ella me había encargado camafeos.

A pesar de todo, sentí claramente que el policía sabía que le estaba mintiendo y que, lleno de rabia, sufría al no poder sonsacarme nada. Reflexionó un momento, me cogió de la chaqueta para atraerme hacia él, me señaló el escritorio de la izquierda con el dedo y susurró en mi oído:

—Athanasius, su difunto padre era mi mejor amigo. Quiero salvarlo, Athanasius. Pero tiene que decirme todo lo que sabe acerca de la condesa... entiende: ¡todo!

No comprendí qué significaba eso:

—¿Qué quiere decir con eso de salvarme? —le pregunté en alta voz.

El pie cojo golpeó con irritación en el suelo. El rostro del comisario de policía se volvió gris de odio. Se mordió los labios. Aguardó. Yo sabía que estaba por lanzar una andanada (su sistema de intimidación me recordaba a Wassertrum) y aguardé también. Observé de reojo una cabeza de cabra, propietaria del pie cojo, que se erguía al acecho por encima del escritorio. De pronto, el consejero me gritó en los oídos:

—¡Asesino!

El estupor me hizo enmudecer.

Con una mirada crítica, la cabeza de cabra volvió a sumergirse detrás de su escritorio.

El comisario de policía pareció bastante desconcertado por mi calma, pero lo disimuló hábilmente acercando una silla e invitándome a tomar asiento.

—Así pues, ¿rehusa darme las informaciones que le pido acerca de la condesa, herr Pernath?

—No se las puedo dar, señor comisario, al menos no en el sentido en que usted lo espera. En primer lugar, no conozco a nadie llamado Savioli; y, además, estoy más que seguro que se calumnia a la condesa cuando se pretende que ella engaña a su marido.

—¿Está dispuesto a repetir eso bajo juramento?

Se me cortó la respiración.

—¡Sí! En cualquier momento.

—Bien. Hum.

Siguió una pausa más prolongada, durante la cual pareció reflexionar intensamente. Cuando me miró de nuevo, su mueca había adquirido una expresión de dolor muy bien simulada y pensé involuntariamente en Charousek, cuando prosiguió con una voz estrangulada por las lágrimas:

—Puede decírmelo, Athanasius, a mí —un viejo amigo de su padre—, a mí, que lo he tenido en mis brazos. —Me costó contener un estallido de risa: el hombre como máximo tendría diez años más que yo—. ¿No es cierto, Athanasius, que fue un caso de legítima defensa?

La cabeza de cabra reapareció.

—¿Qué quiere decir un caso de legítima defensa? —pregunté, completamente desconcertado.

—El asunto con... ¡Zottmann!

El jefe de policía me escupió, literalmente, el nombre al rostro. La palabra me perforó como una puñalada: ¡Zottmann! ¡Zottmann! ¡El reloj! El nombre de Zottmann estaba grabado en el reloj. Sentí que toda mi sangre se helaba en mis venas. El miserable Wassertrum me había dado el reloj para hacer recaer sobre mí la sospecha de asesinato.

De inmediato el policía se quitó la máscara, rechinó los dientes y frunció las cejas:

—¿Confiesa el asesinato, Pernath?

—Todo eso es un error, un espantoso error. Por amor de Dios, escúcheme. ¡Puedo explicárselo, señor comisario! —grité.

—Si me dice todo lo que sabe acerca de la condesa —me interrumpió muy rápido—, mejorará mucho su situación. Quiero que tenga eso en cuenta.

—No puedo decirle más de lo que ya le he dicho. La condesa es inocente.

Se mordió los labios y giró hacia la cabeza de cabra:

—Escriba... entonces: Pernath confiesa el asesinato de Karl Zottmann, agente de seguros.

Una furia indescriptible se apoderó de mí.

—¡Canalla! —grité—. ¿Cómo se atreve? —rugí y busqué un objeto pesado.

Un instante más tarde dos policías me habían atrapado y me colocaban las esposas. El comisario se pavoneó como un gallo sobre el estiércol.

—¿Y este reloj? —blandió de pronto el reloj con la caja abollada—. Cuando lo robó, ¿el desgraciado de Zottmann aún vivía o no?

Recobrada la calma, declaré con voz clara, a la manera de los juicios orales:

—Ese reloj me lo regaló esta mañana Aarón Wassertrum, el chatarrero,

Estalló una risa como un relincho y vi que el pie cojo, con la pantufla de fieltro, bailoteaba debajo del escritorio.

XVI

SUPLICIO

Con las manos atadas a la espalda, seguido por un policía con bayoneta calada, tuve que recorrer de noche las calles iluminadas. Bandas de pequeños golfillos me escoltaron alborozadas, las mujeres abrían la ventana, me amenazaban con sus cucharones y me gritaban injurias. Desde lejos percibí el macizo cubo de la prisión con esta inscripción en su entrada:

LA SEVERIDAD DE LA JUSTICIA
ES LA PROTECCIÓN DE LA GENTE HONESTA

Luego fui tragado por una puerta gigantesca y penetré en un vestíbulo que apestaba a olores de cocina. Un hombre de espesa barba con sable, guerrera y gorra de uniforme, descalzo y con las piernas enfundadas en un largo calzoncillo atado en los tobillos, dejó el molinillo de café y me ordenó que me desvistiera. Luego registró mis bolsillos, sacó todo lo que encontró y me preguntó si tenía chinches.

Cuando le dije que no, echó un vistazo a los anillos de los dedos y me aseguró que todo iría bien, que podía volver a vestirme. Me hicieron subir varios pisos y recorrer interminables corredores en los que grandes cajones grises ocupaban los huecos de las ventanas. Puertas de hierro con enormes cerrojos y pequeñas aberturas enrejadas, coronadas cada una por una llama de gas, se sucedían en hileras ininterrumpidas a lo largo de la pared.

Un carcelero gigantesco, con aspecto de antiguo soldado —el primer rostro honesto después de horas—, abrió una de las puertas, me empujó por la abertura oscura y estrecha que respiraba pestilencia, y volvió a cerrar detrás de mí. Sumergido en una oscuridad total, tanteé a mi alrededor. Una de mis rodillas chocó con un cubo de hojalata. Finalmente —la habitación era tan reducida que apenas me podía mover— pude encontrar el pestillo en una puerta y poder sostenerme. Estaba en una celda: a cada lado había dos camastros con jergones a lo largo de la pared, el espacio entre estos apenas del ancho de un paso. Una ventana enrejada de un metro cuadrado, en lo alto del muro perpendicular, dejaba entrar la claridad apagada del cielo nocturno. Un calor intolerable, cargado de un olor apestoso a ropa vieja, inundaba la habitación.

Cuando mis ojos se adecuaron a la oscuridad, vi que en tres de los camastros, el cuarto estaba vacío, estaban sentados unos hombres vestidos con el traje gris de los prisioneros, con los brazos apoyados en las rodillas y la cabeza entre las manos.

Nadie dijo una palabra.

Me senté en el camastro vacío y esperé. Espere. Esperé.

Una hora.

Dos horas, tres horas.

Cuando creía escuchar pasos afuera me levantaba: por fin, por fin vienen a buscarme para conducirme ante el juez de instrucción.

Cada vez era una nueva decepción. Los pasos se perdían de nuevo en la longitud del pasillo.

Me arranqué la corbata, creí que me iba a ahogar. Escuché los gemidos de los prisioneros que se acostaban uno tras otro.

—¿No se puede abrir la ventana, ahí arriba? —pregunté en voz alta en la oscuridad, desesperado. El tono de mi propia voz casi me asustó.

—No —fue la amarga respuesta proveniente de uno de los jergones.

No obstante, palpé la pared transversal: a la altura del pecho una tabla... dos cántaros de agua... migas de pan. Penosamente, logré trepar y apreté el rostro contra los barrotes, para tener al menos un poco de aire fresco. Permanecí en esa posición hasta que las rodillas me comenzaron a temblar, contemplando fijamente la niebla de la noche de un gris negruzco, uniforme. Los fríos barrotes transpiraban.

No debía faltar mucho para la medianoche.

Oí roncar detrás de mí. Solo uno de ellos parecía no poder dormir. Se agitaba en el jergón y gemía frecuentemente en voz baja.

¿No llegará nunca la mañana? Ah, el reloj que suena de nuevo.

Conté con labios temblorosos. ¡Una... dos... tres...! Gracias a Dios unas horas más y saldrá el sol. Pero las campanadas proseguían. ¿Cuatro? ¿Cinco?... El sudor bañó mi frente... ¡Seis! ¡¡Siete!!... eran las *once*. Solo había transcurrido una hora desde que oí sonar el reloj por última vez.

Poco a poco, mis pensamientos se ordenaron. Wassertrum me había endilgado el reloj del desaparecido para hacerme sospechoso de haber cometido un asesinato. Así pues, el culpable era él, ¿si no, como lo tenía en su poder? Si hubiera descubierto el cadáver en algún lado y solo lo hubiera despojado, seguramente habría cobrado la recompensa de mil coronas prometida a quien ofreciera información para encontrar al desaparecido. Pero no era el caso, porque los carteles seguían pegados en las calles, los había visto camino de la prisión.

Estaba claro que el chatarrero me había denunciado, como también era claro que estaba en connivencia con el comisario, al menos en lo concerniente a Angelina. Si no, ¿por qué el interrogatorio acerca de Savioli? Por otra parte, demostraba que Wassertrum no tenía aún las cartas de Angelina en sus manos.

Reflexioné...

De golpe toda la verdad surgió ante mis ojos, tan clara como si hubiera asistido a los acontecimientos. Sí, las cosas solo habían podido suceder de la siguiente manera: en el momento en que hurgaba en mi casa con sus cómplices de la policía, Wassertrum se había adueñado del cofrecillo de hierro en el que pensaba encontrar la prueba. No había podido abrirlo de inmediato, porque yo tenía la llave conmigo y quizá... quizás estaba en este mismo instante tratando de forzar la cerradura en su guarida.

Presa de loca desesperación, sacudí los barrotes, imaginando a Wassertrum regodeándose con las cartas de Angelina. Si al menos pudiera poner al tanto a Charousek, para que fuera a advertir a tiempo a Savioli.

Por un instante me aferré a la esperanza de que la noticia de mi arresto hubiera corrido por el Barrio Judío con la rapidez de un reguero de pólvora y deposité mi confianza en Charousek como en un ángel guardián. El chatarrero sería impotente contra su astucia infernal. ¿Acaso el estudiante no me había dicho un día: «En el momento en que quiera saltarle a la garganta al doctor Savioli le pondré la soga al cuello»?

Pero el minuto siguiente me arrojó en una angustia frenética. ¿Y si Charousek llegaba demasiado tarde?

Angelina estaría perdida...

Me mordía los labios hasta hacerlos sangrar y me arañaba el pecho, enloquecido por el remordimiento de no haber quemado las cartas de inmediato. Me juré a mí mismo suprimir a Wassertrum en la hora siguiente a mi libertad.

Que yo muriera por mi propia mano, o en la horca, ¿qué importancia tenía?

El juez de instrucción me creería cuando le explicara de manera plausible la historia del reloj y las amenazas de Wassertrum, de eso no me cabía ninguna duda. Seguramente estaría libre a la mañana siguiente y, como mínimo, la justicia haría arrestar también a Wassertrum bajo sospecha de asesinato. Contaba las horas, rogando que pasaran más rápido, los ojos perdidos en la niebla oscura de la noche.

Al cabo de un tiempo indeciblemente largo comenzó a amanecer y, mancha oscura primero, una enorme cara redonda, cobriza se separó de las brumas: el cuadrante del viejo reloj de una torre. Pero —aún otro tormento— faltaban las agujas.

Sonaron cinco campanadas.

Escuché el despertar de los prisioneros, que entablaron una conversación en checo entrecortada por bostezos. Creí reconocer una de las voces, me volví, bajé de mi cama y... vi a Loisa, el picado por la viruela, sentado en un camastro frente al mío, que me observaba estupefacto. Los otros dos, de rostros insolentes y atrevidos, me midieron con desprecio.

—¿Un estafador, eh? —preguntó uno de ellos a su camarada, propinándole un codazo.

El otro farfulló algo, desdeñosamente, hurgó en su jergón y extrajo un hule negro, que depositó en el suelo. Luego vertió encima un poco de agua del cántaro, se arrodilló y, reflejándose allí, se peinó el cabello con los dedos. Hecho esto, secó el hule con solícito cuidado y lo escondió de nuevo bajo su jergón. Durante ese tiempo, Loisa no cesaba de murmurar:

—Pan Pernath, Pan Pernath —con los ojos desorbitados, como si viera un aparecido.

—Noto que estos señores se conocen — —dijo el que no se había peinado, en el dialecto peculiar de un checo vienés, dirigiéndome un medio saludo irónico—. Permítame que me presente: Vóssatka, el Negro Vóssatka... incendiario —agregó orgullosamente, una octava más bajo.

El de cabello rizado escupió entre dientes, me miró un instante con desdén y poniéndose el índice en el pecho, dijo:

—Robo con fractura.

Permanecí en silencio.

—¿Y usted, señor conde, por qué clase de delito está aquí? —preguntó el checo-vienés tras una pausa.

Reflexioné un momento, y dije tranquilamente:

—Robo con asesinato.

Los dos truhanes dieron un respingo, estupefactos, y mientras la ironía burlona era reemplazada por una admiración ilimitada en sus rasgos agresivos, exclamaron casi al unísono:

—Nuestros respetos, nuestros respetos.

Viendo que no les prestaba atención, se retiraron a un rincón y se pusieron a conversar en voz baja. Sin embargo, en determinado momento el de cabello rizado se levantó, se me acercó y me palpó sin decir palabra los músculos del brazo, y volvió adonde estaba su amigo, meneando la cabeza.

—¿Sin duda usted también está bajo sospecha por el asesinato de Zottmann? —pregunté discretamente a Loisa.

Él inclinó la cabeza:

—Sí, hace tiempo ya.

Nuevamente pasaron varias horas. Cerré los ojos y simulé que dormía.

—¡Herr Pernath, herr Pernath! —escuché de pronto la voz de Loisa que me llamaba en tono muy bajo.

—¿Sí?... —di un respingo, como si me despertara.

—Herr Pernath, perdóneme... por favor... ¿no sabe usted qué hace Rosina? ¿Está en casa? —susurró el pobre diablo.

Me dio pena con sus ojos inflamados pendientes de mis labios y sus manos crispadas por la angustia.

—Está muy bien. Es... camarera en... la *Vieja Caseta de Peaje* —mentí, y pude oír un suspiro de alivio.

Dos convictos trajeron en una bandeja unas escudillas esmaltadas llenas de caldo caliente con salchichas y dejaron tres en la celda sin decir palabra. Más tarde, al cabo de unas horas, la cerradura se volvió a abrir y el carcelero me condujo ante el juez de instrucción. Mientras subíamos y bajábamos escaleras, las rodillas me temblaban de impaciencia.

—¿Cree que podré ser puesto en libertad hoy? —pregunté al carcelero.

Le vi sofocar una sonrisa, con piedad:

—Hum. ¿Hoy? En fin... Dios todo lo puede.

Un estremecimiento recorrió todo mi cuerpo.

De nuevo había una placa esmaltada sobre una puerta, y allí un nombre:

KARL, BARÓN VON LEISETRETER
Juez de instrucción

De nuevo una habitación desnuda y dos escritorios con paneles de un metro de altura. Un anciano corpulento, con una tupida barba blanca partida en dos, túnica negra, abultados labios rojos y botas chirriantes.

—¿Es usted herr Pernath?

—Sí.

—¿Tallador de piedras preciosas?

—Sí.

—¿Celda número 70?

—Sí.

—¿Bajo sospecha del asesinato de Karl Zottmann?

—Señor barón, puedo primero...

—¿*Bajo sospecha del asesinato de Karl Zottmann?*

—Probablemente. Al menos lo supongo. Pero...

—¿Confiesa?

—¿Qué es lo que podría confesar, señor barón? Soy inocente.

—¿*Confiesa?*

—No.

—Entonces le pongo bajo arresto preventivo a los fines de la investigación. Carcelero, llévese a este hombre.

—Pero le suplico, escúcheme, señor juez... es absolutamente indispensable que esté hoy en mi casa. Tengo asuntos muy importantes que hacer.

Alguien cloqueó detrás del segundo escritorio.

El barón Leisetreter sonrió complacido.

—Llévese a este hombre, carcelero.

Pasaron los días, y las semanas, y yo seguía en la celda. A mediodía teníamos permiso para bajar al patio y dar vueltas con los demás detenidos, sobre tierra mojada, durante veinte minutos.

Prohibido intercambiar una sola palabra.

En medio del terreno había un árbol pelado que agonizaba; un medallón de la Virgen María estaba incrustado en el tronco. Unos ligustros enclenques se adosaban a los muros con hojas ennegrecidas por el hollín; alrededor, las rejas de las celdas, detrás de las cuales a veces aparecía un rostro grisáceo de labios exangües que nos miraba.

Luego de los veinte minutos, regreso a nuestras tumbas vivientes, donde recibíamos pan, agua y un caldo con salchichas, y el domingo, lentejas agusanadas.

Solo una vez fui interrogado de nuevo. ¿Tenía testigos del pretendido regalo, por parte de «herr» Wassertrum, del reloj mencionado antes?

—Sí, herr Schemaiah Hillel... es decir... no (recordé que no había asistido)... pero herr Charousek... no, él tampoco estaba.

—En una palabra, ¿no había nadie presente?

—No, nadie, señor barón.

De nuevo el cloqueo detrás del escritorio, y de nuevo:

—Carcelero, llévese a este hombre.

Mi angustia por Angelina se había convertido en sombría resignación. El tiempo en que temblaba por ella había pasado. Me decía que el plan de venganza preparado por Wassertrum ya habría tenido éxito hace tiempo, salvo intervención de Charousek.

Pero pensar en Miriam me volvía loco. Me la imaginaba, esperando hora tras hora que el milagro se renovara, saliendo principalmente por la mañana, inmediatamente después del paso del panadero, para buscar en el pan con manos temblorosas; quizá enferma de inquietud por mi seguridad.

A menudo, durante la noche, los remordimientos me despertaban a latigazos, trepaba a la repisa y me acurrucaba, con los ojos fijos en el cuadrante del reloj de la torre, devorado por el deseo de que mis pensamientos llegaran hasta Hillel y le gritaran que debía ayudar a Miriam, liberándola de la esperanza torturante en un milagro.

Algunas veces me volvía a arrojar en el jergón, reteniendo la respiración hasta que mi pecho estaba por estallar, a fin de obligar a la imagen de mi doble a que apareciera frente a mí para enviarlo hacia ella como consuelo. Una vez incluso apareció junto a mi camastro con las palabras *Chabrat Zereh Aur Bocher* escritas en espejo sobre su pecho. Estuve a punto de gritar de alegría ante la idea de que todo se iba a arreglar, pero desapareció en el suelo sin darme tiempo de ordenarle que se apareciera a Miriam.

¿Cómo es que no recibía ninguna noticia de mis amigos? Pregunté a mis compañeros de celda si las cartas estaban prohibidas. No lo sabían. Nunca las recibían y, por otra parte, no conocían a nadie que pudiera escribirles. El carcelero prometió informarse.

Mis uñas estaban roídas hasta la carne porque las mordía para mantenerlas cortas y mi cabellera se había vuelto una masa salvaje, porque no teníamos tijeras, peine ni cepillo. Ni tampoco agua para lavarnos.

Debía luchar casi constantemente contra las náuseas, porque nuestro caldo estaba salado con sosa, una prescripción obligada en la prisión, para «combatir el instinto sexual».

El tiempo pasaba en una espantosa monotonía gris; giraba en redondo sobre la rueda de los suplicios de las horas y minutos.

Sobrevenían entonces esos momentos que todos conocimos... en los que bruscamente uno u otro se incorporaba de un salto y caminaba en redondo durante horas como un animal salvaje, para dejarse caer, deshecho, sobre el camastro, y otra vez esperar... esperar... esperar.

Cuando llegaba la noche, legiones de chinches se ponían a trotar por las paredes y me pregunté con asombro por qué el individuo de sable y calzoncillos me había examinado con minuciosidad científica para saber si no tenía bichos. ¿Temían en el tribunal que pudieran producirse cruces con razas extrañas?

El miércoles por la mañana veíamos asomarse una cabeza con ojos de cerdo y gorda nariz, sombrero blando y pantalones flotantes, el doctor Rosenblatt, médico de la prisión, que venía para asegurarse de que resplandecíamos de buena salud. Y si alguien se quejaba de cualquier cosa, prescribía una pomada de óxido de zinc para friccionarse el pecho.

Una vez lo acompañó el presidente del tribunal en persona —un alto y perfumado bribón de la «buena» sociedad, con los vicios más repugnantes pintados en el rostro—, para asegurarse de que reinaba el orden y de que «aún nadie se había colgado», según la expresión del prisionero de cabello rizado.

Me acerqué a él para hacerle un pedido, pero dio un salto, escondiéndose detrás del carcelero y, apuntando un revólver hacia mí, gritó con voz chillona:

—¿Qué quiere?

Le dije educadamente que quería saber si había cartas para mí. En lugar de una respuesta recibí un golpe en el pecho administrado por el doctor Rosenblatt, que desapareció rápidamente. El señor presidente del tribunal también se batió en retirada y graznó a través de la mirilla que si yo no confesaba el asesinato no recibiría más cartas en esta tumba.

Desde hacía tiempo me había acostumbrado al aire viciado y al calor. Tenía frío constantemente, incluso cuando brillaba el sol. Dos de los prisioneros ya habían sido cambiados varias veces, pero yo no les prestaba ninguna atención. Una semana eran un ladrón y un asaltante de caminos, otra un falsificador y un perista.

Lo que había vivido un día era olvidado al día siguiente. En relación a la angustia que me carcomía con respecto a Miriam, todos los incidentes exteriores palidecían. Uno solo me había impresionado profundamente, al extremo de perseguirme en sueños, grotescamente deformado:

Estaba trepado sobre la repisa para mirar hacia afuera, cuando sentí de pronto que un objeto puntiagudo me pinchaba la cadera. Buscando la causa, constaté que se trataba de la lima, que después de haber perforado mi bolsillo se había deslizado entre el forro y la tela. Debía de estar allí desde hacía tiempo, de lo contrario el hombre que me había revisado en la entrada la hubiera notado. La saqué y la arrojé negligentemente sobre el jergón. Pero cuando bajé había desaparecido y no dudé ni un instante que solo Loisa había podido cogerla. Unos días después lo sacaron de la celda para instalarle en el piso inferior. El carcelero dijo que no se podían dejar en la misma celda dos detenidos acusados del mismo crimen.

Deseé de todo corazón que el pobre diablo lograra liberarse con la ayuda de la lima.

XVII

MAYO

Cuando le pregunté qué día era —el sol parecía tan cálido como en verano y el árbol derrengado del patio mostraba algunos brotes— el carcelero calló primero, y luego me susurró que era el 15 de mayo. En realidad, no podía decirlo, porque estaba prohibido hablar con los prisioneros, sobre todo aquellos que aún no habían confesado debían ser mantenidos en la ignorancia total de las fechas.

¡Tres meses enteros en esta celda y siempre sin la menor noticia del mundo exterior!

Cuando caía la noche, las notas de un piano se deslizaban por la ventana enrejada que ya se abría durante los días calurosos. Un detenido me dijo que quien tocaba era la hija del despensero de la prisión.

Noche y día soñaba con Miriam. ¿Qué le habría ocurrido? A veces tenía la consoladora impresión de que mis pensamientos iban hasta ella y se mantenían junto a su lecho mientras dormía, apoyándole una mano tranquilizadora sobre la frente.

Y luego, en los momentos de desesperación, cuando mis compañeros de celda eran conducidos uno tras otro ante el juez de instrucción, solo a mí no se me interrogaba, me estrangulaba el temor sordo de que quizás ella había muerto ya.

Acudía entonces a la suerte para saber si aún vivía, si estaba enferma o se encontraba bien. Cogía un puñado de briznas de paja de mi jergón y leía la respuesta en su número. Y como casi siempre salía «mal», escrutaba en mí en busca de alguna revelación sobre el futuro, trataba de obrar astutamente con mi alma, que me ocultaba el misterio, formulándole una pregunta aparentemente indirecta, como la de saber si algún día podría ser feliz y reír de nuevo. En estos casos, el oráculo respondía siempre que sí y yo me tranquilizaba durante una hora.

Como una planta que crece y se desarrolla en secreto, un amor increíblemente profundo por Miriam se había despertado poco a poco en mí, y no comprendía cómo había podido encontrarme tan a menudo junto a ella sin darme cuenta ya entonces.

El deseo tembloroso de que ella pudiera pensar en mí con los mismos sentimientos cobraba a veces la fuerza de un presentimiento de certeza, y cuando escuchaba pasos en el corredor, tenía miedo casi de que vinieran a buscarme para ponerme en libertad, miedo de que mi sueño quedara reducido a nada por la grosera realidad del mundo exterior.

Mi oído se había vuelto tan fino durante el largo arresto, que podía percibir los menores ruidos. Todas las tardes, al caer la noche, escuchaba el paso de un coche a lo lejos y me estrujaba la cabeza tratando de adivinar quién podía encontrarse en su interior. Me resultaba extrañamente desconcertante la idea de que allá afuera los hombres tenían el derecho de hacer lo que se les ocurriera, que podían moverse libremente, ir a cualquier parte, sin experimentar una exultación indescriptible. Yo también había conocido esa felicidad en otro tiempo, también había podido vagar por las calles soleadas... pero ahora era incapaz de imaginármelo. El día que había tenido a Angelina en mis brazos me parecía perteneciente a una existencia hacía largo tiempo perdida. Pensaba en ello con una ligera melancolía, como la que nos sorprende cuando abrimos un libro y encontramos flores marchitas, recuerdo de amores juveniles.

¿Se encontraría aún el viejo Zwakh todas las noches con Vrieslander y Prokop en la *Vieja Caseta de Peaje*, para escandalizar a la reseca Eulalia? No, estábamos en el mes de mayo, época en que viajaba por la provincia con su teatro de marionetas e interpretaba la historia del caballero Barba

Azul por las praderas verdes, ante las puertas de los pequeños poblados.

Estaba solo en la celda. Vóssatka, el incendiario y mi único compañero desde hacía una semana, había sido llevado unas horas antes ante el juez de instrucción.

El interrogatorio duraba ya mucho.

Por fin, el candado de hierro se abrió e hizo irrupción Vóssatka, radiante de alegría. Arrojó un paquete de ropa sobre su camastro y comenzó a cambiarse con la rapidez del rayo. Tiraba su uniforme de prisionero al suelo, acompañando cada prenda con un juramento.

—¡No pudieron probar nada, los muy cerdos...! ¡Incendiario! ¡Arson, a ti te lo pregunto! —Estiró con el índice su párpado inferior—. El Negro Vóssatka sabe lo suyo. Dije que había sido el viento, y me mantuve en mis trece. Pueden encerrarlo ahora... al que hace soplar el viento. ¡Un servidor se retira esta noche! Y adelante con la música. A lo de Loisitchek. —Extendió los brazos y marcó un paso de polca—. ¡El mes de mayo solo florece una vez en la vi - i - da! —cantó. Con un ruido seco, se encasquetó en la cabeza un sombrero duro adornado con una pluma de arrendajo salpicada de azul—. Ajá, esto le va en interesar, señor conde. ¿No lo sabe? ¡Su amigo, ese Loisa, escapó!... Acabo de enterarme arriba, con esos cerdos. Hace ya un mes... se esfumó, y ahora, ¡puff! —se golpeó el dorso de la mano—, está lejos, del otro lado de las montañas.

Pensé en la lima y sonreí.

—Y ahora, conde —el incendiario me tendió amistosamente la mano—, ahora puede contar con que no tardará en ser puesto en libertad usted también... Y si alguna vez toca fondo, no tiene más que preguntar por el Negro Vóssatka en lo de Loisitchek. Allí todas las chicas me conocen. A sus órdenes, señor conde. Encantado de haberlo conocido.

No había terminado de franquear el umbral, cuando el carcelero empujaba otro detenido en la celda. Reconocí a primer golpe de vista al bribón de la gorra de soldado que había estado un día al lado mío durante un aguacero, debajo de arcada de la calle Hahnpass. ¡Qué feliz sorpresa! ¡Quizá supiera algo sobre Hillel y Zwakh y todos los demás!

Quise comenzar a interrogarlo de inmediato, pero para mi gran asombro se puso un dedo sobre los labios con aire misterioso y me indicó que me callara. Solo cuando cerraron la puerta de afuera y se perdieron los pasos del carcelero en el pasillo, pareció adquirir vida.

La emoción me paralizó el corazón. ¿Qué significa esto? ¿Me conocía? ¿Qué quería?

Su primer gesto fue sentarse, después de lo cual se quitó la bota izquierda. Sacó con los dientes un pequeño tapón hundido en el taco, cogió de la cavidad así descubierta una lámina de hojalata enrollada; luego, con algo de esfuerzo, se arrancó la suela, que no parecía muy firmemente cosida, y me tendió ambos objetos con aire triunfante.

Hizo todo con la rapidez del rayo y sin prestar la menor atención a mis frenéticas preguntas.

—¡Ya está! Y con los saludos de herr Charousek.

Yo estaba tan estupefacto que no pude pronunciar palabra.

—Todo lo que debe hacer es coger la hoja y separar la suela en dos esta noche. O cuando nadie lo vea. Adentro está hueca —me explicó con aire doctoral— y encontrará una carta del señor Charousek.

En el colmo de la felicidad, me arrojé al cuello del vagabundo y los ojos se me llenaron de lágrimas. Me apartó suavemente y me dijo en tono de reproche:

—Tiene que controlarse mejor, herr Pernath. No hay un minuto que perder. Esos idiotas pueden percatarse enseguida que no estoy en la celda correcta. Franzl y yo nos cambiamos los números abajo, en la entrada.

Debí adoptar un aire particularmente atónito, porque prosiguió de inmediato:

—Si no comprende, no tiene importancia. Estoy aquí, y eso es lo importante.

—Pero dígame, herr...

—Wenzel. Me llaman el Guapo Wenzel.

—Dígame, Wenzel, ¿qué pasó con Hillel, el archivista, y cómo está su hija?

—¡No hay tiempo ahora! —me interrumpió impaciente el Guapo Wenzel—. Pueden venir a sacarme dentro de un minuto. Estoy aquí porque confesé un robo con violencia...

—¿Cómo, cometió usted un robo para ayudarme, Wenzel? —pregunté, conmovido.

Meneó la cabeza con desprecio.

—Si hubiese cometido un *verdadero* robo, no lo habría *confesado*. No, ¿por quién me toma usted?

La luz se hacía poco a poco en mi mente. El buen hombre había utilizado una treta para poder entregarme la carta de Charousek.

—Bien... empecemos por el principio. —Adoptó un aire en extremo importante—. Tengo que darle una lección de «ebilebsia».

—¿De qué?

—De ebilebsia. Preste atención a lo que voy a decirle y trate de no olvidar nada. Observe de cerca: en primer lugar, hace falta saliva en abundancia —hinchó las mejillas y las removió como quien se enjuaga la boca— a continuación, la baba sale de la boca, ¿ve? —Yo veía, la imitación era de una exactitud repugnante—. Luego, todos los dedos retorcidos. Luego, los ojos retorcidos. Después, los ojos salidos —bizqueaba espantosamente— y luego, esto es un poco más difícil —hay que lanzar gritos de tipo estrangulado. ¿Se da cuenta?... Así: ber... ber... ber... —y al mismo tiempo se deja caer, tieso. Cayó, con un golpe que hizo temblar el edificio, y dijo al levantarse—: Esto es un ataque de epilepsia natural que el doctor Hulbert, Dios le tenga en la gloria, nos enseñó en el Regimiento.

—Sí, sí, la imitación puede engañar a cualquiera —estuve de acuerdo—. ¿Pero para qué sirve todo eso?

—¡Para hacerlo salir del hoyo, en primer lugar! —explicó el Wenzel—. El doctor Rosenblatt es de lo peor que se pueda imaginar. Cuando algún muchacho ya ni cabeza tiene, el otro sigue machacando al que goza de buena salud. Hay una sola cosa que respeta, la epilepsia. Si uno sabe hacerlo, en el acto es transportado a la enfermería de la prisión. Entonces, en ese momento —adoptó un tono confidencial—, es un juego de niños largarse. La reja está limada y se sostiene apenas con un poco de fango. ¡Es uno de los secretos del Regimiento! Todo lo que tiene que hacer es prestar atención un par de noches y verá que una cuerda se descuelga del techo justo frente a la ventana. Entonces levantará la reja, muy despacio para no despertar a nadie, y pasará los hombros por el nudo corredizo. En ese momento lo izaremos hasta el techo y lo desembarcaremos del otro lado, en la calle. Y si te he visto no me acuerdo.

—¿Pero por qué evadirme? —objeté tímidamente—. Soy inocente.

—Como si fuera una razón para no evadirse... —El Guapo Wenzel me estudió con los ojos agrandados por la sorpresa.

Tuve que apelar a toda mi elocuencia para disuadirle de poner en ejecución el azaroso plan, que era, según me confió, el resultado de una reunión del «consejo del Regimiento». No podía comprender que yo rechazara ese regalo de Dios y prefiriera esperar la liberación.

—Como quiera que sea, se lo agradezco, a usted y a sus buenos camaradas, desde el fondo de mi corazón —le dije muy conmovido, estrechándole la mano—. Cuando haya terminado con este período difícil, mi primera preocupación será testimoniarles mi reconocimiento a todos.

—No se moleste —me dijo amablemente Wenzel—. Si nos invita a un par de cervezas no nos negaremos, y con placer, pero con eso basta. Pan Charousek, que es ahora el tesorero del Regimiento, nos contó lo bueno que era usted. ¿Quiere que le diga algo cuando salga de aquí?

—Sí, por cierto —le respondí precipitadamente—. Que vaya a ver a Hillel y le diga que estoy terriblemente preocupado por la salud de su hija Miriam. No le debe quitar los ojos de encima. ¿Se acordará del nombre?: *Hillel*.

—¿Hirrel?

—No: Hillel.

—¿Hiller?

—No: Hill-el.

Poco faltó para que Wenzel se destrozara la lengua con ese nombre casi impronunciable para un checo, pero de todos modos terminó por aprenderlo, no sin hacer unas muecas espantosas.

—Y además, otra cosa: quisiera que herr Charousek se ocupe también, hasta donde pueda, de cierta noble dama; él sabe a quién me refiero...

—Usted habla probablemente de esa muñeca tan fina que se había juntado con el teutón... el doctor Savioli, ¿no? Se divorció y se fue con la niña y el doctor Savioli.

—¿Está seguro?

Sentí temblar mi voz. Me costaba alegrarme profundamente por Angelina... mi corazón, encogido, se partía. Toda la preocupación que había sufrido por ella... y ella ya me había olvidado. Quizá pensaba que yo era verdaderamente un asesino. Sentí un sabor amargo en la boca.

Con la delicadeza que caracteriza tan curiosamente a los hombres más degradados cuando se trata de cosas que tienen que ver con el amor, el pillo pareció adivinar mis pensamientos, porque desvió tímidamente la mirada y nada respondió.

—¿Quizá sepa usted también qué pasó con la hija de herr Hillel, fräulein Miriam? ¿La conoce? —pregunté, siendo apenas capaz de pronunciar las palabras.

—¿Miriam? ¿Miriam? —el rostro de Wenzel se congestionó en un esfuerzo de concentración—. ¿Miriam? ¿Es alguien que suele ir por las noches a lo de Loisitchek?

No pude reprimir una sonrisa:

—No. Seguro que no.

—Entonces no la conozco, no —cortó secamente.

Permanecimos un momento en silencio.

Me dije que quizá hubiera algo acerca de ella en la nota de Charousek.

—Supongo que sabe que Wassertrum cantó para el carnero —prosiguió bruscamente Wenzel.

Di un respingo, azorado.

—¡Sí! —Wenzel se puso en dedo en la garganta—. Horrible, se lo digo yo. Cuando forzaron la puerta de su tienda, porque hacía muchos días que nadie lo veía, yo fui el primero, naturalmente... ¡ni falta que hace que lo diga! Ahí estaba Wassertrum, en un sillón mugriento, el pecho lleno de sangre y los ojos como de vidrio... Usted sabe, yo soy más bien duro de pelar, pero aquello me mató, se lo aseguro, y poco faltó para que me desmayara ahí dentro. Tuve que decirme a mí mismo: «Wenzel —me dije—, Wenzel, no te preocupes, no es más que un judío muerto». Le habían clavado una lima en la garganta y todo estaba patas arriba en la tienda... un crimen miserable, como se dice en el mundo elegante.

¡La lima! ¡La lima! Sentí que el aliento se me helaba de horror. ¡La lima! ¡Así pues, había encontrado su camino!

—Sé muy bien quien dio el golpe —prosiguió Wenzel después de una pausa—. Para mí fue Loisa, el picado de viruela, todo cuadra. Encontré su cortaplumas tirado en la tienda y lo escondí rápidamente para que la policía no lo viera. Llegó por un pasadizo subterráneo...

Se interrumpió de pronto, escuchó unos segundos con extrema atención y se arrojó sobre uno de los camastros, donde se puso a roncar espantosamente. En el mismo instante se oyó el candado, entró el carcelero y me echó una mirada desconfiada. Adopté un aire de lo más indiferente. En cuanto a Wenzel, fue casi imposible despertarlo. Después de una serie de golpes bien aplicados, por fin se incorporó, bostezando, y se tambaleó hacia la salida, seguido por el carcelero. Afiebrado de impaciencia, desplegué la carta de Charousek y leí:

«12 de mayo.

Mi querido amigo y benefactor:

Semana tras semana he aguardado su liberación, pero siempre en vano, y por todos los medios posibles he tratado de reunir elementos en su descargo, pero sin encontrar nada. Solicité al juez de instrucción que apresurara el procedimiento, pero siempre me respondía que nada podía hacer, que era asunto del fiscal y no de él.

¡Los burócratas se pasaban la pelota!

Hace apenas una hora sobrevino por fin un hecho nuevo del que espero el *mejor* de los éxitos: he sabido que Jaromir vendió a Wassertrum un reloj de oro hallado en el lecho de su hermano Loisa, después del arresto de este último. En lo de Loisitchek, que como usted sabe los detectives frecuentan de buena gana, corría el rumor de que se había encontrado en su casa el *corpus delicti*, el reloj de Zottmann, pretendidamente asesinado, pero cuyo cadáver aún no ha sido descubierto. El resto lo reconstruí sin esfuerzo: ¡Wassertrum y todas sus maquinaciones!

De inmediato hice venir a Jaromir y le di 1 000 coronas...

Dejé caer la carta y los ojos se me inundaron de lágrimas de alegría. Solo Angelina podía dar una suma semejante a Charousek. Ni Zwakh, ni Prokop, ni Vrieslander poseían tanto dinero. ¡Así pues, ella no me había olvidado! Retomé la lectura.

...1 000 coronas y le prometí otras 2 000 si iba inmediatamente a confesar a la policía que le había quitado el reloj a su hermano, y que luego lo había vendido.

Todo esto no podrá hacerse antes que esa carta que le envío por medio de Wenzel esté en camino. No hay tiempo para más. Pero esté seguro que esto se *hará*, Hoy mismo, se lo garantizo.

No dudo en lo más mínimo que Loisa cometió el asesinato ni que el reloj sea el de Zottmann. Si, en contra de lo esperado, no fuera así, Jaromir sabe lo que tiene que hacer. *En cualquier caso, certificará que es el que encontraron en su casa.*

Así que valor y perseverancia. No desespere. Está cercano el día de su liberación.

¿Llegará alguna vez el día en que volveremos a vernos? No lo sé. Casi podría decir que no lo creo, porque el fin se aproxima a grandes pasos y tengo que vigilar para que la última hora no me tome desprevenido. Pero esté seguro de una cosa: volveremos a vernos. Si no ocurre en *esta* vida, ni en la *otra*, será en el fin de los tiempos, o como está escrito en la Biblia, en que el Señor escupa de Su boca a los que fueron tibios, ni calientes ni fríos.

No se asombre por mi manera de hablar. Jamás antes había abordado estas cuestiones con usted, y cuando un día hizo alusión a la "Cábala", yo esquivé el tema, pero sé lo que sé. Quizás entienda a lo que me refiero, de lo contrario borre de su memoria, se lo ruego, todo lo que acabo de decir... Un día, en mi delirio, me pareció ver un signo en su pecho. Quizá soñé despierto.

Si realmente no me entendiese, sepa que he tenido ciertas revelaciones interiores, casi desde mi infancia, que me condujeron por un camino extraño. Revelaciones que no coinciden con lo que nos enseña la medicina, o gracias a Dios, con lo que aún ignora... y probablemente no sabrá jamás. Pero no me he dejado embrutecer por la ciencia, cuyo fin supremo es llenar una "sala de espera" que sería mucho mejor demoler.

¡Pero basta de estas cosas! Voy a contarle lo que ha ocurrido en su ausencia.

A fines de abril Wassertrum había llegado al punto en que mi sugestión comenzaba a obrar. Le vi que gesticulaba constantemente en la calle, hablando solo. Era un inicio seguro de que los pensamientos de un hombre se agitan tempestuosamente para abatirse sobre él.

Luego se compró un cuaderno y comenzó a tomar notas.

¡Estaba escribiendo! ¡Escribía! ¡Como para morirse de la risa! ¡Wassertrum *escribiendo*!

Y luego fue a ver a un notario. Desde abajo, frente a la casa, yo sabía qué estaba haciendo arriba: hacía su testamento. Por lo demás, ni se me ocurría pensar que me iría a nombrar su heredero. Probablemente me habría dado el baile de San Vito de alegría, de habérseme ocurrido la idea.

Me instituyó como heredero porque yo era el único en el mundo a quien podía compensar; al menos, así lo creía. Su conciencia lo engañó. También puede ser que esperara que yo lo bendijera si, gracias a su solicitud, me convertía en millonario después de su muerte, reparando así la maldición que había oído de mis labios en su habitación.

Así pues, mi sugestión tuvo un triple efecto.

Es irresistiblemente ridículo que en secreto haya creído en las recompensas en el más allá, cuando toda su vida trató laboriosamente de convencerse de lo contrario. Pero así ocurre con todos las personas demasiado listas: se los reconoce por el furor insensato que los domina cuando se los golpea en pleno rostro. Se sienten desenmascarados.

Desde que Wassertrum regresó de la notaría, no dejé de vigilarlo. Por las noches escuchaba con la oreja pegada a los postigos de su tienda, porque la decisión podía producirse de un momento a otro. Creo que si hubiera destapado la botella de veneno yo hubiera escuchado a través del muro ese pequeño ruido tan deseado. Faltaba quizás una hora para que se cumpliera la obra de mi vida. Intervino un intruso, que lo mató. Con una lima.

Wenzel le dará los detalles, pregúntele a él, para mí sería muy amargo tener que describirlos. Llámelo superstición, si quiere, pero cuando vi la sangre derramada —los objetos de la tienda estaban salpicados— me pareció que se me escapaba el alma. Algo, un instinto sutil, infalible, me dijo en mi fuero íntimo que morir por mano ajena o morir por la propia es totalmente diferente. Wassertrum debía haberse llevado su sangre con él a la tumba para que mi misión quedara cumplida. Ahora tengo la impresión de haber sido desechado, como un instrumento que no ha sido juzgado digno de las manos del Ángel Exterminador.

Pero no quiero rebelarme. Mi odio es de esos que no se detienen ante la tumba, y aún tengo mi propia sangre, que puedo derramar como quiero, para que persiga a la de él, paso a paso, en el reino de las sombras.

Desde que Wassertrum fue enterrado, todos los días me siento junto a él, en el cementerio, y escucho en mi pecho para saber qué debo hacer. Creo que ahora lo sé, pero todavía quiero esperar hasta que la voz interior que me habla sea clara como un manantial. Los seres humanos somos impuros, y con frecuencia los ayunos y las esperas prolongadas son necesarios antes que comprendamos los murmullos del alma.

En el curso de la semana pasada la justicia me anunció oficialmente que Wassertrum me había nombrado su heredero universal. No quiero tocar un solo kreuzer de esa herencia para mi uso personal, ni hace falta que se lo diga, herr Pernath. Me cuidaría mucho de proporcionarle un arma para el más allá. Las casas que poseía las subastaré, y los objetos que tocó serán quemados; del dinero que reportarán esas transacciones, un tercio será para usted después de mi muerte. Ya lo veo saltando y protestando, pero quiero tranquilizarlo. Lo que usted recibirá no es sino su legítima propiedad, con los intereses correspondientes. Yo sé desde hace mucho tiempo que en otra época Wassertrum arruinó a su padre y a su familia; ahora puedo demostrarlo con el apoyo de documentos.

Un segundo tercio será repartido entre los doce miembros del Regimiento que conocieron personalmente al doctor Hulbert. Quiero que todos sean ricos y tengan acceso a la "buena sociedad" de Praga.

El tercer tercio será dividido en partes iguales entre los trece primeros asesinos liberados en el país por falta de pruebas suficientes. Le debo eso a la opinión pública.

Bien, creo que es todo. Ahora, mi querido, querido amigo, adiós, cuídese mucho y piense alguna vez en mí.

Su sincero y agradecido

INNOCENCE CHAROUSEK.»

Trastornado, dejé caer la carta. La noticia de mi próxima liberación no me produjo alegría. ¡Charousek! ¡El pobre muchacho! Se interesaba como un hermano por mi suerte. ¡Simplemente porque un día le di cien coronas! Si al menos pudiera estrechar su mano una vez más. Pero sentí que él tenía razón, que ese día no llegaría jamás. Lo volvía a ver frente a mí, los ojos llameantes, los hombros de tísico, la frente alta y noble. Quizá si una mano caritativa hubiera intervenido en esa vida arruinada hubiera sido diferente.

Cogí la carta y la leí una vez más.

¡Qué método en la locura de Charousek! Pero, ¿estaba loco? Me dio vergüenza casi haber tolerado ese pensamiento, aunque fuera un segundo. ¿Las alusiones no decían bastante? Era un ser como Hillel, como Miriam, como yo, un ser en poder de su alma, que lo arrastraba a través de los abismos salvajes y los precipicios de la vida, cada vez más alto, hacia las nieves eternas de un mundo no hollado. Se había preparado toda su vida para el asesinato, y sin embargo, ¿no era más puro que cualquiera de los imbéciles que pretenden seguir las leyes maquinalmente aprendidas de cualquier desconocido profeta mítico?

Él observaba el mandamiento que le dictaba un instinto irresistible, sin pensar jamás en una «recompensa», ni en este mundo ni en el otro. Lo que había hecho, ¿no era acaso el piadoso cumplimiento de un deber en el sentido más arcano del término?

«Cobarde, solapado, ávido de sangre, enfermo, una naturaleza conflictiva, un carácter de criminal», ya me parecía oír el juicio que los hombres emitirían sobre él cuando trataran de iluminar las profundidades de su alma con sus lámparas de establo, esa multitud babeante que nunca comprenderá que el venenoso azafrán es mil veces más bello y noble que el último cebollino.

Una vez más la llave giró en la cerradura y un hombre fue empujado en la celda, pero ni siquiera me volví, tan abrumado me habían dejado las impresiones provocadas por la carta.

Ni una palabra sobre Angelina, ni sobre Hillel.

Claro, Charousek se había apresurado febrilmente, la escritura lo evidenciaba. ¿No iría a hacerme llegar otra vez un mensaje secreto? Sin atreverme a confesármelo, ponía mis esperanzas en el día siguiente y en la ronda de los prisioneros en el patio. Era el momento más favorable, si un miembro del Regimiento tenía algo que entregarme.

Una voz suave me sorprendió en medio de las reflexiones.

—¿Señor, me permitiría presentarme? Mi nombre es Laponder, Amadeus Laponder.

Me volví. Un hombrecillo enclenque, muy joven aún, de buen aspecto, pero sin sombrero, como todos los detenidos sujetos a encuesta, se inclinaba correctamente frente a mí.

La barba corta, como un actor, tenía grandes ojos almendrados, verde claro, que si bien estaban dirigidos hacia mí no parecían verme. Tenían una expresión como ausente.

Murmuré mi nombre y también me incliné, luego quise volverme otra vez, pero me costó un gran esfuerzo desviar mi mirada de ese hombre, tan extraña fue impresión de sonrisa de pagoda, impresa en su rostro por las comisuras recogidas de sus labios finamente arqueados. Hacía pensar en un buda chino de cuarzo rosado, con su piel lisa, casi transparente, su nariz recta de muchacha y sus finas fosas nasales. «Amadeus Laponder, Amadeus Laponder —repetí para mí—. ¿Qué habrá hecho?»

XVIII

LUNA

—¿Ya le han interrogado? —le pregunté al cabo de un momento.

—Precisamente acabo de estar ante el juez de instrucción. Espero no tener que molestarlo mucho tiempo —respondió Laponder amablemente.

«Pobre diablo —pensé—. No sospecha lo que le aguarda.» Quise prepararlo muy suavemente.

—Uno se habitúa poco a poco a la inmovilidad, después de los primeros días; son los más difíciles.

Una expresión de gratitud apareció en su rostro.

Otra pausa.

—¿Su interrogatorio duró mucho tiempo, herr Laponder?

—No. Solo me preguntaron si reconocía los hechos y firmé un acta.

—¿Firmó que reconocía los hechos? —exclamé.

—Desde luego.

Dijo eso como la cosa más natural del mundo.

Me calmé ante la idea de que si se mostraba tan tranquilo no podía ser muy grave. Probablemente un duelo, o algo por el estilo.

—Desgraciadamente, estoy aquí hace tanto tiempo que ya me parece toda una vida... —Suspiré involuntariamente y él adoptó de inmediato una expresión como si compartiera mis penas—. Le deseo que no deba sufrir lo mismo, herr Laponder. Por lo que me parece, estará libre muy pronto.

—Eso depende de cómo se interprete —respondió serenamente, pero como si las palabras tuvieran un doble sentido oculto.

—¿No lo cree así? —pregunté sonriendo. Él sacudió la cabeza.

—¿Qué debo entender? ¿Qué ha hecho usted de tan terrible? Perdóneme, herr Laponder, si se lo pregunto no es por curiosidad sino por simpatía.

Vaciló un instante, y después me dijo sin pestañear

—Violación y asesinato.

Tuve la impresión de recibir un mazazo en la cabeza. El horror y el azoramiento me apretaron la garganta. No pude articular sonido alguno.

Pareció notarlo y miró discretamente hacia otro lado, pero sin que el menor cambio en su fisonomía viniera a modificar su sonrisa maquinal, ni revelar que mi brusco cambio de actitud le hubiera herido.

Permanecimos así, sin cambiar palabra, los ojos fijos en el vacío.

Cuando me acosté al caer la noche, me imitó de inmediato, se desvistió, colgó con cuidado sus ropas del clavo de la pared, se acostó y, a juzgar por su respiración calma y profunda, se durmió enseguida.

Durante toda la noche no pude hallar reposo. La vecindad de semejante monstruo, la obligación de respirar el mismo aire que él despertaron en mí una repulsión tan fuerte que todas las demás impresiones de la jornada, la carta de Charousek y las noticias que me comunicaba, se vieron desplazadas a segundo plano. Me instalé para poder tener siempre al asesino a la vista; no podía soportar saberlo detrás mío. La celda estaba débilmente iluminada por el reflejo apagado de la luna y vi que Laponder yacía sin moverse, casi rígido. Sus rasgos habían cobrado un aspecto cadavérico, acentuado aún más por la boca entreabierta.

Durante horas no cambió una sola vez de posición; solo después de medianoche, cuando un tenue rayo de luz cayó sobre su rostro, fue presa de una ligera agitación y movió los labios, sin sonido alguno, como si hablara en sueños. Se hubiera dicho que eran siempre las mismas palabras, quizás una frase de tres sílabas, algo así como:

—Déjame, déjame, déjame.

Los días siguientes transcurrieron sin que yo aparentara prestarle la menor atención, y él por su parte no rompió una sola vez el silencio. Su actitud seguía siendo inmutablemente amable y servicial; cada vez que yo me ponía a caminar, de inmediato me dirigía su mirada, y si estaba sentado en su camastro, retiraba los pies para no molestarme. Comencé a reprocharme mi sequedad, pero a pesar de mi mejor voluntad no podía vencer la repugnancia que me inspiraba. Era inútil esperar que me habituara a su proximidad, no lo lograba. Incluso por las noches, esto me mantenía despierto. Apenas si dormía un cuarto de hora.

Noche tras noche se repetía la misma escena: él aguardaba respetuosamente a que yo me hubiera acostado, se quitaba a continuación la ropa, que doblaba meticulosamente, la colgaba, y así una y otra vez. Una noche, serían las dos aproximadamente, estaba yo una vez más en la repisa, ebrio por la carencia de sueño, mirando la luna llena, cuyos rayos se reflejaban como sobre aceite brillante en el cuadrante cobrizo del reloj, pensando en Miriam con profunda melancolía.

Fue entonces que escuché de pronto su voz detrás de mí.

Inmediatamente despierto, más que despierto, me volví y escuché. No podía comprender exactamente las palabras, pero sonaban como:

—Pregúntame, pregúntame.

Era indudablemente la voz de Miriam.

Vacilante de excitación, bajé lo más suavemente posible y me acerqué al lecho de Laponder. La luz caía de lleno sobre su rostro y distinguí claramente que tenía los párpados abiertos, pero solo era visible el blanco del ojo. Vi por la rigidez de los músculos de sus mejillas que estaba profundamente dormido.

Solo los labios se movían, como ya lo habían hecho antes. Y poco a poco comprendí las palabras que se deslizaban a través de sus dientes.

—Pregúntame, pregúntame.

La voz parecía la de Miriam.

Exclamé involuntariamente: «¿Miriam? ¿Miriam?», pero bajé inmediatamente el tono para no despertar al durmiente. Esperé que el rostro hubiera recobrado su fijeza, y repetí muy suavemente:

—¿Miriam? ¿Miriam?

Su boca formó un «Sí» apenas perceptible, pero muy claro.

Acerqué mi oído a sus labios. Al cabo de un instante oí murmurar a *la voz de Miriam*, tan reconocible que mi piel fue recorrida por estremecimientos helados. Bebía tan ávidamente sus palabras que a duras penas captaba el sentido. Ella hablaba de su amor por mí, de la felicidad indecible que habíamos encontrado por fin, de que no nos separaríamos nunca más, de prisa, sin la menor pausa, como alguien que teme ser interrumpido y quiere aprovechar cada segundo.

Luego la voz vaciló y se apagó por completo.

—¿Miriam? —pregunté temblando de angustia, con la respiración cortada—. Miriam, ¿estás muerta?

Pasó un largo rato sin respuesta. Luego, casi imperceptiblemente:

—No - estoy viva - duermo.

Eso fue todo.

Escuché y escuché.

En vano. No hubo nada más.

Trastornado, sacudido por temblores, tuve que apoyarme en el borde del camastro para no caer de cabeza sobre Laponder. La ilusión fue tan perfecta que durante un momento creí ver a Miriam acostada bajo mis ojos, y tuve que reunir todas mis fuerzas para no depositar un beso en los labios del asesino.

De pronto oí gritar: « ¡Enoc! ¡Enoc!». Y luego, cada vez más claramente, más articulado:

—¡Enoc! ¡Enoc!

Reconocí de inmediato a Hillel.

—¿Eres tú, Hillel?

Ninguna respuesta.

Recordé entonces que para hacer hablar a un durmiente no hay que dirigir las preguntas al oído, sino hacia el plexo, en el centro del estómago.

Así lo hice.

—¿Hillel?

—Sí, te escucho.

—¿Está bien Miriam? ¿Lo sabes todo? —pregunté con toda la rapidez que pude.

—Sí. Lo sé todo. Hace tiempo. No te atormentes, Enoc, y no tengas miedo.

—¿Podrás perdonarme, Hillel?

—Ya te he dicho que no te atormentes.

—¿Nos volveremos a ver pronto?

Temí no poder comprender la respuesta, porque su última frase no había sido más que un soplo.

—Así lo espero. Te esperaré... si puedo... luego tendré... país.

—¿Dónde? ¿A qué país? —Estuve a punto de caer sobre Laponder—. ¿A qué país? ¿A qué país?

—País... de Gad... al sur... Palestina...

La voz se extinguió.

Cien preguntas se entrechocaban, enloquecidas, en mi cabeza. ¿Por qué me llama Enoc? ¿Qué pasa con Zwakh? ¿Jaromir? ¿El reloj? ¿Vrieslander? ¿Angelina? *¿Charousek?*

—Cuídese mucho y piense alguna vez en mí. —Los labios del asesino pronunciaron de pronto esas palabras con fuerza y claridad. Esta vez con el tono de Charousek, pero exactamente como si yo las hubiera pronunciado para mí mismo.

Recordé: era textualmente la frase con que terminaba la carta del estudiante.

El rostro de Laponder ya estaba en la sombra, los rayos de la luna caían sobre el extremo del jergón. Dentro de un cuarto de hora habrían desaparecido de la celda.

Fue inútil formular pregunta tras pregunta, no obtuve ninguna otra respuesta. El asesino no yacía inmóvil como un cadáver y sus párpados se habían vuelto a cerrar. Me reproché con violencia no haber visto durante todos estos días en Laponder más que al asesino, y nunca al hombre. Por todo lo que acababa de constatar era evidentemente un sonámbulo, es decir, un ser bajo la influencia de la luna llena. Quizá había matado en una suerte de estado trance.

Estaba seguro de ello.

Ahora que clareaba el cielo la rigidez había desaparecido de su rostro, dando cabida a una expresión de paz espiritual. Me dije que un hombre con un asesinato en la conciencia no podía dormir con tanta calma. Esperé que se despertara con una impaciencia que apenas si podía dominar.

¿Sabría lo que había sucedido?

Por fin abrió los ojos, se encontró con mi mirada y giró la cabeza. De inmediato me acerqué a él y le cogí la mano.

—Perdóneme, herr Laponder, por haber sido tan poco amistoso con usted hasta ahora. Fue el shock de la sorpresa..

—Puede estar seguro, mi querido señor, que le comprendo perfectamente —me interrumpió rápidamente—. Debe de ser una impresión horrible convivir con un asesino y violador.

—No hablemos de eso —le supliqué—. Esta noche me pasaron tantas cosas por la cabeza, y no puedo desprenderme de la idea de que acaso usted podría...

Él expresó lo que yo tenía en mente:

—Usted me considera un enfermo.

Asentí.

—Creo poder deducirlo de ciertos síntomas ¿Puedo... puedo hacerle una pregunta directa, herr Laponder?

—Se lo ruego.

—Le va a parecer un poco extraña... pero... ¿podría decirme con qué soñó?

Sacudió la cabeza sonriendo:

—Yo nunca sueño.

—Pero es que usted habló dormido.

Me miró con aire sorprendido. Reflexionó un momento. Luego dijo con tono decidido:

—Eso no puede ocurrir, a menos que usted me haya interrogado. —Convine en ello—. De lo contrario, como ya le dije, no sueño jamás. Yo... yo deambulo —agregó a media voz tras un instante de silencio.

—¿Qué usted deambula? ¿Qué quiere decir con eso?

Como parecía no querer seguir con nuestra conversación, juzgué oportuno indicarle las razones que me habían llevado a hacerle esas preguntas, y le relaté brevemente los incidentes de la noche.

—Puede estar totalmente seguro —declaró solemnemente cuando terminé—, que todo lo que le he dicho en sueños reposa sobre la realidad. Cuando precisé, hace un instante, que yo no sueño sino que «deambulo», quise decir que mi vida onírica no es... digamos, la de la gente normal. Llame a eso como quiera, un salir del cuerpo... Esta noche, por ejemplo, me hallaba en un cuarto en extremo curioso, al que se penetraba por una trampilla en el suelo.

—¿Qué aspecto tenía? —le pregunté ansioso—. ¿Estaba deshabitado? ¿Estaba vacío?

—No, había muebles, pero no muchos. Y un lecho en el que una muchacha dormía —o en un estado de animación suspendida— y un hombre, sentado a su lado, apoyándole la mano en la frente.

Laponder describió los dos rostros. No había duda alguna, eran Hillel y Miriam. A duras penas me atrevía a respirar.

—Se lo ruego, cuénteme más. ¿No había otra persona en el cuarto?

—¿Otra persona? Aguarde... no, solo ellos dos. Había un candelabro de siete brazos en la mesa... Después bajé por una escalera de caracol.

—¿Estaba rota? —exclamé.

—¿Rota? No, para nada, estaba en buen estado. Y a un costado se abría una habitación en la que estaba sentado un hombre con hebillas de plata en los zapatos. Tenía un aspecto raro como no he visto jamás, con el rostro amarillo y los ojos oblicuos. Estaba inclinado hacia adelante y parecía esperar algo. Instrucciones, quizá.

—Un libro... un viejo libro, muy grande, ¿no lo vio por ninguna parte? —pregunté.

Se frotó la frente.

—¿Un libro, dice usted? Sí, desde luego. Había un libro abierto en el suelo. Era de pergamino. Estaba abierto y la página comenzaba con una gran «A» dorada.

—¿Sin duda usted quiere decir con una «I»?

—No, con una «A».

—¿Está seguro? ¿No era una «I»?

—No, era indudablemente una «A».

Sacudí la cabeza y me entraron dudas. Evidentemente Laponder, a medias dormido, había leído en mi mente, mezclándolo todo: Hillel, Miriam, el Golem, el *Libro de Ibbur* y el pasaje subterráneo.

—¿Hace tiempo que tiene ese don de «deambular», como usted dice? —le pregunté.

—Desde que tengo veintiún años... —se interrumpió, aparentemente poco deseoso de seguir con el tema. Su rostro adoptó repentinamente una expresión de estupor sin límites y fijó los ojos en mi pecho, como si viera algo en él. Sin prestar atención a mi propia sorpresa, me aferró las manos y me dijo en tono suplicante—: ¡En nombre del cielo, dígamelo *todo*! Es el último día que podré pasar con usted. Dentro de una hora, quizá, vendrán a leerme mi condena a muerte...

Lo interrumpí, horrorizado:

—Debe usted llamarme como testigo. juraré que es un enfermo... Usted es un sonámbulo. No le pueden ejecutar sin un informe psiquiátrico. ¡Tiene que entrar en razón!

Desoyó mis reproches con gesto nervioso.

—Es tan secundario eso... se lo ruego, ¡dígamelo todo!

—¿Pero qué podría decirle? Más vale hablar de *usted* y...

—Usted ha debido vivir, lo sé ahora, ciertas experiencias extrañas que me afectan de cerca, más de cerca de lo que podría creer... ¡se lo ruego, dígamelo todo! —imploró.

Yo no podía comprender que mi vida pudiera interesarle más que la suya, que se encontraba en peligro tan inminente, pero para calmarle le relaté todos los acontecimientos que me habían parecido inexplicables. Al final de cada capítulo importante, meneaba la cabeza con aire satisfecho, como alguien que hubiera llegado al fondo de las cosas.

Cuando llegué al momento en que se había erguido frente a mí la aparición sin cabeza, tendiéndome los granos de color rojo oscuro, le costó contenerse, tanta era su prisa por conocer el final del relato.

—Entonces se los hizo caer de la mano —murmuró absorto—. Jamás hubiera pensado que existía un *tercer* camino.

—No era un tercer camino —le dije—. Era lo mismo que si yo hubiese rechazado los granos.

Sonrió.

—¿No lo cree así, herr Laponder?

—Si los hubiera usted rechazado, habría seguido también el «Sendero de la Vida», pero los granos, que representan los poderes mágicos, se hubieran perdido. Usted me dice que rodaron por el suelo. Eso significa que quedaron en el lugar y que serán cuidados por sus antepasados hasta que llegue el tiempo de la germinación. Entonces, las fuerzas que aún dormitan en usted cobrarán vida.

No comprendí.

—¿Mis antepasados cuidarán los granos?

—Hay que interpretar simbólicamente, al menos en parte, lo que usted ha vivido - me explicó Laponder—. El círculo de las figuras de luminosidad azulada que lo rodeaban era la cadena de los «yoes» heredados, que todo hombre nacido de madre lleva consigo. El alma no es una entidad aislada; es necesario que lo llegue a ser, y eso es lo que entonces se llama «inmortalidad». Su alma está hecha de numerosos «yoes», así como un hormiguero está compuesto por numerosas hormigas. Lleva en sí los vestigios espirituales de miles de antepasados, los jefes de su estirpe. Lo mismo vale para todos los seres. ¿Cómo podría un pollito artificialmente empollado buscar de inmediato el alimento que le hace falta, si no llevara en él la experiencia de millones de años? La existencia del «instinto» revela la presencia de los antepasados en el cuerpo y en el alma. Pero perdóneme, no quería interrumpirlo.

Llegué al fin de mi relato, sin omitir lo que Miriam me había dicho sobre el «hermafrodita». Cuando, callado, levanté la vista, vi que Laponder se había vuelto blanco como la cal del muro y que por sus mejillas corrían lágrimas. Me incorporé muy rápido, fingí no notar nada y me puse a recorrer la celda para darle tiempo de rehacerse. Luego me senté frente a él y apelé a toda mi elocuencia para convencerle de la urgencia que había en poner al juez al corriente de su estado mental.

—Si al menos no hubiera usted confesado el asesinato —suspiré al terminar.

—¡Es que no tuve otro remedio! Apelaron a mi honor —dijo ingenuamente.

—¿Considera peor una mentira que... una violación con asesinato? —pregunté estupefacto.

—En general quizá no, pero en mi caso, indudablemente sí... Vea usted, cuando el juez de instrucción me preguntó si confesaba, yo tenía la posibilidad de decir la verdad. Así pues, dependía de mí mentir o no mentir. Cuando la violación y el asesinato, *no* tenía opción. Aun actuando en plena y clara conciencia, *no tenía opción*. Algo cuya presencia yo jamás había adivinado en mí despertó y fue más fuerte que yo. ¿Cree que, de haber podido elegir, hubiera asesinado? Jamás había matado ni siquiera al más pequeño de los animales, y en este momento ya no sería capaz de hacerlo.

»Suponga por un momento que la ley de la humanidad sea matar, que aquel que no mata muere de inmediato, como en la guerra; en ese momento yo merecería la muerte. No tendría opción. No podría matar. Cuando cometí mi crimen la situación era exactamente a la inversa.»

—Con más razón, ya que usted tiene casi la impresión de ser otro, debe hacer todo por evitar la sentencia del juez —exclamé.

Laponder se defendió con un gesto:

—Se equivoca. Desde su punto de vista los jueces tienen toda la razón. ¿Deberían dejar en libertad a un hombre como yo? ¿Para que mañana o pasado cometa otro crimen?

—No, pero lo deberían internar en un establecimiento para enfermos mentales, ¡eso es lo que quiero decir!

—Si yo estuviera loco usted tendría razón —replicó Laponder, impasible—. Pero no estoy loco. Es algo totalmente diferente... algo que se parece mucho a la locura, pero que es exactamente lo contrario. Escúcheme, se lo ruego. Enseguida me comprenderá. Lo que usted me contó, sobre la aparición de ese fantasma sin cabeza —un símbolo, naturalmente, cuya clave podrá encontrar sin dificultad si reflexiona—, yo también lo he vivido, exactamente del mismo modo. ¡Solo que yo *acepté* los granos! Y me embarqué en el «Sendero de la Muerte». No puedo concebir nada más sagrado que dejarme conducir por el espíritu que hay en mí, ciegamente, con toda confianza, dondequiera me lleve ese camino, al patíbulo o al trono, a la pobreza o a la riqueza. Jamás dudé, cuando la opción estuvo en mis manos.

»Es por eso que no mentí, cuando la opción estuvo en mis manos.

»¿Conoce las palabras del profeta Miqueas?: "¡Oh hombre, yo te mostraré lo que conviene hacer, y lo que el Señor pide de ti..."

»De haber mentido, hubiera engendrado una causa, porque tenía la opción; cuando cometí el asesinato, no engendré nada. Era solamente el *efecto* de una causa que dormitaba en mí desde hacía tiempo, y sobre la que no tenía poder alguno.

»Es por eso que mis manos están limpias.

»Dado que el espíritu que hay en mí se convirtió en asesino, obró una ejecución; cuando los hombres me cuelguen de la horca, mi destino será disociado del de ellos: accederé a la libertad.»

Tuve la impresión de estar ante un santo, y mis cabellos se erizaron de espanto al pensar en mi propia pequeñez.

—Usted me contó que a consecuencia de la intrusión de un hipnotizador en su conciencia, perdió durante largo tiempo el recuerdo de su juventud —prosiguió—. Es el signo —el estigma— de todos aquellos que han sido mordidos por la «serpiente del reino espiritual». Pareciera casi como si dos vidas hubieran entrado una sobre la otra en nosotros, como el injerto en un árbol silvestre, antes que el *milagro del despertar* pueda producirse. La separación que habitualmente está constituida por la muerte es provocada en tales casos por la extinción de la memoria, a menudo por una brusca conversión interior, sin más.

»En mi caso, sin causa exterior aparente, me desperté totalmente diferente, en la mañana de mi vigésimo primer año. Lo que hasta entonces había amado me dejaba indiferente. La vida me parecía tan tonta como una historia de indios y vaqueros, y perdió toda realidad; los sueños se convirtieron en certidumbre —una certidumbre, compréndame bien: una certidumbre *real*— y la vida diurna se convirtió en un sueño.

»Todos los hombres conocerían esta experiencia si poseyeran la clave. Ahora bien, la sola y única clave es que se tome conciencia en el sueño de la "forma" del propio "yo", de la propia *piel*, podríamos decir, que se encuentra en los estrechos intersticios por los que se desliza nuestra conciencia entre la vigilia y el sueño profundo. Es por eso que antes le dije que "deambulo", y no que "sueño".

»La lucha por la inmortalidad es una lucha por un cetro, por el dominio de los espectros y los clamores que nos habitan; y la espera de la entronización del yo es la espera del Mesías.

»El *Habal Garmin* que usted vio, el "Hálito de los Huesos" de la Cábala, era el rey. Cuando esté coronado, el hilo que lo ata al mundo de los sentidos físicos y el canal de la razón se romperá.

»Usted me preguntará cómo pude convertirme en violador y asesino de la noche a la mañana, a pesar de mi desapego por la vida. El ser humano es como un tubo de cristal en el que ruedan bolas de colores. En casi todos no hay más que una: si es roja, el hombre es "malo"; si es amarilla, es "bueno". Si hay dos, una roja y una amarilla, que se persiguen, entonces se tiene un "carácter inestable". Nosotros, los que hemos sido "mordidos por la serpiente", vivimos en nuestra experiencia todo lo que sucede a la raza entera durante una era. Las bolas roja y amarilla recorren el tubo a una detrás de otra, y cuando lleguen al fin nos convertiremos en profetas, seremos espejos de Dios.»

Laponder calló. Durante largo tiempo fui incapaz de pronunciar una palabra. Sus ideas me habían dejado estupefacto.

—¿Por qué me pidió con tanta ansiedad que le contara mis experiencias, cuando usted está tan, tan por encima mío? —pregunté luego.

—Se equivoca —me dijo Laponder—. Yo estoy muy por *debajo* de usted. Se lo pedí porque sentí que usted poseía la clave que aún me faltaba.

—¿Yo? ¿Una clave? ¡Dios mío!

—¡Sí, *usted!* Y me la ha dado. No creo que haya hoy sobre la tierra un hombre más feliz que yo.

Afuera, ruidos. Quitaron los cerrojos. Laponder apenas si prestó atención.

—La clave es el hermafrodita, ahora tengo la certeza. Aunque solo fuera por eso, soy feliz de que vengan en mi busca, porque pronto alcanzaré la meta.

Las lágrimas me impedían ver el rostro de Laponder, solo *escuchaba* la sonrisa en su voz.

—Y ahora adiós, herr Pernath, y recuerde: lo que se perderá mañana no serán más que mis ropas. Usted me reveló lo más hermoso; ahora es el día de los esponsales místicos... —Se levantó y siguió al carcelero—. Está íntimamente ligada a la violación y el crimen —fueron las últimas palabras que escuché, y solo las comprendí oscuramente.

Desde esa noche, cada vez que había luna llena, me parecía ver el rostro dormido de Laponder sobre la tela gris del camastro. En los días que siguieron a su partida, desde el patio de las ejecuciones escuché martillazos y chirridos de sierra que duraban a veces hasta el alba. Adivinando lo que anunciaban, permanecía horas tapándome los oídos, sumido en la desesperación.

Pasaron meses y más meses. Vi que el verano tocaba a su fin cuando el miserable follaje del patio marchitó; los muros exhalaban un olor mohoso. Cuando durante la ronda mi mirada caía sobre el árbol moribundo, con el medallón de la Virgen en su corteza, hacía involuntariamente la comparación con el rostro de Laponder, que se había grabado profundamente en mí. Llevaba a todas partes conmigo esa máscara de Buda de piel lisa, con su extraña sonrisa vuelta hacia adentro.

Una sola vez, en setiembre, el juez de instrucción me hizo llamar y me preguntó con aire desconfiado cómo podía explicar mi declaración en el banco con respecto a un viaje urgente, mi agitación durante las horas precedentes a mi arresto y el paquete conteniendo todas las piedras preciosas que llevaba conmigo.

Cuando respondí que había tenido la intención de suicidarme, la risa de la cabra odiosa brotó de nuevo entrecortadamente detrás del escritorio.

Hasta entonces había permanecido solo en mi celda, lo que me permitía seguir con mis pensamientos, mi pena por

Charousek, a quien suponía muerto hacía tiempo, y Laponder, y mi tierna nostalgia por Miriam. Luego vinieron nuevos prisioneros: ladrones, oficinistas de rostros ajados por el libertinaje, cajeros ventrudos —«niños perdidos» como habría dicho el Negro Vóssatka— que echaban a perder mi aire y mi humor. Un día uno de ellos contó, lleno de noble indignación, que tiempo atrás había tenido lugar un asesinato sexual en la ciudad, agregando que por suerte el culpable había sido inmediatamente arrestado y castigado.

—El miserable se llamaba Laponder —gritó el individuo con su morro de hocico feroz, condenado a catorce días de prisión por maltratar a un niño—. Lo pescaron en el lugar. La lámpara se había caído durante la lucha y la habitación se quemó. El cuerpo de la chica estaba tan carbonizado que nadie ha logrado saber hasta la fecha quién era. Tenía el cabello negro y la cara delgada, eso es todo lo que se sabe. Y Laponder jamás quiso dar su nombre. Yo le hubiera arrancado la piel y le hubiera echado pimienta, pero así son los grandes señores. ¡Todos unos asesinos!... Como si no hubiera otros medios para librarse de una chica —agregó con una sonrisa cínica.

Yo hervía de cólera y de buena gana hubiera derribado a golpes al miserable. Noche tras noche roncaba sobre el camastro que había pertenecido a Laponder. Respiré cuando por fin fue liberado.

Pero aún entonces no pude desembarazarme totalmente de él. Sus palabras se habían hundido en mí como una flecha con púas. Casi constantemente, sobre todo en la oscuridad, me roía el temor de que Miriam hubiera podido ser la víctima de Laponder. Cuanto más luchaba contra esa sospecha, más me enredaba en sus redes, y ella terminó por convertirse en una obsesión.

A veces, sobre todo cuando la luna brillaba con fuerza a través de las rejas, las sospechas se atenuaban. Podía revivir entonces las horas pasadas con Laponder y el profundo afecto que yo alimentaba por él ahuyentaba mi tormento, pero con mucha frecuencia volvían los minutos terribles en que veía el cuerpo de Miriam asesinada, carbonizada, y temía perder la razón. En dichos momentos los débiles indicios que tenía a mi disposición para apuntalar mi sospecha se reforzaban y organizaban en una estructura sin fallas, conformando un cuadro lleno de detalles indescriptiblemente terroríficos.

A principios de noviembre, hacia las diez de la noche —la oscuridad era total—, mi desesperación había alcanzado un punto tal que mordí mi jergón como una bestia sedienta para no gritar, cuando de pronto se abrió la puerta, entró el carcelero y me ordenó que lo siguiera ante el juez de instrucción. Me sentía tan débil, que en lugar de caminar me tambaleaba.

La esperanza de abandonar algún día la espantosa prisión había muerto hacía tiempo en mí.

Me apresté a soportar una vez más una fría pregunta, a escuchar el balido estereotipado detrás del escritorio y a

regresar a las tinieblas. El señor barón Leisetreter acababa de irse a su casa y solo se encontraba en la habitación
un chupatintas jorobado, con dedos como patas de araña.
Mudo e impasible, aguardé lo que habría de suceder. Noté
que el carcelero había entrado detrás mío y me guiñaba los
ojos con benevolencia, pero yo estaba demasiado abatido
como para adivinar el sentido de esa mímica.

—La investigación ha establecido —comenzó el chupatintas, que se rió, se encaramó a un taburete y hurgó largo
tiempo en busca de expedientes en un estante, antes de
proseguir—, ha establecido que el individuo en cuestión,
Karl Zottmann, tuvo una cita antes de su muerte con la antigua prostituta Rosina Metzeles, conocida con el seudó-
nimo de «Rosie la Pelirroja», y ulteriormente rescatada por
una suma no revelada del Bar Kautsky por el sordomudo
Jaromir Kwássnitschka, recortador de siluetas, y que desde abril de este año vive en concubinato flagrante —Rosie la Pelirroja, eso es— con su excelencia el príncipe Ferri
Athenstädt. El antes mencionado Zottmann fue encerrado
por acción de una mano criminal en un sótano subterráneo
abandonado, número catastral 21.873, bajo el número ro-
mano III, calle Hahnpass, número actual 7, y abandonado a
una muerte por hambre o frío...

El chupatintas, antes de continuar, echó un vistazo por
debajo de sus gafas y hojeó su legajo.

—La investigación ha establecido también, según todas las apariencias, que subsecuentemente al deceso del antes mencionado Zottmann, este fue despojado de los bienes y efectos que portaba, entre los que figuraba un reloj de oro de tapa doble —el chupatintas levantó el reloj colgado de su cadena—, citado en la sección P mayúscula, apartado b. Las declaraciones de Jaromir Kwássnitschka, recortador de siluetas, hijo del difunto vendedor de panes ácimos del mismo nombre, según las cuales habría encontrado el reloj en el lecho de su hermano Loisa, actualmente en fuga, y que lo habría entregado contra recibo de valor en dinero al revendedor de antigüedades Aarón Wassertrum, propietario de inmuebles y actualmente fallecido, no han podido ser tomadas en consideración, vista su falta de verosimilitud.

»La investigación ha establecido además que el cadáver del mencionado Karl Zottmann contenía, en el momento de su descubrimiento, una libreta en el bolsillo trasero de su pantalón, donde había realizado, presumiblemente poco antes del deceso, varias anotaciones relativas a los hechos, que condujeron a las autoridades reales e imperiales a la identificación del criminal. El testimonio de las anotaciones de dicha libreta hacen altamente sospechoso a *Loisa* Kwássnitschka, al presente fugitivo de la justicia. Y, en consideración de las nuevas evidencias materiales, se ordena poner término a la detención preventiva de Atha-

nasius Pernath, tallador de piedras preciosas, sin antece-
dentes judiciales, en este mismo día, como también cesar
toda acción contra él.

»Praga, julio de 189...

Firmado

Dr. Freiherr von Leisetreter.»

El suelo se hundió bajo mis pies y por un instante perdí
el conocimiento. Cuando volví en mí estaba sentado en una
silla y el carcelero me palmeaba amistosamente la espalda.
El chupatintas, que se había mantenido imperturbable, cogió rapé, estornudó y luego dijo:

—La notificación de esta disposición no ha podido tener
lugar antes de la fecha porque su nombre comienza con «P»,
y naturalmente se encuentra al final del índice alfabético.

Luego continuó leyendo:

—Además se pondrá en conocimiento del señor Athanasius Pernath, tallador de piedras preciosas, que conforme a
las disposiciones testamentarias de Innocence Charousek,
estudiante de medicina de esta ciudad, fallecido en el mes de
mayo de este año, un tercio de los bienes y propiedades del
susodicho le ha sido legado como herencia, en fe de lo cual
deberá el señor Athanasius Pernath firmar el acta anexa.»

Al pronunciar estas últimas palabras, el chupatintas
mojó la pluma en el tintero y comenzó a garabatear. Yo
aguardé, por costumbre, su risa de cabra, pero esta vez
no se rió.

—Innocence Charousek —murmuré, con la mente ausente.

El guardián se inclinó hacia mí y me cuchicheó en el oído:

—No mucho antes de su muerte, herr doctor Charousek vino a verme y me pidió noticias suyas. Me pidió que le dijera varias cosas. «Dele mis mejores deseos», dijo. Como ve usted, no pude cumplir la comisión en ese momento. Está formalmente prohibido. Triste fin, el del pobre doctor Charousek. Acabó con su vida. Lo encontraron tendido boca abajo sobre la tumba de Aarón Wassertrum. Había hecho dos hoyos profundos en la tierra, se había abierto las venas y luego había metido los brazos en los agujeros. De esa manera se desangró. Debió de haberse vuelto loco, el pobre doctor Char...

El chupatintas, tras correr su silla con gran ruido, me tendió la pluma para que yo firmara. Hecho esto, se irguió altivamente y exclamó, exactamente en el mismo tono de su aristócrata superior:

—¡Carcelero, llévese a este hombre!

Como tantos meses antes, el hombre del sable y los calzoncillos dejó el molinillo de café que sostenía sobre sus rodillas, pero esta vez no me inspeccionó, restituyéndome por el contrario mis piedras preciosas, el monedero con las diez coronas, mi capa y todo lo demás.

Luego me encontré en la calle.

«¡Miriam! ¡Miriam! ¡Miriam! ¡Por fin, nuestro reencuentro está cerca!» Ahogué un grito de exultación frenética. Debía ser media noche. La luna llena brillaba, apagada como un plato de cobre pálido, detrás de los velos de la bruma. El empedrado estaba cubierto por una película de fango pegajoso. Llamé a un coche de plaza que tenía aspecto de monstruo antediluviano; mis piernas se negaban a servirme, completamente desacostumbrado a caminar, y vacilé sobre las plantas de los pies como un hombre afectado por una inflamación de la médula.

—Cochero, al número 7 de la calle Hahnpass. ¿Me ha entendido? Hahnpass, número 7.

XIX

LIBRE

Al cabo de unos metros el coche se detuvo

—¿Calle Hahnpass, señor?

—¡Sí, sí, pero apúrese!

De nuevo el coche avanzó unos metros y de nuevo se detuvo.

—¡¿Por el amor de Dios, que sucede ahora?!

—¿Ha dicho usted calle Hahnpass, señor?

—Sí, sí. ¡Por supuesto que lo hice?

—Pues no puedo llevarlo hasta la calle Hahnpass?

—¿Por qué no?

—Han levantado todo el empedrado. Están poniendo patas arriba a todo el Barrio Judío.

—Bueno, vaya hasta donde pueda llegar, ¡pero rápido, se lo ruego!

El carricoche hizo un breve trayecto al galope y luego retomó su andar más mesurado. Bajé el cristal de la portezuela y tragué golosamente grandes bocanadas del frío aire nocturno. Todo se había vuelto ajeno para mí, tan increíblemente nuevo, las casas, las calles, las tiendas cerradas. Un perro blanco, solitario y moroso, pasó trotando por la acera mojada. ¡Extraordinario! ¡Un perro! Había olvidado completamente de que existían semejantes animales. Arrastrado por mi felicidad, le grité como un niño:

—¡Vamos, vamos! ¿Cómo se puede estar de tan mal humor?

¿Qué irá a decir Hillel? ¿Y Miriam?

Unos minutos más y estaría junto a ellos. No pararía de llamar a la puerta hasta sacarlos del lecho. Ya todo estaba bien, todos los sufrimientos de estos últimos años habían pasado. ¡Qué Navidad espléndida tendríamos! ¡Y esta vez me no me quedaría dormido, como el año pasado!

Por un instante aquel viejo terror me paralizó de nuevo, las palabras del condenado con hocico de animal volvieron a mi mente. El rostro quemado... la violación... el asesinato. ¡No! ¡No! Expulsé violentamente las imágenes. No, no, no podía ser verdad. ¡Miriam estaba viva! Yo había oído su voz por la boca de Laponder.

Un minuto más... medio minuto, y después...

El coche se detuvo ante un montón de escombros. En todas partes había barricadas de adoquines con faroles rojos que ardían sobre ellas. A la luz de antorchas, un ejército de obreros cavaba y paleaba.

Montañas de cascotes obstruían el camino. Las escalé, resbalando, hundiéndome hasta las rodillas.

Allí, esa debía ser la calle Hahnpass. Me orientaba penosamente, nada más que ruinas a mi alrededor. ¿No era esa la casa en que yo había vivido? Toda la fachada había sido arrancada.

Trepé por una colina de tierra; abajo, lejos, lo que había sido una calle se había convertido un estrecho pasaje entre paredes negras. Alcé los ojos. Las casas vacías permanecían suspendidas en el aire como las celdas en una gigantesca colmena, a medias iluminadas por las antorchas y la sombría luz de la luna.

Allí arriba debía haber estado mi habitación. La reconocí por la pintura de las paredes, aunque solo quedaba un resto a la vista. Y al lado el estudio, el estudio de Savioli. De pronto sentí mi corazón vacío. ¡Qué extraño era todo! ¡El estudio!... ¡Angelina!... ¡Todo eso estaba tan lejos, tan inmensamente lejos!

Me volví. De la casa en que había vivido Wassertrum no quedaba piedra sobre piedra. Todo había sido arrasado, la tienda del chatarrero, el sótano de Charousek, todo, todo.

Volvió a mi mente una frase leída en otro tiempo: «El hombre pasa como una sombra, nada permanece».

Pregunté a uno de los obreros si sabía dónde vivía la gente desalojada, y si conocía a Schemaiah Hillel, el archivista del Ayuntamiento Judío.

—No hablar alemán —me respondió, pero cuando le ofrecí una corona comprendió de inmediato lo que le preguntaba; pero no pudo darme la menor información. Sus camaradas tampoco.

¿Quizá podría enterarme de algo en lo de Loisitchek? El establecimiento estaba cerrado, me dijeron, por renovación.

Bueno, bueno, entonces despertaría a alguien de los alrededores... ¿No era posible?

—No queda ni un gato en la vecindad —dijo el obrero—. Está prohibido por el tifus.

—¿Y la *Vieja Caseta de Peaje*? ¿Estará abierta?

—Cerrada.

—¿Está usted seguro?

—Seguro.

Enumeré al azar los nombres de algunas personas que habían vivido en el barrio; y luego los de Zwakh, Vrieslander, Prokop...

Ante cada nombre el obrero meneaba la cabeza.

—¿Quizá conozca a Jaromir Kwássnitschka?

Presto atención.

—¿Jaromir? ¿No es sordomudo?

¡Dios sea loado! Al menos uno.

—Sí, es sordomudo. ¿Dónde vive?

—¿Recorta pequeñas imágenes? ¿En papel negro?

—Sí, eso es, es él. ¿Dónde podría encontrarlo?

Con muchas disgresiones, correcciones y repeticiones, el hombre me describió un café del centro de la ciudad que permanecía abierto toda la noche, y volvió de inmediato a su pala.

Durante más de una hora patrullé en medio de océanos de escombros, balanceándome sobre tablones vacilantes y arrastrándome debajo de las vallas que cerraban las calles. Todo el Gueto no era sino un desierto de piedra, como si un sismo hubiera destruido la ciudad. Anhelante de excitación, cubierto de polvo, los zapatos destrozados, salí por fin del laberinto. Unas filas de casas y me encontré frente al café tan buscado. Sobre la fachada, la inscripción *Café Caos*. Una sala vacía, diminuta, con apenas unas pocas mesas adosadas a los muros. En el centro, roncaba un camarero, acostado sobre un billar de tres patas. Una mujer del mercado estaba sentada en un rincón, con una cesta de legumbres ante ella, cabeceando sobre un vaso de té.

Por fin el camarero se dignó levantarse y me preguntó qué quería. Solo al ver la mirada insolente con que me observó, me di cuenta del aspecto harapiento que yo debía tener. Eché un vistazo al espejo y lo que vi me asustó: un rostro ajeno, exangüe, arrugado, gris como la ceniza, con una barba hirsuta y largos cabellos en desorden, me observaba con una mirada vacía.

Ordené un café y le pregunté si un cierto Jaromir, que recortaba siluetas, no estaba allí.

—No sé por dónde andará —me respondió el camarero con un bostezo. Luego se volvió a tumbar sobre el billar y siguió durmiendo.

Descolgué el *Prager Tageblatt* de la pared, y esperé. Las letras trotaban como hormigas sobre las páginas y no comprendía ni una palabra de lo que leía.

Las horas pasaron y ya se veía aparecer detrás de los vidrios el azul profundo y turbio que anunciaba la llegada de la aurora en un café iluminado con luz de gas. Aquí y allá, algunos policías de penachos brillantes con reflejos verdosos echaban un vistazo al interior, para volverse a ir con paso lento y sordo.

Entraron tres soldados que parecían no haberse acostado.

Un barrendero se tomó un trago.

Por fin, mucho después, Jaromir.

Había cambiado tanto que al principio no lo reconocí. Los ojos apagados, los dientes delanteros rotos, el cabello ralo, con grandes entradas detrás de las orejas.

Yo me sentía tan feliz de volver a ver por fin un rostro conocido que me precipité a su encuentro con la mano tendida. Él adoptó un aire de extraordinaria timidez y no dejaba de mirar en dirección a la puerta. Con todos los gestos posibles, traté de hacerle entender que me alegraba de haberle encontrado, pero durante mucho tiempo no pareció creerme. Cualesquiera que fuesen las preguntas que le formulaba, chocaba siempre con el mismo movimiento impotente de la mano, que en él significaba incomprensión.

¿Cómo hacerme entender? ¡Ah, una idea!

Pedí prestado un lápiz y dibujé uno tras otro los rostros de Zwakh, Vrieslander y Prokop.

—¿Qué? ¿Se han ido todos de Praga?

Agitó vigorosamente los brazos en el aire, hizo el gesto de alguien contando dinero, hizo caminar los dedos sobre la mesa y se golpeó el dorso de la mano. Adiviné que los tres habían recibido dinero de Charousek y recorrían el mundo con un teatro de marionetas más grande.

—¿Y Hillel? ¿Dónde vive ahora?

Dibujé su rostro, una casa y un signo de interrogación al lado. Jaromir no comprendió el último signo, porque no sabía leer, pero adivinó lo que yo quería; cogió una cerilla, la arrojó al aire y la hizo desaparecer a la manera de un prestidigitador.

¿Qué significaba eso? ¿También Hillel se había ido de viaje?

Dibujé el Ayuntamiento Judío. El sordomudo meneó vigorosamente la cabeza.

—¿Hillel ya no está allí?

Una violenta sacudida de cabeza.

—¿Dónde está, entonces?

De nuevo la manipulación de la cerilla

—Quiere decir que el caballero partió y que nadie sabe donde está —explicó el barrendero, que no había dejado de observarnos con interés.

Mi corazón se convulsionó de espanto: ¡Hillel se había ido! Ahora estaba totalmente solo en el mundo. Todo lo que había en la sala giró ante mis ojos.

—¿Y Miriam? —Mi mano temblaba tan fuerte que por largo rato no pude dibujar un rostro parecido—. ¿Miriam también ha desaparecido?

También había desaparecido, sin dejar rastro.

Lancé un gemido con todas mis fuerzas y me puse a caminar arriba y abajo de la sala, mientras los tres soldados se miraban perplejos. Jaromir trató de calmarme y quiso comunicarme otra cosa de la que parecía haberse enterado. Apoyó la cabeza en el brazo, como alguien que duerme.

Me aferré a la mesa.

—En nombre de Cristo, ¿ha muerto Miriam?

Meneó la cabeza. Jaromir repitió la mímica del durmiente.

—¿Ha estado enferma?

Dibujé un frasco de farmacia. Meneó de cabeza. De nuevo Jaromir apoyó la frente en el brazo. Llegó el crepúsculo, una tras otra se encendieron las llamas de gas y yo seguía sin comprender qué significaban sus gestos.

Abandoné y me senté a pensar. Lo único que me quedaba por hacer era ir a primera hora al Ayuntamiento Judío para informarme y tratar de saber dónde habían podido ir Hillel y Miriam. *Debía* reunirme con ellos...

Sin decir palabra, permanecí sentado junto a Jaromir, sordo y mudo como él. Cuando levanté la vista, al cabo de largo rato, vi que estaba recortando una silueta. Reconocí el perfil de Rosina. Me tendió la hoja por encima de la mesa, se tapó los ojos y se puso a llorar silenciosamente. Luego se levantó de un salto y salió titubeando, sin un gesto de adiós.

En el Ayuntamiento Judío me dijeron que su archivista, Schemaiah Hillel, se había ido un día sin dar explicaciones y no había regresado. Sin duda se había llevado a su hija con él, porque nadie la había vuelto a ver a partir de ese día.

Ni el menor indicio acerca de la dirección adonde podían haberse dirigido.

En el banco me explicaron que mi dinero aún estaba confiscado por orden de la justicia, pero que esperaban de un momento a otro la autorización para entregármelo. Así pues, la herencia de Charousek también debía seguir el trámite administrativo, y sin embargo yo aguardaba esa suma con candente impaciencia, resuelto a consagrarla en su totalidad a la búsqueda de las huellas de Hillel y Miriam.

Vendí las piedras preciosas que me quedaban y alquilé dos pequeñas buhardillas amuebladas contiguas en la calle de la Escuela Vieja, la única que se había salvado de la demolición del Gueto. Curioso azar, pero era la misma casa, tan conocida, donde la tradición situaba la desaparición del Golem.

Me informé a través de otros habitantes de la casa, pequeños comerciantes o artesanos en su mayoría, acerca de lo que podía haber de cierto en la historia de la habitación sin entrada, y todos se rieron en mis narices. ¡Cómo se podía dar crédito a semejantes estupideces!

Mis propias aventuras a él vinculadas habían adquirido en la prisión la palidez diáfana de un sueño hacía tiempo disipado, yo no veía en ellas más que símbolos carentes de

vida real, y las borré de mis recuerdos. Las palabras de Laponder, que a veces oía resonar tan claramente en mi fuero
íntimo como si hubiera estado sentado frente a mí hablán-
dome, como en la celda, me confirmaban en la idea de que
yo había debido vivir en espíritu aquello que en otro tiempo pareció ser una realidad tangible.

Todo lo que yo poseía entonces, ¿no había desaparecido
acaso? El *Libro de Ibbur*, el fantástico Tarot, Angelina, y aun
mis viejos amigos Zwakh, Vrieslander y Prokop.

Había llegado la Nochebuena y me compré un pequeño
abeto con velas rojas. Quería recordar mi juventud con la
danza de las pequeñas llamas, el olor de las agujas resinosas
y de la cera quemada a mi alrededor. Antes de fin de año
quizás estuviera en camino, en busca de Hillel y Miriam,
por ciudades y aldeas, dondequiera me llevara mi instinto.
Toda impaciencia se había apagado poco a poco en mí, así
como todo temor de que Miriam hubiera sido asesinada. En
el fondo de mi corazón sabía que los encontraría.

Había como una perpetua sonrisa en mí, y cuando posaba
la mano sobre algún objeto tenía la impresión de que una
gracia emanaba de él. Era como la satisfacción de un hombre que, después de muchos años de vagabundeo, vuelve a
su casa y percibe de lejos las torres y espiras de su ciudad
natal brillando bajo la luz del sol.

Regresé un día al viejo café para invitar a Jaromir a que
pasara la Navidad conmigo. Supe que no había vuelto a aparecer nunca más. Me aprestaba a irme, entristecido, cuando

entró un viejo buhonero para ofrecer pequeñas antiguallas sin valor. Hurgué en su caja y, entre los dijes, los pequeños crucifijos, los peines, los broches, encontré un minúsculo corazón de piedra roja atado a una desteñida cinta de seda bordada. Reconocí con estupefacción el recuerdo que me diera Angelina, junto a la fuente en el parque de su castillo, cuando aún era una niña.

De un solo golpe volví a ver toda mi juventud, como si observara un cuadro pintado por una mano infantil en el fondo de una cámara oscura. Permanecí largo tiempo, largo tiempo, mirando el pequeño corazón rojo en la palma de mi mano.

Sentado en mi buhardilla, escuchaba el chasquido de las agujas del abeto cuando aquí o allá una ramita ardía sobre la llama de una vela.

«Quizás en este mismo momento el viejo Zwakh está representando su *Navidad de las marionetas* en algún lugar de la tierra», pensé, y me lo imaginé declamando con una voz llena de misterio las estrofas de su poeta preferido, Oskar Wiener:

¿Dónde está el corazón de piedra roja?
Está atado a una cinta de seda.
¡Oh, tú! No entregues ese corazón;
le he sido fiel y lo he amado,
he servido siete duros años
para ese corazón, y lo he amado.

De pronto me sentí inundado por una alegría singular. Las velas acababan de consumirse. Una sola aún vacilaba. El humo rodaba por la habitación. Como si una mano me hubiera dado un tirón, me volví bruscamente:

Mi imagen estaba en el umbral, mi doble, vestido con una capa blanca y una corona en la cabeza.

Apenas un instante estuvo allí, luego las llamas se precipitaron a través de la madera de la puerta arrastrando en pos de ellas una nube de humo asfixiante.

¡Fuego! ¡Un incendio en la casa! ¡Fuego!

Abro la ventana y escalo el tejado. Puedo escuchar a lo lejos los aullidos de las sirenas de los bomberos.

Cascos relucientes y órdenes tajantes, luego el jadeo fantasmal y rítmico de las bombas que se agitan como demonios del agua para saltar sobre su enemigo mortal: el fuego. Los cristales saltan y lenguas rojas brotan de todas las ventanas; se arrojan colchones, la calle está llena de ellos; los hombres saltan y se los llevan, heridos.

No sé por qué, pero en mí reina un éxtasis frenético y exultante. Mis cabellos se erizan.

Corro hacia la chimenea para evitar el fuego, porque las llamas me alcanzan. Encuentro allí, enrollada, la cuerda de un deshollinador. La desenredo. Una vuelta alrededor de la muñeca y la pierna, como aprendí en el gimnasio de la escuela, y me dejo deslizar tranquilamente por la fachada.

Paso ante mi ventana: adentro todo está fuertemente iluminado.

Y *entonces veo... entonces veo...* Todo mi cuerpo no es más que un inmenso grito de alegría.

¡Hillel! ¡Miriam! ¡Hillel!

Quiero saltar hacia el alféizar. Extiendo la mano. Pierdo mi asidero en la cuerda.

Durante un instante quedo suspendido *entre el cielo y la tierra, cabeza abajo, las piernas cruzadas.*

La cuerda zumba bajo la brusca tensión. Sus hilos se estiran y crujen.

Caigo.

Pierdo el conocimiento.

Al caer me sujeto al borde de la ventana, pero mis dedos resbalan. No hay asidero. La piedra es lisa.

Lisa, *como un trozo de grasa.*

XX

FIN

¡...Como un trozo de grasa!

Es la piedra que se parece a un trozo de grasa.

Las palabras resuenan en mis oídos. Luego me levanto y debo hacer un esfuerzo para recordar dónde estoy.

Estoy en la cama. En un hotel.

No me llamo Pernath.

¿He soñado todo eso? ¡No, los sueños no son así! Observo el reloj de péndulo; apenas he dormido una hora. Son las dos y media. Y allí cuelga un sombrero; no es mío, es el que cogí por error en la catedral hoy, mientras asistía a la gran misa.

¿Hay un nombre en su interior?

Lo cojo y veo, en letras de oro sobre el forro de seda blanca, el nombre desconocido y no obstante tan conocido:

ATHANASIUS PERNATH

Ahora ya no estoy tranquilo. Me visto de prisa y bajo corriendo las escaleras.

—¡Portero! ¡Ábrame a la puerta! Voy a dar un paseo de una hora.

—¿Adónde, señor?

—Al Barrio Judío, a la Hahnpass. ¿Hay una calle que lleva ese nombre, no es cierto?

—Seguro, seguro... —El portero sonríe maliciosamente—, pero le informo que en el Barrio Judío no queda gran cosa. Todo está recién hecho, señor.

—No tiene importancia. ¿Dónde queda la calle Hahnpass?

Los gruesos dedos del portero se posan sobre el plano:

—Aquí, señor.

—¿Y el cabaret de Loisitchek?

—Aquí, señor.

—Deme una hoja grande de papel.

—Aquí tiene, señor.

Envuelvo en ella el sombrero de Pernath. Qué curioso: es casi nuevo, irreprochablemente limpio, y sin embargo frágil, como si fuera muy viejo.

En el camino, reflexiono sobre lo sucedido. Todo lo que le ha ocurrido a este Athanasius Pernath yo lo he vivido en *una* noche; lo he visto, oído, sentido como si fuera él. Entonces, ¿cómo puede ser que no sepa qué fue lo que vio él detrás de la ventana enrejada en el instante en que la cuerda se rompió y gritó: «¡Hillel! ¡Hillel!»?

Me doy cuenta de que en ese momento se separó de mí.

Debo encontrar a ese Athanasius Pernath, aunque tenga que correr tras él tres días con sus noches.

¿Así que esta es la calle Hahnpass? ¡No se parece nada a cuando la vi en mi sueño! Solo casas nuevas.

Un minuto más tarde estoy sentado en el Café Loisitchek, una sala sin estilo propio pero muy limpia. En el fondo, un estrado bordeado por una balaustrada de madera; es innegable una cierta semejanza con el viejo cabaret de Loisitchek de mis sueños.

—¿Qué desea? —me pregunta la camarera, sólida, esbelta, apretada en su chaqueta de frac de terciopelo rojo.

—Un brandy, señorita.... Bien, gracias... Hum, fräulein...

—¿Sí, señor?

—¿A quién pertenece este café?

—A herr Loisitchek. Toda la casa le pertenece. Un distinguido miembro de la comunidad.

¡Ajá! El tipo de los dientes de jabalí en la cadena del reloj. Lo recuerdo.

Se me ocurre una buena pregunta para saber que me ha ocurrido.

—¡Fräulein!

—Sí, señor.

—¿Cuando se desplomó el puente de piedra?

—Hum. Treinta y tres años...

Calculo: en estas condiciones el tallador de piedras preciosas Pernath ha de tener casi ochenta.

—¡Fräulein!

—¡Sí, señor!

—¿No habrá nadie, entre sus clientes, que recuerde aún el aspecto que tenía el viejo Gueto de esa época? Soy escritor y esas cuestiones me interesan.

La camarera reflexionó un momento.

—¿Entre los clientes? No. Pero aguarde un poco. ¿Ve usted al apuntador que está jugando al billar con un estudiante? El viejo de la nariz ganchuda. Ha vivido aquí toda su vida, él le dirá todo lo que usted necesita saber. ¿Quiere que lo llame cuando termine?

Seguí la mirada de la muchacha. Un viejo demacrado, de cabello blanco, se inclina sobre la mesa y unta con tiza un taco. Un rostro desolado pero curiosamente distinguido. ¿En quién me hace pensar?

—Fräulein, ¿cómo se llama el apuntador del billar?

La muchacha apoya el codo sobre la mesa, mordisquea un lápiz y escribe a toda velocidad su nombre un número incalculable de veces en el mármol, borrándolo cada vez con un dedo abundantemente humedecido. Durante este ejercicio me lanza miradas más o menos ardientes, en la medida de sus posibilidades. Desde luego, la elevación concomitante de las cejas es inevitable; objetivo: acentuar la fascinación de su mirada

—¿Fräulein —repito—, cómo se llama el apuntador del billar?

Me doy cuenta de que hubiera preferido preguntar otra cosa: ¿Señorita, por qué no tiene nada bajo el frac?, por ejemplo. Pero no se lo pregunto. Estoy obsesionado por mi sueño.

—Veamos, ¿cómo se llama? —gruñe, malhumorada—. ¡Ferri, me parece, Ferri Athenstädt!

¡Ajá! ¡Ferri Athenstädt! ¡Otro viejo conocido!

—Cuénteme sobre él todo lo que sepa, fräulein —la arrullo, pero debo fortificarme enseguida con otro brandy—. Usted tiene una voz tan encantadora. (Me doy asco a mí mismo.)

Ella se inclina hacia mí con aire misterioso, tan cerca que sus cabellos me cosquillean el rostro, y susurra:

—El viejo Ferri, en su tiempo, era un personaje muy importante... Dicen que era noble, de una familia muy antigua —pero seguro que no son más que habladurías, solo porque no lleva barba— y terriblemente rico. Cuentan que una pequeña judía pelirroja, que debió haber sido todo un personaje (escribió de nuevo su nombre una media docena de veces) lo exprimió por completo. De dinero, quiero decir. Bueno, cuando lo dejó seco se largó y se casó con uno de la

nobleza... —me susurra al oído un nombre que no alcanzo
a comprender—. Como corresponde, el señor de la nobleza
tuvo que renunciar a todos sus títulos y desde entonces ya
no pudo llamarse caballero. Además, nunca pudo borrar lo
que ella había sido antes. Yo siempre digo...

—¡Fritzi! ¡La cuenta! —grita alguien en el estrado.

Dejo que mi mirada recorra la sala y de pronto escucho
detrás mío un ligero chirrido metálico, como el de un grillo.
Curioso, me vuelvo. No puedo creer a mis ojos. Con el rostro
vuelto hacia la pared, viejo como Matusalén, con una caja de
música no más grande que un paquete de cigarrillos en las
manos esqueléticas y temblorosas, completamente hundido
en sí mismo... el ciego Nephtali Schaffranek está sentado en
un rincón y da vuelta a la microscópica manivela.

Me acerco a él. Está canturreando confusamente para sí:

La señora Pick.
La señor Hock.
Estrella roja, estrella azul,
se la pasan cotorreando.

... ...

—¿Sabe cómo se llama ese hombre? —le pregunto a un
camarero que pasa a toda velocidad.

—No señor, nadie sabe quién es, ni cómo se llama. Él
mismo lo ha olvidado. Está totalmente solo en el mundo.
¡Apuesto a que tiene por lo menos ciento diez años! To-

das las noches viene por aquí y le damos un cafecito, por caridad.

Me inclino sobre el viejo y le grito una palabra al oído:

—¡Schaffranek!

Como golpeado por el rayo, da un respingo, murmura algo, se pasa la mano por la frente.

—¿Me comprende usted, herr Schaffranek?

Hace un gesto afirmativo.

—Preste atención. Quisiera preguntarle algo sobre los viejos tiempos. Si responde bien a todo le daré esta corona que pongo sobre la mesa.

— Corona —repite el viejo, y acto seguido se pone a dar vueltas furiosamente la manivela de su caja de música rechinante.

Le cojo la mano.

—Reflexione bien. ¿No conoció usted, hace unos treinta y tres años, *a un tallador de piedras preciosas que se llamaba Pernath*?

—¡Qué pena! ¡El sastre! —balbucea, agitando el rostro hendido de oreja a oreja como si le hubiera contado un magnífico chiste.

—«Qué pena», no, *¡Pernath!*

—¿Perlas? —dice, jubiloso.

—No, Perlas tampoco. *¡Per-nath!*

— ¿Vermut? —cloquea de alegría.

Desilusionado, abandono mi interrogatorio.

—¿Quería usted hablar conmigo, señor?

El apuntador Ferri Athenstädt está frente a mí y se inclina fríamente.

—Sí, claro, podríamos jugar una partida de billar mientras conversamos.

—¿Juega por dinero, señor? Le doy noventa a cien de ventaja.

—De acuerdo: una corona la partida. Comience usted.

Su excelencia empuña el taco, apunta, equivoca el efecto y adopta una expresión malhumorada. Conozco perfectamente su juego: me va a dejar llegar a noventa y nueve y luego me alcanzará con *una* sola serie. Mi curiosidad es cada vez más intensa. Voy derecho al grano:

—Trate de recordar, herr Athenstädt... hace mucho tiempo, más o menos en la época en que se derrumbó el puente de piedra, ¿no conoció de entonces a un cierto *Athanasius Pernath* en el Barrio Judío?

Sentado en un banco adosado a la pared, un hombre bizco vestido con una chaqueta a rayas y pequeños aros de oro en las orejas, se sobresalta, me observa y se persigna.

—¿Pernath? ¿Pernath? —repite el apuntador haciendo un gran esfuerzo de concentración—. ¿Pernath? ¿No era alto, flaco? ¿De cabello castaño, una barba entrecana en punta?

—Sí. Exactamente.

—¿De unos cuarenta años en esa época? Se parecía... —su excelencia me observa de pronto con asombro—. ¿Es usted pariente suyo, señor?

El bizco se persigna.

—¿Yo? ¿Pariente? ¡Qué idea más curiosa!... No, simplemente me intereso por él. ¿Sabe usted algo más?

Formulo la pregunta con tono displicente, pero siento que mi corazón se hiela.

Ferri Athenstädt vuelve a sumergirse en sus reflexiones.

—Si no me equivoco, en esa época era considerado un poco loco... Una vez pretendió que se llamaba... aguarde... pero... Sí, afirmó que se llamaba Laponder. Y más tarde, se hizo pasar por un tal... Charousek.

—¡No hay ni una palabra de cierto en todo eso! —interrumpe el bizco—. Ese Charousek existió verdaderamente. Mi padre heredó de él varios miles de coronas.

— ¿Quién es este hombre? —pregunté en voz baja al apuntador.

—Un barquero, se llama Tschamrda. En lo referente a Pernath solo recuerdo, o al menos así lo creo, que luego se casó con una morena judía muy bonita.

«¡Miriam!», me digo. Estoy tan agitado que mis manos tiemblan y no puedo seguir jugando.

El barquero se persigna.

—Pero, ¿qué le ocurre hoy, señor Tschamrda? —pregunta el apuntador sorprendido.

—¡Ese Pernath no existió jamás! —grita—. No lo creo.

Le ofrezco de inmediato un brandy para aflojarle la lengua.

—Hay mucha gente que dice que ese Pernath vive aún —termina por articular el barquero—. He oído decir que era tallador de piedras y que vivía en el Hradschin.

—¿En qué parte del Hradschin?

El barquero se persignó.

—Eso es. Vive donde ningún hombre viviente podría vivir: *junto a la muralla de la última farola*.

—¿Conoce su casa, herr Tscham... Tschamer... Tschamrda?

—¡Por nada del mundo subiría hasta allí! —protestó el bizco—. ¡Jesús, María y José!, ¿por quién me toma?

—¿Pero quizá podría enseñarme de lejos el camino, herr Tschamrda?

—Eso sí —gruñó el barquero—. Si quiere esperar hasta las seis de la mañana, es el momento en que bajo hasta el Moldava. Pero ¡no se lo aconsejo! ¡Corre el riesgo de caerse en la Fosa de los Ciervos y romperse el cuello... eso sin contar los huesos! ¡Santa Madre de Dios!

Por la mañana, caminamos juntos; un viento fresco sopla desde el río. Excitado por la impaciencia, apenas siento el suelo bajo mis pies. De pronto, se yergue ante mí la casa de la calle de la Escuela Vieja; reconozco cada una de sus ventanas: la cañería de desagüe, las rejas, las molduras de piedra lustrosas, como grasientas, ¡todo, todo!

—¿Cuándo se quemó esta casa? —le pregunto al bizco. Estoy tan tenso que los oídos me zumban.

—¿Quemarse? ¡Nunca!

—Pero estoy seguro.

—No.

—Pero es que lo sé. ¿Quiere apostar?

—¿Cuánto?

—Una corona.

—¡Hecho! —Tschamrda va en busca del portero—. ¿Esta casa se quemó alguna vez?

—¿Quemarse? ¿De dónde saca eso? —El hombre se ríe. No puedo creerlo.

—Hace setenta años que vivo aquí —precisa el portero—. Tendría que saberlo.

¡Extraño... extraño!

El barquero me hace cruzar el Moldava en su barca —ocho tablas mal cepilladas—, con movimientos bruscos, como furiosos. Los techos del Hradschin lanzan destellos rojos bajo el sol de la mañana.

Un sentimiento de alegría indescriptible se adueña de mí. Ligeramente vaporosa, como si proviniera de una existencia anterior, como si el mundo a mi alrededor estuviera encantado. Es una experiencia como de sueño, tengo la impresión de vivir en muchos lugares a la vez.

Pongo pie en tierra.

—¿Cuánto le debo, barquero?

—Un kreutzer. Si no me hubiera ayudado a remar, le hubiera costado dos.

Sigo nuevamente la solitaria escalera del castillo que ya he recorrido la noche previa en mi sueño. Con el corazón agitado, sé por anticipado lo que habré de encontrar: el árbol deshojado cuyas ramas pasan por encima de las murallas.

No. Está cubierto de flores blancas. El aire está cargado del dulce olor de las lilas. A mis pies la ciudad se extiende envuelta en las primeras luces del día como una visión de la tierra prometida.

No hay un solo ruido. Solo aromas y colores.

Podría llegar con los ojos cerrados a la calle de los Alquimistas, tan familiar se me ha vuelto el camino. Pero allí donde durante la noche se encontraba la barandilla de madera de la casa resplandeciente de blancura, una soberbia reja ventruda y dorada cierra ahora la calle. Dos cipreses se elevan sobre los arbustos henchidos de flores que flanquean la puerta de la muralla que corre detrás de la reja y a lo largo de ella.

Me estiro en puntas de pie para observar por encima de los arbustos y quedo deslumbrado por un nuevo esplendor: toda la muralla del jardín está cubierta de mosaicos azul turquesa con frescos dorados curiosamente contorneados que representan el culto del dios egipcio Osiris.

La puerta doble es el mismo dios, un hermafrodita cuyas dos mitades constituyen las dos hojas, la femenina a la derecha, la masculina a la izquierda. Está sentado en un precioso trono de nácar en relieve. Su dorada cabeza es la de un conejo con las orejas erguidas y apretadas una contra la otra, y que hacen pensar en las dos páginas de un libro abierto.

Un suave aroma de rocío y de jacintos flota por encima de la muralla.

Permanezco allí largo rato, petrificado, estupefacto. Tengo la impresión de que se extiende ante mí un mundo desconocido, ajeno. Entonces un viejo jardinero o criado con zapatos de hebillas de plata, pechera y levita extrañamente cortada se acerca por la izquierda detrás de la reja para preguntarme, a través de los barrotes, qué deseo. Sin palabras le tiendo el paquete con el sombrero de Athanasius Pernath.

Lo coge y se va por la doble puerta.

En el momento en que la abre, veo detrás de ella un edificio de mármol con aspecto de templo, y sobre la escalinata, a

Athanasius Pernath

y apoyada contra él, a

Miriam

y los dos miran hacia abajo, a la ciudad.

Durante un brevísimo instante Miriam se vuelve, me ve, sonríe y le susurra algo a Athanasius Pernath.

Estoy fascinado por su belleza. Está tan joven como la he visto en mi sueño de anoche.

Athanasius Pernath se vuelve lentamente hacia mí, y mi corazón se detiene.

Soy yo, como si me viera en un espejo, tanto se parece su rostro al mío.

Luego los batientes de la puerta se vuelven a cerrar y no distingo más que al hermafrodita tornasolado. El viejo criado me devuelve mi sombrero y me dice, con una voz que parece provenir de las profundidades de la tierra:

—*Herr Athanasius Pernath le hace llegar su agradecimiento más sincero y le ruega que no tome por falta de hospitalidad que no le invite a entrar en el jardín, pero esta es una regla de la casa desde tiempos inmemoriales.*

»Me encarga que le haga saber que no usó su sombrero, pues advirtió de inmediato la sustitución.

»Solo espera que el suyo no le haya causado muchos dolores de cabeza.»

APÉNDICE

El mito del Golem

El mito del Golem retiene la atención por diversas causas. Para empezar, pertenece a la categoría de los mitos «bíblicos». Como tal, lleva en sí esta nostalgia de los comienzos y esta proximidad con lo sagrado que, según Mircea Eliade, definen los elementos fundadores del mito. Luego, surgido del Antiguo Testamento, se halla unido a la mística judía y, más ampliamente, a la cultura hebraica. Nace en los países de Europa oriental y central (Polonia, Checoslovaquia, Rusia...), donde se habían establecido los judíos después de la Diáspora, pero encuentra su verdadera tierra de elección en Alemania. Así, está abundantemente representado en la literatura germánica y se le encuentra igualmente en obras escritas en hebreo y en yiddish. En cambio, es muy poco conocido en Francia. Tentativa prometea o transgresión sacrílega, la creación de un ser artificial no está exenta de peligros. En fin, la historia del Golem nos procura la ocasión de seguir, en su especificación, la génesis de un género literario. Exégesis religiosa y leyendas populares son etapas indispensables gracias a las cuales las formas de expresión puramente poéticas hallan su plena expansión.

Las fuentes bíblicas
y cabalísticas

A diferencia del Judío Errante, el soporte bíblico del mito del Golem es muy pequeño. La leyenda no nace de una historia sino de una palabra única y de su interpretación en la mística judía.

El Salmo 139

La palabra Golem figura por primera vez en el Libro de los Salmos. Salmo 139, 16. Generalmente, se interpreta este salmo como las palabras del hombre que da gracias a Dios por haberle creado, rememorando las diferentes fases de su creación: «¡Mi Golem, ya vieron tus ojos!». El término *golem* toma aquí simplemente el significado de embrión, que es el de la palabra hebrea. Pero también se puede concebir que es Adán el que habla (cosa que muy pronto pensaron los exégetas), reviviendo los episodios correspondientes al Génesis. En este caso, *golem* se carga de determinaciones suplementarias. Es una masa de tierra informe, la materia inerte del cuerpo de Adán, antes de que le fuese insuflado el hálito divino, con la tierra aún no habitada por el espíritu, aguardando a ser vivificada por el soplo vital.

La literatura talmúdica (siglos II a V)

El período talmúdico desarrolla estos conceptos. Se denomina Golem todo lo que está en estado crudo, no modificado, y lo que está en evolución. Para algunos, la arcilla con que se hizo Adán es rica en potencialidades y posee una luz oculta. Pero la mayoría de leyendas talmúdicas (Midrasch) continúan asociando la idea del Golem al relato del Génesis, o sea, de darle a Adán una figura particular. Ese Adán (el primer Adán, el Adán anterior a la Caída) lo describen como andrógino y de unas dimensiones colosales. Es el hombre primordial de la Cábala (Adam Kadmon), héroe del episodio cosmogónico, ser cósmico susceptible de ampliarse hasta las medidas del Universo, una especie de macrocosmos que condensa en sí toda la creación (macrantropos). Anterior al mundo espiritual, la noción de Golem participa del principio corporal. Antes de ser animado por el soplo neumático, Adán estaba en estrecha relación con el poder misterioso y sombrío de la tierra (adamah). A la ligereza del hálito divino responde, en la Haggada, la pesantez telúrica del primer hombre. Se dice asimismo que toda la tierra del Universo habría sido necesaria para formarlo. Por extensión, el Golem sirve para prefigurar la sucesión de las razas humanas.

Los comienzos de la Edad Media (a partir del siglo IV) y la Edad Media (siglos XII y XIII)

Fue la época en que, con el libro de La Formación (Sepher Yetsira, siglos III a VI), la Cábala tomó su pleno auge. Gracias a las múltiples combinaciones de cifras y letras, quedó propuesta una fórmula de creación (principio: la letra, emanación del poder divino, y también la «firma» de las cosas, las combinaciones, le devuelven su estructura al cosmos). Diversas relaciones o comentarios a ese libro relatan de qué modo los rabinos, tras librarse a rituales mágicos, consiguen crear un Golem. El Golem no fue jamás escrupulosamente descrito, por lo que sigue siendo una entidad abstracta. Solo tiene realidad en tanto que es el objeto de una experiencia mística que puede llegar al éxtasis y es asimismo el producto de una iniciación lograda, la que conduce al talmudista a los secretos del Universo. Así aparece el motivo de la letra mágica. Pero el Golem se destruye cuando ha quedado demostrado el poder creador del rabino:

> «Jeremías y su hijo Ben Sira, con ayuda del *Libro de la creación*, crearon un Golem y en su frente grabaron la palabra *emeth* (verdad), como el nombre que Dios pronunció sobre la criatura para demostrar que solo Dios es la verdad, y que murió.»

El jasidismo renano se apoyaba ante todo en las prácticas demiúrgicas. Eleazar de Worms nos ha dejado una célebre evocación de tal ceremonial. Narra de qué manera tres o cuatro rabinos procedieron conjuntamente: dieron un cierto número de veces la vuelta a la figura recitando unas fórmulas; para formar el cuerpo hay que tomar agua y arcilla sobre las que se sopla ritualmente. Sin embargo, se subrayan los peligros de tal creación que podría hacer al hombre igual a Dios. La ausencia de palabras por parte del Golem indica que se trata de una forma inferior, imperfecta, de creación, un acto de desarreglo y transgresión. Las amenazas que planean sobre el cabalista emanan del seno mismo de su obra; peligro de que el Golem se arme contra su creador, peligro de que el demonio (Samael o Lilith) se deslice dentro de esta envoltura engañosa para conferirle un poder maléfico, peligro de que el Golem degenere a la condición de ídolo... En fin, es verosímil que Paracelso, en el Renacimiento, se inspirase en estos escritos jasídicos para su concepción del homúnculo (formado *in vitro* de una mezcla de tierra y agua).

En siglos a venir, es sobre esta perspectiva que convendría situar el párrafo que Thomas Mann dedicó al Golem. En *José y sus hermanos* (II, *El joven José*, 1934), Jacob, inconsolable por la desaparición de su hijo José, al que cree muerto, medita sobre los medios de devolverle a la existencia *según una gestión mística*. Piensa, pues, fabricar un ser de tierra y agua para reemplazarle. El ritual observado sigue fielmente la tradición. Deja un amplio espacio, como en la alquimia, para los elementos. En virtud del soplo paternal, asimilado al fuego, se opera una auténtica transmutación y la evocación se cierra con la visión del niño que abre los ojos. Desde el principio, no obstante, se considera la tentativa como proveniente del sueño y el sacrilegio, condenada de entrada, como el descendimiento a los infiernos que la precede.

Las leyendas populares

La leyenda del Golem, tal como ha inspirado a los escritores, la conocemos bajo dos formas sensiblemente diferentes y ya ampliamente dramatizadas.

La versión polaca

Es la primera en antigüedad. Se halla ligada a la persona del rabino Elías Baalschem, muerto en 1583, en Chelm, Polonia, y se propagó durante los siglos XVI y XVII. La primera codificación escrita que conocemos data de 1674. Es a esta forma, la más próxima al esquema primitivo, que se refieren los románticos alemanes cuando, en su esfuerzo para hacer revivir las mitologías, la citan. Ludwig Achim von Arnim (*Isabella von Aegypten*) y Jacob Grimm (*Die Golemsage*, 1808), la relatan de la siguiente manera:

> «Después de haber recitado ciertas plegarias y ayunado algún tiempo, los judíos polacos fabrican la forma de un hombre con arcilla y pegamento y, si pronuncian sobre esa forma el *Schemhamphoras* milagroso (el nombre de Dios), la forma debe cobrar vida. Cierto, no puede hablar pero entiende bastante bien lo que se le dice y lo que le ordenan; lo llaman "Golem" y lo emplean como criado para ejecutar toda clase de traba-

jos domésticos. Únicamente no debe salir jamás de la casa. En su frente lleva grabada la palabra *Emeth* (verdad), no cesa de crecer y, aunque era muy pequeño al nacer, pronto se hace más alto y más fuerte que todos los que habitan bajo el mismo techo. Por esto, temiéndole, borran la primera letra de la inscripción de su frente, a fin de que solo quede la palabra *Meth* (muerte), tras lo cual, el Golem se derrumba y vuelve a ser arcilla.

Un hombre había, por negligencia, dejado crecer a su Golem y este se hizo tan grande que su amo no podía llegarle a la frente. Entonces le ordenó a tal criado, por puro miedo, que le quitara las botas, pensando que cuando se inclinara podría llegarle a la frente. El Golem se inclinó, su amo le borró la primera letra sin la menor dificultad, y al instante se derrumbó... pero toda la masa de arcilla cayó sobre el judío, aplastándolo por completo.»

Vemos que el mito ha evolucionado profundamente. El acento ya no coloca sobre el aspecto místico y las prácticas de creación. El motivo del *schem*, la palabra mágica, adopta en cambio una importancia creciente. El Golem, siempre mudo, se convierte en un servidor o *fámulo*. Su inexplicable crecimiento y la dificultad en controlarle encierran un peligro latente y le devuelven un poder oculto. Finalmente, por su acto ilícito. En el marco de una interpretación crítica (*Erklärung der sogenannten Golem in der Rabbinischen Kabbala*, 1814), Clemens Brentano presenta una variante poetizada: el criado amenaza con convertirse en el tirano de su amo. Por lo demás, el comentario que sigue da al autor la ocasión de exponer la concepción romántica del mito, que se define por sus valencias simbólicas y su moraleja:

> «Esta fábula es un mito al que no falta profundidad. Todo arte falso y externo acaba por abatir a su amo. [...] Solo el arte verdadero, que es la creación en sí misma, es eterno; solo un gran artista es siempre superior a su obra y es capaz de alcanzar el *emeth* que está grabado en la frente de la criatura que ha creado a imagen humana.»

La versión de Praga

Sin duda la más conocida, también se propagó mucho más tarde (a comienzos del siglo XIX). Hace intervenir al personaje del célebre cabalista, el rabino Loew (1512-1609), en el decorado insólito del Gueto de Praga. En su novela *Spinoza* (1837), B. Auerbach da una visión de conjunto de este nuevo estado de la leyenda. Se observa una mayor diferencia en los temas y la aparición de motivos suplementarios. El rabino Loew crea un Golem que le ayude en sus tareas domésticas. Le insufla vida, no mediante la combinación de los cuatro elementos, sino por la virtud mágica del pergamino que le desliza en la nuca tras haber practicado una abertura en el cráneo. Todos los viernes por la noche, el rabino le quita el pergamino de la cabeza y el Golem vuelve a ser arcilla inerte. Un viernes, sin embargo, el cabalista olvida quitar el pergamino y, cuando todo el mundo está en la sinagoga, el criado se rebela y destruye todo lo que está a su alcance. El rabino, advertido, logra arrancarle el pergamino y el Golem se derrumba sin vida a sus pies. Hacia 1850, algunos autores adoptaron esta variación. Aunque deseando ser fieles a las fuentes populares, introdujeron algunas variaciones. A. Tendlau (*Der Golem des Hoch-Rabbi Löb*, poema, 1842) convirtió al Golem en un idiota dotado de una fuerza excepcional. Tras haberlo destruido, el rabino entierra sus restos en el granero de la sinagoga. En G. Philippson (*Der Golem*, poema, 1841), el servidor es un ser fantasmagórico y su delirio frenético provoca la aparición de los espíritus de los muertos. Además, el pergamino está colocado entre sus dientes o bajo la frente. Sean cuales sean las desviaciones, se comprueba en esas versiones la permanencia de un nudo dramático muy bien estructurado. El episodio se relaciona con la liturgia judía y la vuelta del Sabbath. Esta vez es el rabino quien domina al Golem y su rebeldía no se castiga con la muerte. Finalmente, el motivo del desencadenamiento queda muy bien desarrollado y la rebeldía del Golem llega, según algunos, a poner en peligro al mundo entero.

El «*Libro de las Maravillas*»

A partir de este modelo, la tradición judía imaginó un gran número de relatos variados. En 1846 apareció, en una colección de leyendas hebraicas, la *Galerie des Sippurim*, de K. Weisel, una nueva versión del relato de Praga que conocieron los escritores de final de siglo. Los episodios de la vida del Golem se multiplican en Yudi Rosenberg (*El libro de los milagros del Mah'Aral de Praga*, 1909), Ch. Bloch (*Israël, der Gotteskämpfer*, 1922), O. Wiener (*Böhmische Sagen*, 1919), J. M. Bin Gorion (*Golem-Geschichten um Rabbi Löw*, 1921) y en los libros de Martin Buber. El papel del Golem está invertido y puesto en relación muy estrecha con la problemática judía. En la época de los *pogroms*, el Mah'Aral creó el Golem para defender a los judíos contra las acusaciones sobre las muertes rituales de que eran objeto. El Golem desempeña el papel de héroe y protector del Gueto, o sea, de salvador y Mesías, y obra varios milagros. Así, desenmascara a los individuos que matan niños para que se crea que los han matado los judíos, impide la conversión al cristianismo de una joven, denuncia a un adúltero, puede hacerse invisible, entra en contacto con los espíritus, arroja a los demonios, cura a los enfermos... También es invulnerable. Al término de esta evolución, se observa que el mito ha perdido su densidad, su esquematismo y su sacralidad en favor de unos episodios precisos, melodramáticos, fantásticos o maravi-

llosos. Asociando la magia a la nostalgia sionista, Isaac Sin-
ger, en un cuento infantil (*Wohin der Golem ie kranken Männer
bringen liess*, 1918), da libre curso a su imaginación: el Golem,
taumaturgo bienhechor, provoca la curación de cuatro enfermos, llevándoselos a Israel, el país del Edén.

El mito literario

La fortuna literaria del mito llegó bastante tarde, a principios del siglo XIX. Fue sobre todo en la época romántica
y a fin de siglo, con el nuevo romanticismo y el expresionismo, que la leyenda se actualizó en unas obras de cierta importancia, o sea, en los momentos de liberación de lo
imaginario, de angustia metafísica y de interrogantes sobre
lo sagrado. De todas maneras, estuvo también muy bien
representada, aunque en escritos menores, en la segunda
mitad del siglo XIX.

La época romántica

Los románticos se sirvieron de la versión polaca, pero con
tal libertad que su Golem tiene muy poco en común con el
primitivo relato. De este retuvieron, ante todo, más que el
esquema dramático, el personaje del Golem, que integraron
en un tejido narrativo muy distinto. El Golem se halla en

Achim von Arnim (*Isabella von Aegypten, Kaiser Karls des Fünften erste Jugendliebe*, novela, 1812) y en dos cuentos de E. T. A. Hoffmann, *Die Geheimnisse* (*Los secretos*, 1820) y *Meister Floh* (*Maestro Pulga*, 1822). Hoffmann, ciertamente, no emplea el término Golem sino el de Terafín. Parece ser, no obstante, según la definición que da, que se trata simplemente de una confusión. (Los terafines eran unas estatuillas de arcilla usadas por los hebreos para dar oráculos. Eran importadas de Egipto y a menudo se los atribuía un poder maléfico.)

Lejos de las especulaciones místicas, el Golem pertenece aquí al mundo fantástico o maravilloso, con el mismo derecho que una mandrágora, un muerto que acaba de resucitar o una vieja bruja. Este universo es el de los desdoblamientos o, más bien, de los redoblamientos: en Arnim igual que en Hoffmann, el Golem es un personaje sobrenatural que imita a un ser real o lo sustituye, todo ello dentro del marco de una intriga amorosa. En *Los secretos*, el Golem es un joven hermoso, Theodor von S., que un cabalista coloca en lugar de un joven vanidoso y elegante, enamorado de una princesa griega, para impedir que ella se enamore a su vez del joven y a él le rehuya. En Arnim y en *Maestro Pulga*, el Golem es una mujer. Carlos V se enamora perdidamente de la joven Isabela, una hermosa gitana. Pero esta, cuenta Arnim, está ferozmente guardada por la mandrágora von Cornelius (que ella misma ha creado). Para poder verla a placer, el emperador encarga a un viejo judío que confeccione un Golem semejante a la joven (Bella), que sustituirá a Isabela junto al monstruo celoso. Pero Carlos V es víctima de su propia trampa. Toma a la falsa Isabela por la verdadera, a la que desprecia. En *Maestro Pulga*, Peregrino ama a una bella holandesa, Dörtje, de conducta caprichosa. Al final sabemos que un Golem ha sustituido, ocasionalmente, a aquella. Este motivo del redoblamiento estuvo igualmente ilustrado, mucho más tarde, en una novela de W. Ratheneau (*Rabbi Eliesers Weib*, 1902). Un rabino, poco satisfecho al no tener hijos de su esposa, crea para reemplazarla un ser artificial.

El Golem romántico es un simulacro, una efigie desencarnada, desprovista de realidad tangible. Lejos de la materialidad de la arcilla, Theodor von S. es esculpido en corcho, su paso es vacilante, sus movimientos bruscos e irregulares. Dörtje, en *Maestro Pulga*, tiene algo extrañamente inanimado en la mirada, pero su atuendo fascina a Peregrino, el cual experimenta un «escalofrío glacial» provocado por «calor eléctrico». Así, el Golem siempre es una creación degradada, incompleta o inferior. Como Theodor, Bella también es «teleguiada», muda por una voluntad exterior a ella y sin verdadera autonomía; tiene solamente en la cabeza lo que se albergaba en el ánimo del judío en el momento en que le dio vida. Posee memoria pero no «aspiraciones espirituales». Ser ilusorio, el Golem resulta al final sumamente vulnerable; todos los golem acaban por ser desenmascarados y destruidos. En *Los secretos*, el talismán de la princesa basta para hacer que el falso Theodor se convierta en polvo; en Arnim, Isabela elimina sin gran dificultad la palabra Emeth de la frente de Bella y el simulacro se derrumba al momento sin vida. En este sentido, el Golem lleva en sí mismo el signo de la Caída original. Al principio, siendo el hombre a imagen de Dios, podía teóricamente imitar la creación divina; bastaba que conociera las palabras justas. Pero cuando el hombre fue arrojado del Paraíso, porque su arcilla era ya mediocre, el Golem también resultó defectuoso: le faltaba el soplo de la *neschamah*, la inspiración divina. Tal fue la teoría enunciada por el viejo judío. En fin, en *Maestro Pulga*, se ve a Dörtje estallar en risas extrañas y saltar de manera desordenada. Este comportamiento, que sugiere un mecanismo descompuesto, nos conduce a los temas del autómata y de la marioneta tan queridos entre los románticos desde los descubrimientos de Vaucanson.

Con los Golem románticos, el fenómeno de desacralización ya observado continúa y la magia toma el relevo de la mística. Los demiurgos son estas figuras raras e inquietantes de escribano honorario o de viejo judío más o menos charlatán. En contra de la mística verdadera, la magia es el arte de la ilusión, o sea de la mistificación. De hecho, los golem son el producto de manipulaciones misteriosas que hacen intervenir la óptica. El espejo es el instrumento que hace surgir la vida. Para que Bella sea una semejanza, Isabela debe contemplarse en un espejo mágico situado en un gabinete de óptica y el mago de *Maestro Pulga* hace emerger la imagen de Dörtje de un espejo luminoso. Pero al mismo tiempo, el espejo obra el paso de lo real a lo artificial. El personaje puede allí y contemplar a otro yo, más o menos deformado y distante, que al ver, cosa natural, la persona reflejada cuestiona su propio ser. Confrontar el personaje y su reflejo, oponer el ser a su apariencia: el Golem es también una de las figuras portadoras de la ironía romántica.

Sin embargo, el Golem no pierde su carácter cósmico. La magia no es una seudociencia sino un conocimiento esotérico en relación con el magnetismo y la astrología, fundada sobre la intuición de las correspondencias entre las cosas y los lazos simpáticos que componen la trama oculta del Universo. En *Los Secretos*, se nos dice que el sosias de Theodor obtiene su vida aparente de su facultad de despertar y captar las fuerzas secretas del Universo. Utiliza la imagen para librarse de los males que le han sido profetizados. En efecto, según su teoría, el mundo está gobernado por una dinámica de contrarios. El Golem, en su condición de tercera fuerza, obra como un principio de disociación; debería provocar la ruptura del sistema maléfico y permitir *vencer al poder de los astros*.

El sosias no es solo el doble, sino el doble malo y hostil. El término creado por el rabino de Rathenau está totalmente desprovisto de sensibilidad y de sentido moral; no puede reír ni llorar. El Golem-Bella, según Arnim, está habitada por las pasiones del viejo judío: orgullo, sensualidad y avaricia. A diferencia de la figura mística, tradicionalmente informe y asexuada, la criatura ficticia, sea cual sea su sexo, es hermosa. Interviene esencialmente en las escenas de seducción cuyo carácter malhechor está apenas disimulado. Sustituida a espaldas del personaje de carne y hueso, está encargada de volver en su beneficio el amor consagrado a este último y le roba una parte de su individualidad. El Golem encarna, además, la tentación carnal y el erotismo. Peregrino, ante Dörtje, experimenta un sentimiento de culpabilidad: presiente que la joven le libra de las más grandes preocupaciones y que lo que siente por él no es un amor auténtico. Por esto se puede considerar al Golem como una proyección inconsciente del Yo arrancado del verdadero ser. En la figura de Golem-Bella toman forma los instintos rechazados y las compulsiones narcisistas de Isabela.

La figura del Golem, no obstante, está cargada de un simbolismo más metafísico. En *Maestro Pulga*, la bella holandesa, que despliega todos sus encantos, es calificada como *serpiente del Paraíso*, y la homología mujer/serpiente nos conduce, no al episodio cosmogónico sino a la otra vertiente del Génesis, el de la Caída. El mago es un ser diabólico, el agente de la trampa del Maligno. En el mundo bien estructurado por los antagonismos de los románticos, el Golem encarna el *poder tenebroso*, el *principio del error*, la *ilusión demoníaca*. Cuando Dörtje combate al Maestro Pulga, el minúsculo consejero de Peregrino, es la pesantez del cuerpo la que se opone a la fuerza transfigurante de la naturaleza y el espíritu. He aquí lo que se le dice a Peregrino, que es también el rey Sekakis:

> «Desdichado rey Sekakis, por haber dejado de comprender a la naturaleza, deslumbrado por el encanto malvado y las trampas del demonio, has contemplado la apariencia engañosa del Terafín en vez de contemplar al verdadero espíritu.»

Existe, en efecto, redoblando el escenario terrestre, una «historia en el cielo», reino de los espíritus, de lo imaginario y de la poesía pura. Dörtje tiene su correspondiente en el poderoso enemigo de Famagusta, en el príncipe Egel, el aterrador vampiro, y el grosero genio Thetel. En esto, ella se opone a Rose, la mujer ideal, el *ángel de luz* que representa la belleza y la pureza de la pasión.

Si el simbolismo de esos relatos es discreto, o al menos está perfectamente integrado a la lógica de los maravilloso,

no sucede lo mismo en las obras de inspiración romántica que siguieron. La rigidez y la ausencia de una vida real
están esencialmente dedicados a servir de instrumentos a
una sátira de la sociedad, pero la alegoría y cierta ironía, a
menudo muy pesada, amenazan con ocultar completamente
la fábula. El Golem representa al hombre con todas sus im-
perfecciones. Ludwig Tieck (*Die Vogelscheuche*, novela, 1835)
lo convierte en un grotesco maniquí, un espantajo de cuero
habitado por el espíritu de un cometa. Funda una sociedad
secreta destinada a defender los valores burgueses. Tras su
estela, Theodor Storm (*Der Golem*, poema, 1851) se entrega
a través de la evocación del *mozo de cuero* a una crítica del
inmovilismo y el conformismo burocráticos. Mucho más
tarde se acentuó esta valorización negativa del Golem. L.
Kompert (*Der Golem*, poema, 1882) insiste en la brutalidad
instintiva y la sed de destrucción de los golems que, más
o menos abiertamente, representan a los antisemitas. Solamente, en fin, la baronesa Annette von Droste-Hülshoff (*Die
Golems*, poema, 1844) nos da una evocación más poética y
original. Los golems son los espectros del tiempo devorador
y arrastran consigo el peso de la destrucción y de la muerte. Obstaculizan la labor de la memoria y la reconquista del
mundo seráfico, inocente y entusiasta, de la infancia.

Realismo y naturalismo

En la segunda mitad del siglo XIX se desarrolló el proceso de racionalización del mito iniciado por los románticos. El retorno a las fuentes históricas y al positivismo científico caracterizaron a esta época, que cedió amplio espacio a las explicaciones científicas o seudocientíficas en detrimento de la mística y lo irracional.

La versión de Praga fue la usada generalmente en esos relatos. Hay una mención de la visita legendaria que efectuó el rabino Loew a Rodolfo II, emperador aficionado al esoterismo y la astrología. La preocupación por la reconstrucción histórica era sensible; las persecuciones contra los judíos por parte de los cristianos y las difíciles relaciones entre las dos comunidades forman el telón de fondo de la novela de U. D. Horn (*Der rabbi von Prag*, 1842), y del libreto de F. Hebbel para el drama musical de Rubinstein (*Ein Steinwurt*, 1858). El Golem vuelve a ser el servidor del rabino. Tratado con realismo, es un coloso mudo y a menudo sordo (se le compara a Goliat), un ser grosero, totalmente dependiente de su amo y obedeciéndole pasivamente. Cuando no trabaja está acurrucado en un rincón. Su materialismo queda subrayado: es ante todo un cuerpo sin alma, reducido al papel de figurante, es decir, un ser ficticio. Esto explica que ocupe finalmente, en las obras posrománticas, un lugar restringido.

El rabino Loew se convierte en un sabio, un físico, un químico, un médico o bien en un ingeniero y un relojero. Negándose a la transcendencia, se contenta con leer en el *libro de la naturaleza*. El Golem es el fruto de su confianza en el Progreso y se integra, a decir verdad, en una crítica de la civilización técnica. U. D. Horn representa al criado como una especie de «hombre-máquina», una figura de madera provista en la cabeza de un mecanismo de relojería. El rabino le da cuerda todos los domingos —entonces el Golem vuelve a vivir— y aprieta un resorte los viernes para pararlo. Pero un día, el resorte ya muy usado se rompe y el fámulo parece volverse loco en la casa. Su amo parece, no obstante, dominarlo. Así, el Golem es un autómata o más exactamente un androide; en el autor citado, el Golem da durante largo tiempo la ilusión de la vida real antes de ser finalmente desenmascarado (*La Eva futura*, de Villiers de l'Isle-Adam, se publicó hacia la misma época). Sin embargo, la técnica asusta cuando no se la entiende y llega el momento en que los habitantes del Gueto lo toman por el diablo.

Falta de presencia dramática, la figura del Golem se integra en una intriga que hace hincapié en los problemas sociales y los interrogatorios religiosos de la comunidad judía. Horn convierte al rabino en un personaje moderado, lleno de humanidad y sabiduría; combate en pro de la emancipación de los judíos, la tolerancia, la igualdad social y la libertad de expresión. El núcleo central de la novela lo constituye el amor de un joven noble por una joven judía; este amor se desenvuelve en el momento en que el emperador Rodolfo visita al cabalista, lo que permite introducir al Golem. La intriga sentimental tiene un desenlace trágico: el padre, judío ortodoxo, mata a su hija para evitar su casamiento con un cristiano. En Hebbel, el Golem aparece por primera vez como el salvador de los judíos y es una especie de héroe nacional. Pero es un salvador totalmente imaginario, una invención del rabino para mantener a distancia a los bribones que amenazan su casa y poder así proteger a sus compatriotas. En otro orden de ideas, las novelas de L. Kalisch (*Die Geschichte von dem Golem*, 1872) se sirven del motivo del salvajismo para condenar el orgullo del cabalista. El comienzo evoca un proceso muy poético de creación. Pero, ante la fuerza brutal del criado, el amo se da cuenta de que ha sido superado por su criatura y reconoce que su obra es sacrílega. Entonces, se arrepiente, hace penitencia y finalmente es liberado por un ángel disfrazado de anciano.

Hay cierto número de esos elementos al final del siglo en autores más preocupados por las explicaciones racionales que por las modas literarias. El Golem de G. Münzer (*Der Märchenkantor*, novela, 1908) es al principio un ser maravilloso que evoluciona en un ambiente romántico de cuento casi infantil. Finalmente, se revela como una marioneta animada por unos hilos muy tenues y guiada por raíles. La novela de C. Torresani (*Der Diener*, 1904) mezcla, dentro del gusto decadente, el agrado por las perversiones anatómicas con los efectos fantásticos. El Golem es un autómata cuyo interior se describe con gran precisión; se trata de un cono de arcilla totalmente vacío. En una de sus extremidades, un pedazo de papel —avatar degradado del *schem*— flota libremente. Lejos de las nostalgias técnicas, la imagen de la ciencia que aquí se nos da resulta bastante ambigua. M. Bermann (*Die Legende vom Golem*, novela, 1883) intenta explicar los actos de violencia del Golem, lo que le otorga una semejanza de psicología. En el momento de la creación, el rabino olvida recitar una fórmula mágica y el coloso está sujeto a accesos de locura furiosa. Finalmente, en un poema (*Der Golem*, 1898), D. von Liliencron describe con humor la lucha que opone el maestro a su criatura enfurecida y critica la imprudencia del rabino.

Aunque datando del período expresionista, el drama de H. Hess (*Der Rabbiner von Prag*, 1914) se sitúa en el prolegómeno de las obras precedentes, de las que toma cierto número de motivos. El tema, abordado con realismo, mezcla intriga amorosa con problemática religiosa, conservando el marco histórico. Durante las persecuciones de la Edad Media, el rabino, igual que en Hebbel, esparce unos rumores sobre un servidor de arcilla, que en realidad no existe, para protegerse. Deseoso de dar cuerpo a este engaño, utiliza por azar a un cristiano atacado de locura al que «despierta» a una nueva vida y a quien el *schem*, colocado bajo la lengua, conferirá poderes sobrenaturales. Este Golem de un género nuevo protege a los judíos y, especialmente, a una joven que acaba cayendo bajo los golpes de sus perseguidores. Al fin, un buen día, el servidor, nuevamente demente, cae en sus antiguos errores y empieza a devastar el Gueto.

FIN DE SIGLO Y PRINCIPIO DEL EXPRESIONISMO

El nuevo romanticismo y el comienzo del expresionismo constituyen una gran época del mito. Novela y drama son unos géneros privilegiados y el cine naciente se apodera de la leyenda. Las obras muestran el rastro de las grandes orientaciones literarias de fin de siglo: necesidad de trascendencia y de espiritualidad, retorno al mito y el simbolismo, exigencias de estética, gusto por lo sobrenatural y el melodrama, asociación de la mística y el erotismo, interés por los fenómenos psíquicos y exploración de las profundidades del alma. La *Belle Époque* utiliza todavía la versión de Praga con el rabino Loew y se inspira asimismo, a menudo, en episodios anexos surgidos del *Libro de las Maravillas* y del conjunto de leyendas populares. El Golem ya no es el doble interno ni la criatura totalmente sujeta a su amo, sino que adquiere una individulidad y se humaniza. Esta vez toma parte activa en una acción a menudo dramática y coloreada, donde la relación amorosa (pero ahora auténtica) desempeña un papel esencial.

El aspecto exterior del Golem se diversifica. Sigue siendo el servidor del rabino, pero formado por una sustancia que no es corporal ni espiritual. Es una figura a la vez primitiva y exótica como en el drama de A. Holitscher (*Der Golem*, 1908). Con una estatura gigantesca, tiene una tez lívida, unas manos de acero y una mirada fija y vacua. Cuando no tiene nada que hacer, se queda acurrucado en un rincón como durmiendo. Cuando le dan una orden, se levanta rígidamente y se desplaza por tumbos. Paul Wegener se inspira en algunos aspectos de la pieza de Holitscher. Wegener rodó al menos dos películas tituladas *Der Golem*. Únicamente la segunda, de 1920, ha llegado hasta nosotros, habiendo sido destruida la primera. Además, el cineasta dejó una especie de comentario sobre el filme (*Der Golem, wie er in die Welt kam*, 1921). Wegener interpretaba el papel del coloso de arcilla, de nariz aplastada, ojos saltones, pómulos salientes, ataviado con la túnica del hombre primordial —el célebre «tipo mongol», que sin duda inspiró a Meyrink. El paso pesado y cadencioso, el rostro impasible también se hallan en A. Hauschner (*Der Tod des Löwen*, novela corta, 1916).

De simple bastidor, el marco se transforma en un elemento esencial del relato. La ciudad de Praga ofrece un decorado particularmente sugestivo y propicio a los efectos fantásticos y raros. A. Hauschner intentó revivir la atmósfera barroca y confusa de la ciudad en vísperas de la guerra de los Treinta Años. Rodeaba al personaje toda una constelación mística: barrios sombríos, laberinto de callejuelas, escaleras sin fin, inmensas construcciones misteriosas, todo ello evocado con plasticidad, como en la película de Wegener, así como las multitudes amontonadas y fantomáticas. En esta ciudad situada en la confluencia de dos civilizaciones y por su mismo origen, la vida judía está marcada por el Oriente. G. Münzer situó la acción de su narración en un ambiente extraño donde el rabino es un viejo relojero, ataviado con ropas turcas, que repara relojes «vivientes». Según F. Lion (libreto del drama musical de E. Albert, *Der Golem*, 1926), el Golem es una especie de ángel custodio, el mismo que según la leyenda, acompaña a los judíos en sus viajes. Así se confunde con la figura mesiánica de Ahasvero, el Judío Errante, popularizado por el romanticismo.

En conjunto, no obstante, el rabino Loew era nuevamente un personaje más conforme a la tradición mística. En el escritor ruso yiddish Leivik (*Der Golem*, drama, 1920) le vemos a orillas del Moldava, amasando greda y agua para formar el Golem. De acuerdo con el gusto decadente por lo suprasensible y las ciencias ocultas, el Mah'Aral aparece a menudo como un alquimista o un mago. A. Hauschner describe la «cocina alquimista» en la que Rudolf recibe al rabino y donde son evocados los espíritus. La película de Wegener comporta una escena muy semejante. Para dar vida a la arcilla, el rabino conjura al demonio Astarot, custodio de la frase «dispensador de la existencia», y el demonio se aparece efectivamente en medio de relámpagos y vapores de azufre, en forma de una cabeza gelatinosa y fosforescente. Por otra parte, el parentesco cósmico del Golem está aquí conservado: no puede ser creado ni destruido más que bajo ciertas conjunciones de astros. Sin embargo, las caras del cabalista son muy diversas y, más allá de la astrología, otros autores lo convierten en un ser noble e idealista, buscador del conocimiento verdadero. En la novela de R. Lothar (*Der Golem*, 1900), se intenta, como adepto del *Zohar* y de su teoría de las cortezas, reconquistar la inocencia adámica: se trata, al crear un ser artificial, de infundirle un alma en toda su pureza primitiva. Pero dicha alma no nace de la nada: el rabino Loew cree en la transmigración (aquí queda de manifiesto la influencia de las doctrinas orientales) y a un cuerpo de arcilla cuidadosamente preparado insufle el alma de un hombre vivo, sumido en un sueño cataléptico. El producto casi perfecto de tal operación solo puede representar un desafío al Creador. El rabino es un tipo orgulloso que rivaliza

con la divinidad, moderno Prometeo o encarnación del superhombre de Nietzsche. Al mismo tiempo, la creación del Golem es la expresión de su rebeldía contra la condición humana y Holitscher puede de este modo convertirlo en el mítico héroe del combate con el Ángel de la Muerte. Pero tiene sus peligros robar el fuego sagrado. Desde el principio, se ve en Leivik como en Holitscher, al desdichado rabino asaltado por las dudas, torturado por inquietudes metafísicas y su empresa desesperada, condenada al fracaso.

Como el cuerpo es el reflejo del alma, la fealdad y la monstruosidad desaparecen conjuntamente y, como cambio significativo del mito, el Golem de Lothar es un joven hermoso y seductor. La misma idealización (o transfiguración) del personaje se encuentra en una balada de H. Salus (*Vom hohen Rabbi Löw*, 1903). Cierto, el ser de arcilla conserva la mirada fija, es impasible y nunca sonríe. Pero la frescura de la juventud y una fuerza hercúlea bastan, añadidas a unas grandes condiciones de trabajo y de fidelidad, para distinguirlo a los ojos de la hija del rabino. Una antigua tradición ya hablaba del amor de esta última (o a la inversa) por el Golem. A fin de siglo, la mayoría de escritores retomaron esta leyenda y, con excepción de Wegener, en quien el amor está prácticamente ausente, hicieron de la pasión el nudo dramático de sus obras. En J. Hess, ya citado, el Golem se enamora de su protegida, una bella judía que acabará siendo víctima de las persecuciones antisemitas. Sin embargo, la aventura termina aquí, pues desde el principio, el Golem ha de saber que, en su condición de autómata y viejo cristiano, debe renunciar a toda esperanza. Salus imaginó el escenario invertido. Es la joven la que espontáneamente se enamora del hermoso joven. El simbolismo de este cuerpo sin alma está apenas velado y se agrupa con el de los románticos: el Golem representa a Eros y la tentación carnal. Asimismo, para dar una lección a su hija, el padre le ordena al coloso que la abrace, pero con su brutalidad, está a punto de quebrarle los huesos, y la joven queda de este modo curada de su loca pasión.

Otras obras hacen intervenir un personaje suplementario, el del novio. En Lothar, nuevamente, el Golem lleva a cabo una función de sustitución o de duplicación. No obstante, la intriga amorosa conduce ante todo a una mística: el escrito domina a la materia, la sensualidad ha de ceder el sitio a una concepción más espiritualizada de la pasión. Esther está prometida a un joven de gran valía pero muy feo. Para decidir a su hija a casarse con él, el padre tiene la idea de «arrojar» el alma de su futuro yerno dentro del cuerpo de su servidor. Seducida por la belleza física, Esther descubre los encantos del alma y cuando, una vez destruido el Golem, el alma de Elasar retorna al cuerpo adormecido, ella sigue amando al joven judío. La pieza de Holitscher es muy diferente: el novio de la hija del rabino vuelve al país y el Golem, hasta cierto punto, se convierte en su rival. Mientras el joven conversa con la muchacha, un amor recíproco nace entre ella y el Golem, que está sentado en un rincón. Entonces aparece un nuevo mito. El amor de Abigail posee una virtud transfigurante y cierto poder de metamorfosis. A través de este amor, ardiente y sensual, Amina sale progresivamente de la vida vegetativa, aprende a hablar y adquiere un semblante sensible y consciente. Lion toma asimismo este mismo tema prolongándolo. Opone Lea, la mujer primordial, el principio espiritual, al Golem, el hombre primordial, el principio material. Por el poder del amor y bajo el efecto de las caricias de la joven, el Golem, del idiota que era al principio, se transforma en un ser capaz de pensar y de experimentar sentimientos. La evolución, que permite la conjunción de los principios opuestos, se hace en tres etapas: la cólera contra el Amo, el descubrimiento de la sexualidad y, finalmente, el del sufrimiento humano.

El desarrollo de un psiquismo diferenciado no es siempre, sin embargo, el eje de la pasión. En Wegener sobre todo (y también en Holitscher), desde el principio, el Golem está provisto de una semiconciencia, es *la silueta perturbadora de un ser incompleto (Halbwesen) que lucha por acceder al mundo de los sentimientos y llegar a ser humano.* Este oscuro presentimiento de su condición le hace sentir profundamente la tragedia de su existencia. Las imágenes de Wegener sugieren este esfuerzo infructuoso para obtener un estado superior en el dominio de la percepción y de la inteligencia: por ejemplo, cuando aspira el perfume de una rosa, cuando contempla a un niño rubio y cuando toca ciegamente el cuerpo de la hija del rabino... Pero esta trágica insuficiencia la resiente sobre todo en el plano afectivo y metafísico. Es el amor, o la imposibilidad de él, lo que le da al Golem la intuición de que es distinto a los demás. *¡Ser hombre! ¡Experimentar alegrías! ¡Sufrir!*, exclama Amina en Holitscher. Excluido del mundo del pensamiento puro, también está excluido del mundo de la ternura y del amor y, como en Hess, todo contacto humano le está totalmente prohibido. Así, se convierte en un marginado, un solitario, «extraño a su destino», para no decir un condenado ávido de ser liberado (Wegener) o una víctima de la ciencia a la que suplica el aniquilamiento (Torresani).

Así fue cómo el Golem se transformó naturalmente en un revolucionario. El expresionismo insistió especialmente en las desgarradoras relaciones que unen la criatura con su creador. En Leivik, el Golem, aún en estado de sombra, le suplica al Mah'Aral que no le cree y luego llega a levantar el hacha de que es portador contra su creador. Entonces, se abre ante él una vida errante: nuevo Mesías, recorre el mundo para defender a los pobres oprimidos por las clases dirigentes. En Holitscher, maldice al amo que le ha convertido en un ser inferior y se niega a abrirle la puerta. En Salus, la rebeldía es la expresión de un alma noble y pura que no se acomoda al término terrestre. El desencadenamiento salvaje, nacido el dolor y la desesperación, toma a menudo unas dimensiones apocalípticas. El Golem de Wegener retorna a una animalidad primitiva y casi monstruosas. Una larga secuencia de la película nos muestra los desastres que provoca en el Gueto: lanza al vacío al novio de la hija del rabino desde lo alto del observatorio, arrastra a Miriam de los cabellos por las calles, golpea a los transeúntes e incendia el Barrio Judío... En Torresani, el episodio adopta una coloración fantástica. Desde el principio, el Golem es presentado como un espectro. Luego, fuerza ciega e incontrolable, se transforma en un demonio que vomita llamas, descuartiza al rabino e incendia su casa.

Esta muerte del rabino no siempre queda evocada, pero la mayoría de las veces se halla enfrentada, sino a la hostilidad de su servidor, sí al menos al fracaso de su empresa creadora. En cambio, la muerte está inscrita en el ser mismo del Golem, aunque no es una destrucción mecánica, pues se aparece más bien como la prueba final que permitiría acceder a una humanidad total, o bien es la conclusión necesaria de una vida de sufrimientos o de un amor imposible. Los expresionistas dieron a este tema, que constituye el punto culminante del relato, una gran intensidad dramática y una nueva dimensión mística. La pieza de Holitscher es, hasta el final, el signo de la pasión. Perseguida por su novio y viendo que su padre es incapaz de convertir al Golem en un ser completamente humano, la hija del rabino se arroja por una ventana. Desesperado, el servidor, en un medio de una risotada demoníaca, renuncia a la existencia y arranca el amuleto rojo de su pecho. La conclusión del filme de Wegener es todavía más neta. Al término de una vida concebida como una fatalidad en un mundo de misterio y de padecimientos, sometida al arbitrio de unas fuerzas temibles e incontrolables, la muerte del coloso adopta el aspecto de una liberación y de una salvación, sugeridas por el simbolismo de los últimos planos. Tras su acceso de locura furiosa, el Golem llega a una pradera, llena de luz y cubierta de flores. Unos niños juegan allí y uno de ellos roba el colgante con el *schem*, y el Golem, masa inerte, vuelve a la nada. ¿Existe un Más Allá para la criatura de arcilla? Esta es la cuestión que plantea claramente Lothar, siempre claramente místico, al final de su novela. En la prolongación de las teorías del rabino sobre el destierro del alma, el Golem es invitado por las jerarquías angélicas a recuperar el cielo. Pero él se siente descompartido entre el principio espiritual y el principio material. Entonces, cuando toma ímpetu para regresar a su patria divina, una fuerza lo atrae hacia abajo y cae al suelo, donde se quiebra por entero.

El Golem de Meyrink

En la encrucijada del nuevo romanticismo y el expresionismo, hay que reservar un sitio especial al *Golem* de Gustav Meyrink (1915). La acción se sitúa en el Gueto de Praga a comienzos de siglo y lo esencial del relato lo constituye un sueño del narrador. Digamos ante todo que Meyrink menciona la versión de Praga, muy fielmente transcrita. Pero en realidad es un estado distinto de la leyenda, más tardío sin duda, si no es pura ficción, el que sirve de base a la novela. Según esta tradición, el Golem es una especie de espectro, el espíritu del Gueto, una aparición exótica, *un ser totalmente extraño*, de paso vacilante, tez amarilla, ojos saltones, imberbe y ataviado con ropas harapientas. Se le encuentra de improviso al doblar una calle pero tan pronto como es reconocido desaparece misteriosamente o se encoge de tamaño. Está unido a la fantástica topografía del Gueto: se dice que habita en una vivienda inaccesible, situada cerca de la sinagoga Vieja-Nueva, abierta al exterior por una sola ventana. Un día, un hombre intenta mirar adentro colgado de una cuerda. Pero la cuerda se rompe y el hombre se estrella contra el suelo. Un amigo del protagonista de la historia soñada relata varias apariciones del Golem, bajo formas diferentes. Las mismas están obligadas a reproducirse cada treinta y tres años, lo que hace pensar en la figura del Judío Errante.

La persona testigo de tales apariciones sufre una pérdida de conciencia y una crisis epiléptica. El protagonista del relato, Pernath, un orfebre que había estado loco pero que ya está curado, se hallará muchas veces enfrentado al Golem. Este último adoptará diversas formas, a menudo desorientadoras y disimuladas. A veces incluso continúa la ambigüedad. Sin embargo, la presencia de ciertos detalles característicos permiten generalmente identificar al ser mítico y relacionarlo con sus avatares sucesivos. El Golem es, por ejemplo, un desconocido de ojos saltones y de andar extraño que lleva a reparar un libro misterioso, o una marioneta que están a punto de esculpir. Se confunde luego con un naipe —el Loco del Tarot—, y después con la figura totalmente onírica y enigmática del «sueño de los granos», una criatura de anchos hombros, cabeza perdida en una bruma y un bastón blanco en la mano. El «tipo mongol» alcanza su mayor precisión en el personaje del asesino de una joven, con el que Pernath se encuentra en la cárcel. En fin, el Golem es también, sin duda, el viejo sirviente con hábito de corte que, en el relato-marco, abre al narrador la puerta del dominio encantado. A esta sucesión de apariciones se añade una historia de amor. Pernath se enamora de la hermosa Miriam, hija del rabino. ¿Hay que aclarar que se trata del propio Golem o de su propio rival?

La riqueza de significados y la importancia del simbolismo invitan a una triple lectura: fantástica, psicocrítica y esotérica. *El Golem* está tradicionalmente clasificado en la categoría de los relatos fantásticos. Pernath revive la aventura mística del curioso imprudente cuya cuerda, frente a la ventana misteriosa, se rompe. ¿Pero se trata de un simple sueño del narrador o el sueño comporta una parte de realidad? No lo sabemos, como tampoco sabemos si Pernath es realmente un loco o si el Golem es un espectro, un ser sobrenatural, cierto, pero cuya capacidad de manifestarse de manera objetiva no es puesta en duda. Los extraños o inquietantes elementos abundan en el relato. El mismo Golem hace planear, indudablemente, sobre el Barrio Judío una especie de amenaza, inspira temor. Algunos seres aparecen dotados de poderes demoníacos, como el chatarrero Wassertrum. El Gueto es un laberinto que, igual que el Golem, puede metamorfosearse de manera diabólica. La vivienda sin acceso en la que, tras un largo periplo subterráneo, Pernath está prisionero y donde combate con el Loco, da ejemplo de esta clase de trampas: que el Golem es igualmente una especie de vampiro que se alimenta con la sustancia espiritual de los habitantes de la población judía es algo que se nos dice con toda claridad. Y también cabe pensar que todas las desgracias que se abaten sobre Pernath se deben a su nefasta influencia. La novela acaba con una escena de apocalipsis: la casa del orfebre se incendia misteriosamente y hay que preguntarse si el Golem no habrá provocado, mágicamente, el incendio.

Por otra parte, las constantes alusiones al sueño, a la locura, a la alucinación y a la visión, al onirismo de la imágenes —Meyrink conocía los trabajos de Freud y de Jung— nos evocan claramente un psiquismo perturbado. El Golem es aquí, todavía, una proyección del inconsciente, una figura del Doble [Doppelganger], pero un Doble cuya ambivalencia, a la inversa de los románticos, está bien subrayada. Tan pronto es el Otro esquizofrénico y aterrador, el Adversario, tan pronto es un ser bienhechor y seguro, una ayuda en la desdicha. Además, el lector se da cuenta de que las metamorfosis fantásticas del Golem acompañan o actualizan un doble movimiento de destrucción y reestructuración de la conciencia. Así, la marioneta esculpida por el amigo de Pernath le tiende a este su rostro gesticulante e inquieto, y el orfebre se siente como transportado al interior de este objeto que se anima con su propia vida. El mismo fenómeno se reproduce con la carta del Tarot, y se observa bien que el duelo de miradas que tiene lugar, *el punto reluciente como un ojo*, que fija a Pernath y empieza a aumentar de tamaño, es una metáfora de la conciencia torturadora y del instinto de Muerte. En cambio, la vida y la esperanza se expresan por boca del rabino Hillel o por la (y aquí es mayor la ambigüedad) del antepasado del sueño de los granos o del asesino. Al Yo malvado responden estos personajes idealizados, encarnaciones nostálgicas de un Yo sublimizado. Paralelamente a la mujer fatal y tentadora o mundana, se opone la figura angelical de Miriam. Puede considerarse, por tanto, que la novela de Meyrink representa, a un segundo nivel, la relación de un proceso de individuación, de transformación mental que, a través de la integración de imágenes antitéticas, conduciría al héroe hasta el Sí reencontrado (el hermafrodita sobre el trono de nácar).

Un simbolismo esotérico muy claro se aferra al universo fantasmagórico del sueño. La silueta del sueño de los granos representa a Thoth/Hermes y el Golem desempeña el papel de un guía espiritual durante toda la novela. Las distintas visiones o alucinaciones de Pernath constituyen una serie de pruebas o de revelaciones que definen un recorrido iniciático. El camino subterráneo que precede al combate con el Loco es realmente un itinerario obligado, una forma de prueba, jalonada por signos geométricos que evocan a la francmasonería. Las cartas del Tarot —el Loco, el Colgado— materializan las etapas de una alquimia espiritual que, a través de las sucesivas muertes, se abre a un renacimiento. Se deja un amplio espacio a la tradición hebrea con su simbolismo de letras y sus rituales. La ceremonia de inversión de las luces constituye un gran momento de la iluminación. De este modo, el Golem puede aparecerse a la vez como el mensajero del inconsciente y como el Doble místico (en el sentido que le otorga Nerval); en todo caso, como una criatura mesiánica cuyo advenimiento se anuncia. El Golem es «*el verdadero doble, eso que llaman el* Habal Garmin, *el "Hálito de los Huesos", del que está escrito: "Así como entró en la tumba, así se levantará el día del Juicio Final" [...] Vive lejos, encima de la tierra, en una habitación sin puertas [...] ¡Aquel que llegue a dominarlo y a instruirlo, estará en paz consigo mismo!...*» La novela termina con una imagen dichosa, la visión de la unión mística de Miriam y Pernath.

La obra de Meyrink obtuvo una enorme resonancia. En su relato «Spuk» (en *Phantasien zur Nacht*, 1922), H. Nottebohm imaginó un escenario donde lo horrible desafía a lo fantástico. Nuevo Judío Errante, el rabino Loew debe, cada cien años, para rejuvenecerse, beber la sangre de un cristiano. En esta ocasión, crea un Golem que le servirá para cometer el crimen en su lugar, y al que destruye acto seguido. La influencia de Meyrink está igualmente clara en la película *El Golem* de Julien Duvivier (1936), con R. Karl, en el papel del Golem, y Harry Baur. Las referencias a la novela del escritor alemán son frecuentes en la literatura del siglo XX. Así, Elsa Triolet (*L' âge de nylon, II L' Ame*, novela, 1963) resume el segundo estado de la leyenda y la historia de la vivienda sin acceso en el marco surrealista de un relato consagrado a los objetos animados, a la infancia, con una reflexión sobre las relaciones de la técnica y la poesía.

Después de la segunda guerra mundial, las apariciones del Golem fueron cada vez más raras. Cabe observar, ciertamente, una renovación del tema, en fecha bastante reciente, en obras a menudo surgidas de la Diáspora, que tienden a operar un retorno a las fuentes populares del mito. Y así hallamos al Golem en su papel de salvador de los judíos en D. Meltzer (*The Golem Wheel*, poema, 1967), A. Rothberg (*The Sword of the Golem*, novela, 1970), F. Zwillinger (*Maharal*, drama, 1973). Para P. Celan (*Einem, der vor der Tür stand*, poema, 1964), la historia del servidor es la ocasión de una meditación sobre las dificultades de la creación y del poder de las palabras. En cambio, ya en 1925, E. E. Kisch (*Dem Golen auf der Spur*, novela), «entierra» al Golem. Partiendo de Rusia por consejo de un viejo judío, el periodista busca en vano los despojos legendarios, primero en el granero de la sinagoga, luego en los pobres alrededores de Praga. Jorge Luis Borges (*El Golem*, poema, 1958) echa sobre la obra del rabino una mirada escéptica y distante: ¿no es el Golem una aberración más en la madeja de los dolores humanos, un juguete molesto e inútil que se contempla con una mezcla de ternura y horror? Sea como sea, la verdadera cuestión salta a través de las líneas: ¿todavía es posible, en la época de los robots y los mutantes, soñar la ingenua aventura de ese rabino un poco loco y de su grosero sirviente de arcilla? Un futuro próximo dirá sin duda si el mito está llamado a solicitar siempre la inversión figurativa o bien si, tomando la imaginación técnica el relevo de la imaginación mística, no estamos a punto de asistir a un cambio de mito.

CATHERINE MATHIÈRE

Índice